經典插圖版

珍·奧斯汀短篇小說集

Jane Austen

珍·奧斯汀

著

劉珮芳、陳筱宛
王聖棻、魏婉琪

譯

Short Stories of Jane Austen

Jane Austen; (16 December 1775 – 18 July 1817) was an English novelist known primarily for her six major novels, which interpret, critique and comment upon the British landed gentry at the end of the 18th century. Austen's plots often explore the dependence of women on marriage in the pursuit of favourable social standing and economic security. Her works critique the novels of sensibility of the second half of the 18th century and are part of the transition to 19th-century literary realism. Her use of biting irony, along with her realism, humour, and social commentary, have long earned her acclaim among critics, scholars, and popular audiences alike.

珍奧斯汀愛好者的必收愛藏版本

新裝插圖珍藏版，原文全譯本，一字不漏，

呈現原汁原味的經典文學名著

導讀推薦（※本文提及書中諸多重要情節，建議讀者先讀畢小說，再細細品味此賞析。）

書信女王：〈蘇珊夫人〉中的惡女、書信與權力展演

文／施舜翔

二〇一六年，《蘇珊夫人尋婚計》（*Love & Friendship*）上映，讓所有的珍迷都瘋了。這部電影名字雖取自珍．奧斯汀少女時期的作品〈愛與友誼〉，改編的卻是她少被論及的中篇小說〈蘇珊夫人〉（*Lady Susan*）。[1]曾在一九九六年扮演艾瑪的凱特貝琴薩（Kate Beckinsale），二十年後再次出演珍．奧斯汀筆下最迷人的反派角色。〈蘇珊夫人〉的魅力在哪，何以在被忽視了兩百年以後，重新帶起一波後千禧年的「奧斯汀狂熱」（Austen-mania）？要回答這個問題，我們可以談〈蘇珊夫人〉所展現出的書信力量，以及惡女的魅力。

〈蘇珊夫人〉是書信體小說，因此，談〈蘇珊夫人〉，不可能不談書信寫作。一九三二年，在查普曼（R. W. Chapman）編輯的珍．奧斯汀信件出版以後，珍．奧斯汀的書信成爲熱門的研究焦點。[2]批評家想看她在信中談大事，談政治。當然，珍．奧斯汀不是沒談過大事，也不是沒談過政治，

但她的信件寫的大多是舞會，愛情，婚姻，風尚以及家庭瑣事。批評家失望了。他們不知道的是，芝麻小事舉足輕重，芝麻小事也有政治。正如她在一八〇八年寫給卡珊卓（Cassandra Austen）的信中所說的：「這些的確都是芝麻小事，不過卻是舉足輕重的芝麻小事。」（"Little Matters they are to be sure, but highly important."）[3]

---

1 根據珍學學者，〈蘇珊夫人〉的初稿最早完成於一七九三或一七九四年。不過，一直是到一八七一年，這篇小說才在姪子奧斯汀李（James Edward Austen-Leigh）再版的《珍・奧斯汀回憶錄》（*A Memoir of Jane Austen*）中與〈華森一家〉（*The Watsons*）一同現身。關於〈蘇珊夫人〉的生產脈絡，見 Claudia L. Johnson, Introduction to *Northanger Abbey, Lady Susan, The Watsons, Sanditon* (Oxford: Oxford University Press, 2008), vii-xxxiv.

2 在查普曼以前，布萊彭勳爵（Lord Brabourne）早於一八八四年就出版了珍・奧斯汀的信件，不過缺漏甚多。直到查普曼的版本現身，珍・奧斯汀倖存的大多數信件才首次與大眾見面。在查普曼以後，拉斐（Deirdre Le Faye）於一九九五年重新編輯珍・奧斯汀的書信，並持續增補信件。二〇〇四年，瓊斯（Vivien Jones）根據拉斐的版本，再次選輯了珍・奧斯汀的信。這些版本差異最終也形成一門珍・奧斯汀書信編輯學。依序見 Lord Brabourne, ed., *The Letters of Jane Austen* (London: Richard Bentley & Son, 1884); R. W. Chapman, ed., *Jane Austen's Letters to Her Sister Cassandra and Others* (Oxford: Oxford University Press, 1932); Deirdre Le Faye, ed., *Jane Austen's Letters* (Oxford: Oxford University Press, 1995); Vivien Jones, ed., *Jane Austen, Selected Letters* (Oxford: Oxford University Press, 2004).

3 這句話出自珍・奧斯汀於一八〇八年十二月九日寫給卡珊卓的信。見 Jones, ed., *Jane Austen, Selected Letters*, 102.

在珍・奧斯汀的年代，寫信是女人的家務責任，也是女人的權力來源。十八世紀末，英國郵政系統的改革讓私人信件急速增長。女人每天寫信給親人，給伴侶，給密友；書信是女人的日常生活實踐。透過寫信，女人卻也掌握了人際關係，管理了婚姻經濟，調節了家庭社群；書信因此化爲女人的日常權力展演。

書信是表演。書信本該私密，珍・奧斯汀也從未想將信件公諸於世，可是，她當然也知道，就連寫給卡珊卓的親密信件，都是一種文字表演。所以，書信本身就是舞台。女人透過寫信表演不同層次的情感思緒，女人也透過寫信掌握細膩微妙的人際關係。表演性情感最終成爲十八、十九世紀女人重新取得權力的策略。[4]

蘇珊夫人是表演性情感的箇中好手。在開啓小說的第一封信中，蘇珊夫人便對維儂先生表演親密，表演關心，希望能在教堂山落腳。下一封信，蘇珊夫人卻立刻向密友艾莉莎揭露自己逃離曼華林家，走投無路的窘境。蘇珊夫人將書信化爲自己粉墨登場的舞台，透過書信表演各式各樣的情緒，也透過書信操弄錯綜複雜的人脈。向來識破她表演的凱薩琳維儂就說，蘇珊夫人最大的威脅，正來自於她對語言的完美掌握。書信不只是蘇珊夫人的文字舞台，更是蘇珊夫人的權力來源。

書信寫八卦。不過，正如芝麻小事舉足輕重，書信八卦也非同小可。八卦在父權社會的語言位階中原被賤斥，珍・奧斯汀的書信卻揭露了八卦的政治性。八卦是社群互動的微妙體現，權力政治的陰性切面。透過八卦，十八、十九世紀的英國女性建構出陰性的書寫語言，在這個頻繁交換瑣事的過程中，形塑出女性的集體經驗。這當然讓我們想起了史派克（Patricia Meyer Spacks）口中的「嚴肅八卦」（“serious gossip”）。對史派克來說，「嚴肅八卦」不同於惡意謠言（“distilled malice”），也不同於漫漫閒談（“idle talk”）。「嚴肅八卦」是一種親密論述，不只是女性用以表述自我的媒介，更是女性用以締結盟誼的形式。[5]

蘇珊夫人是八卦政治性的文學化身。她以八卦建構情誼，交換感情，也以八卦運轉人事，再造自我。艾莉莎與蘇珊夫人正是十八世紀女性透過八卦結盟的最好例子。然而，這只是文本內的八卦交換。〈蘇珊夫人〉最有趣的地方，是存在於文本內外的八卦交換——每一個快速翻閱〈蘇珊夫

---

4 關於珍・奧斯汀書信與十八、十九世紀女性權力之間的關係，見 Susan C. Whealler, “Prose and Power in Two Letters by Jane Austen,” in *Sent as a Gift: Eight Correspondences from the Eighteenth Century*, ed. Alan T. McKenzie (Athens: University of Georgia Press, 1993), 173-200; Deborah Kaplan, *Jane Austen among Women* (Baltimore: Johns Hopkins University Press, 1994).

5 史派克的理論啓發後續學者以八卦重探珍・奧斯汀的小說與書信，見 Patricia Meyer Spacks, *Gossip* (New York: Alfred Knopf, 1985); Jan B. Gordon, *Gossip and Subversion in Nineteenth-Century British Fiction* (Basingstoke: Macmillan, 1996), 58-96; Elaine Bander, “Gossip as Pleasure, Pursuit, Power and Plot Device in Jane Austen’s Novels,” *Persuasions* 23 (2001): 118-29; Erin M. Goss, “Homespun Gossip: Jane West, Jane Austen, and the Task of Literary Criticism,” *The Eighteenth Century* 56.2 (2015): 165-77.

人〉、熱切期待後續發展的讀者，都是蘇珊夫人隱而不見的歷史共謀者。

當然，眞正使蘇珊夫人化爲珍．奧斯汀筆下最迷人反派角色的原因，還是她對愛情婚姻的精妙操作。前一刻她還在控制女兒費德莉卡與詹姆士爵士成婚，下一刻便抵達教堂山將德寇西先生迷得神魂顚倒。前一刻才保證德寇西先生仍是囊中之物，下一刻便在德寇西先生憤而離去以後與詹姆士爵士再婚。蘇珊夫人是逃逸出父權控制的黑寡婦，也是流轉於婚姻市場的交際花。她精確計算每個角色的婚姻資本，殘酷摧毀資產階級的婚姻神話。蘇珊夫人不是捍衛眞愛的伊莉莎白班尼特，也不是追求浪漫的瑪麗安達許伍德。在珍．奧斯汀的小說中，蘇珊夫人無疑是最不典型的女英雄。蘇珊夫人是工於心計的瑪麗克勞佛——這一次，瑪麗克勞佛成爲主角。

有人說，蘇珊夫人就是珍．奧斯汀的文學化身。[6]蘇珊夫人以戲謔口吻書寫情愛婚事，的確與奧斯汀敘事者的諷刺聲音高度重疊。很多人以爲珍．奧斯汀只是一個成天幻想眞愛與婚姻的天眞女孩，卻忘了她是最懂得計算婚姻資本的小說家。每個男主角擁有多少資產，她攤開來寫得清清楚楚，分毫不差。[7]所以，與其說珍．奧斯汀是伊莉莎白，不如說珍．奧斯汀更似蘇珊夫人，在這權力分秒流動的婚姻市場中，以戲謔諷刺的分身遊走其中，不被吞噬。

到底哪一個才是珍．奧斯汀？捍衛眞愛的伊莉莎白，還是嘲弄婚姻的蘇珊夫人？這是批評家至今無法回答的問題。美國文化評論家洛菲（Katie Roiphe）曾在〈奧斯汀的曖昧〉（“The Ambiguities of Austen”）一文中，點出珍．奧斯汀小說的內在矛盾。她發現，珍．奧斯汀一方面看似穩固婚家體制的常規秩序，一方面卻又寫出常規之外的反派魅力，包括《曼斯菲爾德莊園》（*Mansfield Park*）中的瑪麗克勞佛，或是直到現在才因凱特貝琴薩而浴火重生的蘇珊夫人。洛菲說，「珍・奧斯汀給了那些逃逸於傳統婚姻敘事之外的女人一種獨特的魅力——即便只有一會兒。」[8] 蘇珊夫人所象徵的，正是惡女的魅力。

誰又知道，寫了那麼多「從此過著幸福快樂的日子」的珍・奧斯汀，內心可能藏著一個蘇珊夫人。在伊莉莎白主導了珍迷狂熱兩個世紀之後，我們終於重新有了蘇珊夫人。她不捍衛愛情，也不善良純真，卻在被掩埋了兩百年以後捲土重來，再次展現來自十八世紀末的惡女力。

（本文作者爲作家，文化評論人。著有《惡女力：後女性主義的流行電影解剖學》、《少女革命：時尚與文化的百年進化史》、《性、高跟鞋與吳爾芙：一部女性主義論戰史》。）

---

6 這個說法出自莫椎克（Marvin Mudrick）有名的珍・奧斯汀研究。見 Marvin Mudrick, *Jane Austen: Irony as Defense and Discovery* (Berkeley: University of California Press, 1968), 127.

7 關於珍・奧斯汀與同時期女作家對經濟與金錢的再現，見 Edward Copeland, *Women Writing about Money: Women's Fiction in England, 1790-1820* (Cambridge: Cambridge University Press, 2004).

8 Katie Roiphe, "The Ambiguities of Austen," *The Weekly Standard*, June 9, 1997, 34-35.

目次

蘇珊夫人

Lady Susan

Letter the 1st

第一封信

蘇珊·維儂夫人致維儂先生

查爾斯賢弟惠鑒：

上回分別時承蒙盛情邀約，一直沒能前往尊府叨擾幾週，與你們全家共享天倫之樂，內心著實過意不去。因此，若賢弟與弟媳眼下方便接待，我將於數日之內啓行，由衷期盼結識仰慕已久的弟媳。儘管此地摯友懇留我多住些時日，但我恐怕目前的心思處境，承受不住他們周到好客之情，盼能儘早前往府上暫住，好讓身心安舒。

此行引頸企盼見到親愛的姪兒姪女，以慰藉我思女之情，只因小女即將前往住宿學校寄讀。她的父親生前久病，我這爲人母者疏漏了應盡的母職與關愛，亦疏於管教。再者，先前延請的家庭女教師恐怕未盡其職。諸多考量下，我決定送她至城裡一所極富盛名的私立學校就讀，如此也方便賢

弟夫婦倆對她多所關照。走筆至此，應不難看出我心意已決，萬望莫要拒絕我前往府上。若兩位無法接待我，此等悲苦教人情何以堪哪！敬請

大安

嫂　蘇珊．維儂謹啓

寫於十二月，蘭福德莊園

Letter the 2nd

第二封信

蘇珊·維儂夫人致強森太太

艾莉莎摯友芳鑒：

還說我會在這裡過冬，你眞是說錯了。不過，說你錯了還眞教我難過，畢竟在這兒度過的短短三個月，實爲我人生帶來許多歡樂。目前，這裡可說是雞犬不寧，這個家的女性全都結盟起來與我爲敵。想我初來蘭福德，你已預料到這一切。那時，曼華林先生顯得異常愉悅，眞教我忍不住擔心起自己的處境來。還記得馬車駛近這棟房子時，我不停告訴自己：「我喜歡這個人，希望別出什麼事才好！」反正，我打定主意低調行事，提醒自己寡婦生涯才剛邁向第四個月，得盡可能持靜過日子才行，而且我也眞這麼做了！親愛的朋友，除了曼華林，其他人的「關愛」我一概不接受，而且避開了各式各樣有意無意的調情，對這裡出沒的任何人毫無特別青睞。但詹姆士·馬汀爵士除外，我對他是多用了點心，只爲把他從瑪莉亞·曼華林小姐身邊拉開——要是這樣一片用心良苦能被理解，那麼全世界都會爲我鼓掌。人們向來以爲我是個狠心的母親，但基於護女心切，一想到費德莉卡未來的幸福，我便忍不住要出手。若非我這女兒堪稱全世界最蠢的傻子，爲人母的我早就大功告成了。

詹姆士爵士果眞爲了費德莉卡向我提親，但我那生來就是要忤逆我的女兒，竟強烈反對這樁親事，害我不得不暫時擱置眼前妙計。我不只一次扼腕嘆息，眞恨不得自己嫁給他（要是他不那麼懦弱就好了。光有錢無法滿足我，想當我老公，不浪漫一點怎麼成）。總之，這件事把大家都給得罪了——詹姆士爵士走了，瑪莉亞大爲光火，而曼華林太太則是快要打翻醋罈子。簡言之，她對我又氣又妒，看她氣成那樣，我想，一逮到機會她就會去跟自己的監護人、也就是尊夫強森先生告狀。話說回來，尊夫若是我朋友，我就會跟他說，這輩子他所能做的最讓人拍手叫好的善事，就是叫那女人離婚。所以啦，你就讓他繼續討厭我好了。我們現在處境堪憂，眞是景物依舊、人事全非哪！所有人都像進入備戰狀態似的，曼華林幾乎不敢跟我說話。離開的時候到了，我決定遠離這些人，如果可以，這一週我會找一天進城探望你，和你一起暢快聚聚。若尊夫仍不喜歡我，你就必須到偉格街十號找我了，但希望事情不至於演變到此地步。尊夫強森先生縱有種種不好，畢竟也是深受許多人所「敬重」的對象，而我又是你的密友，到了城裡不住你家反而住在別處，這可讓人懷疑我究竟做了什麼事，讓尊夫如此看不起我，必然要用異樣眼光看待我了。

我將在取道倫敦後，去那個討人厭的鄉下小村子待上好一陣——我是眞的要去教堂山莊園了！親愛的朋友，這絕非我所願，我眞的走投無路了。倘若英格蘭還有任何地方容得下我，我絕不會考慮去教堂山。我對查爾斯·維儂反感得很，而且一想到他太太就覺得渾身緊繃。儘管如此，在我有其他地方可去之前，還是得先待在教堂山。我女兒將跟我一起進城，不過一到城裡，我就會把她送到偉格街桑默斯小姐辦的學校，在她學會爲自己的行爲負責之前，都得給我待在那兒。她可以在那所學校拓展人脈，畢竟全英格蘭最好的家庭都把女兒送到那兒去。學費當然貴得不得了，遠非我所能負荷。

謹此，我一到城裡就跟你聯絡。即問

刻安

你永遠的摯友　蘇珊．維儂謹啓

寫於蘭福德莊園

Letter the 3rd

第三封信

維儂太太致德寇西夫人

母親大人膝下：

女兒非常難過，因爲我們無法按原定計畫回去陪您過聖誕節了。而且，整件事遠非我們所能掌控，連轉圜餘地都沒有。蘇珊夫人寫了封信給查爾斯，十萬火急地說要來家裡，只說要住一陣子，也不知道要待多久。女兒我根本來不及準備，也猜不透她有何盤算。她明明就很適合待在蘭福德，那裡氣氛雅致最搭襯她的貴氣了，遑論她還挺喜歡人家曼華林先生的。雖說女兒早料到，在她丈夫過世後，她會比較主動親近我們，當然我們也樂於接待她，只是沒想到她居然這麼快就要離開蘭福德。依女兒之見，查爾斯準是上回到斯坦福郡時對她好心過了頭；暫且不談她的個性，就說說她都做了些什麼事好了——我們結婚之初，她便一直耍心機，使些詭詐手段讓我們吃盡苦頭，就連查爾斯那麼善良溫和的人，對她的舉動也很難視而不見。

儘管如此，有鑑於蘇珊夫人是他兄長的未亡人，即便我們手頭不寬裕，還是會在金錢上盡量援助她，但查爾斯實在不需要那麼熱心邀請她來作客。然而，他就是這樣，總把每個人當好人看，蘇

「蘇珊夫人寫了封信給查爾斯，十萬火急地說要來家裡，
只說要住一陣子，也不知道要待多久。」

珊夫人一定是在他面前表現得沮喪難過、深切痛悔，一副下定決心重新做人的模樣。查爾斯一看就心軟了，也就相信了她一片眞心實意。不過，女兒我可沒那麼容易上當，即便她發動親情攻勢要來家裡住，看似合情合理，還是讓人對她的來訪動機存疑，不知她究竟在盤算些什麼。

所以啦，親愛的母親，您不難看出女兒懷抱著何等心情看待她的造訪。她有的是機會在家裡興風作浪，不過，女兒會小心應對的，希望別出什麼亂子才好。她在信上殷勤懇切地提到想結識女兒我，還相當慈愛地提及了孩子。女兒尙不至於心軟盲目到相信一個怠忽母職、連自己獨生女都不疼的女人，會去關愛別人的小孩。維儂小姐一到倫敦就會被她母親送進寄宿學校，不會跟著到我們家來，對此，女兒暗自慶幸，因爲這對雙方都好。維儂小姐沒有母親在身邊，對她而言反倒是利多於弊；況且，一個沒受過多少良好教養的十六歲少女，也不可能和我們家孩子處得來。至於雷吉納，就女兒所知，他一直都想見見迷人的蘇珊夫人，他很快就要到我們家了。此外，得知父親身體持續好轉、一切平安順利，眞教人高興。叩請

金安

女　凱薩琳·維儂叩上

寫於教堂山莊園

Letter the 4th

第四封信

德寇西先生致維儂太太

凱薩琳吾姊芳鑒：

恭喜您與姊夫有幸接待全英格蘭最厲害的騷婆娘。長久以來，我僅風聞蘇珊夫人有多風騷，最近卻親耳聽到她在蘭福德莊園的種種離譜作爲——證明了她不只賣弄賣弄風情而已，她更樂於興風作浪，將一個家庭搞得雞犬不寧。她對曼華林先生的態度，已讓曼華林太太陷入瘋狂嫉妒的痛苦深淵，而對那位先前傾慕於曼華林先生親妹的年輕男子，她所釋出的諸多好意，也使溫柔可愛的曼華林小姐失去了戀人。

這些都是史密斯先生親口告訴我的，他現在人就在附近（我在赫斯特與威爾福特時，曾與他共進過幾次餐）。他剛從蘭福德過來，且有幸躬逢其盛在那兒住了兩星期，所以這是可信度相當高的第一手資料。

她一定是個不同凡響的女人！眞希望能跟她見上一面，因此，我樂於接受你的邀請，以便抓住機會一睹其人丰采，也可趁機了解一下她到底魅力何在——竟能在同一時間、同一屋簷下，讓兩個原本心有所屬的男人移情別戀，況且憑藉的還不是什麼青春魅力！得知維儂小姐不隨她母親齊赴教堂山莊園，我甚感高興，因爲她沒禮貌得很，很不討喜，而且據史密斯先生所言，她又蠢又驕傲。集愚蠢和驕傲於一身的人有什麼好見的呢！維儂小姐得到這樣的評價也只能怪自己了。然而，我倒要見識一下萬人迷蘇珊夫人，研究研究她到底是什麼樣的人。我很快就去看望你們了。敬請

大安

弟　雷吉納．德寇西謹啓

寫於帕克蘭茲莊園

Letter the 5th

第五封信

蘇珊．維儂夫人致強森太太

艾莉莎摯友芳鑒：

就在離開城裡前，我接到了你的字條——確定強森先生未對你前一晚的行蹤起疑，眞讓我高興。完全讓他蒙在鼓裡無疑是較爲妥當的作法，因爲他簡直冥頑不靈，對於這樣的人，欺騙是對他最好的賞賜。我平安抵達教堂山莊園了，小叔對我的款待確實無可抱怨，但老實說，我對弟媳不甚滿意。她確實系出名門、教養良好，也很有品味，不過她好像生來就要和我過不去似的。我想讓她對我有好印象，盡量擺出最討喜的一面，然而全是白搭，一點用也沒有。她不喜歡我。仔細回想，我確實耍了些手段攔阻小叔娶她，若因這一點而對我不太友善，我並不意外，但那畢竟是六年前的往事了，況且最後也沒成功攔住他娶她呀！這麼愛記恨，不是顯得有些氣量狹窄、小家子氣嗎？

有時我眞後悔，當初非賣掉維儂城堡不可時，沒有賣給查爾斯。然而，我們那時正面臨困境，城堡出售日又正好是他的婚期；況且，任誰都該尊重一下先夫當時的感覺才是——自家產業落到小弟手裡，這教爲人兄長情何以堪？要是我們能繼續住在維儂城堡而無須離開，或讓查爾斯保持單身、跟我們住一起，我就不會力勸先夫把城堡賣給外人了。可是，當時查爾斯正準備與德寇西小姐結婚，事實也證明我做得沒錯——他們一家在這兒過得如此幸福快樂，他買不買城堡對我不都沒什麼好處嗎？此番攔阻也許就此讓弟媳對我留下壞印象，但俗話說得好，欲加之罪，何患無辭！討厭一個人不需要理由。至於錢嘛，我扣著他的錢對我也沒什麼用，這全是出於一顆關愛的心，畢竟他這麼容易受人愚弄！他們家這房子挺好的，家具也頗時髦，每件擺設都透露出主人的富足高雅。我確信查爾斯相當富裕，人哪，一旦在銀行掛了名，金錢就滾滾而來了。話雖如此，他們好像不太花錢耶，也沒什麼朋友，而且除非有事，否則不會到倫敦去。我們得盡可能裝笨，我的意思是，要贏得弟媳的心，得從她小孩下手。那幾個孩子的名字我全知道了，並打定主意特別把心思放在小費得利克身上。我經常一邊把他抱到膝上坐，一邊嘆息著想起他親愛的伯父、我那死去的先夫。

可憐的曼華林！不用我說，你也知道我有多想念他，怎麼他一直在我腦海裡盤旋不去呢？剛到這兒時，我曾接到他一封心情抑鬱的信，字裡行間充滿他對妻子與妹妹的怨懟，對自身殘酷的命運更是嗟嘆不已。我告訴維儂夫婦，這封信是曼華林太太寫的。那麼，如果我要寫信給他，就先寄給你，再請你轉給他。即問

刻安

你永遠的摯友　蘇珊・維儂謹啓

寫於教堂山莊園

第六封信

Letter the 6th

維儂太太致德寇西先生

雷吉納吾弟惠鑒：

我已見過這位危險人物，得向你描述一番才行。不過，我倒希望很快就能聽聽你的見解。她長得眞是國色天香，也許你不相信，一個已不年輕的女人竟能堪稱美女，但我得老實說，實在很少見到像蘇珊夫人那樣美麗的女人。她的肌膚白皙透亮，有雙迷人的灰色眼珠，配上烏黑黝亮的長睫毛；從外表看，一般人會認爲她頂多二十五歲上下，實際上竟要再多個十歲左右。雖然從以前即不斷聽說她有多美，但我就是不欣賞她，儘管還是忍不住讚嘆她身材勻稱，明媚動人，舉止優雅。她跟我說話時既溫柔又誠懇，幾乎讓我感覺我們之間像家人一樣相親相愛了。如果不是我倆素昧平生，以及知道她當初如何阻撓查爾斯跟我的婚事，我幾乎就要當她是親密好友了。我相信，一般人很容易以爲，愛賣弄風情的人總是言詞粗鄙、胸無點墨；是以，蘇珊夫人在我心中的模樣自然好不到哪去，然而她卻長相甜美，言行舉止無不溫柔婉約。很遺憾，事情就是這樣，然而，這不是僞裝又是什麼？眞不幸，我太了解她了。她既聰明又有魅力，而且擁有世界一流的社交能力，無論跟誰都可以侃侃而談，言詞巧妙、語帶詼諧，領教過她功力的人，絕不懷疑她能把黑的說成白的。她幾乎快讓我相信她其實是疼愛自己女兒的，儘管長久以來得知的消息都與她所言相反。她把自己說得活像一個擔憂女兒的溫柔慈母，談及疏忽女兒的教育時甚至不斷嘆息，並將一切歸咎於環境，說她有多無能爲力。這不免讓我想到，她已連續好幾年春天都待在倫敦，而把女兒留在斯坦福郡，交給僕人照顧，或比僕人好不了多少的家庭女教師。每思及此，我就無法相信她所言屬實。

倘若其言行對如此憎惡她的我都能產生這麼大的影響，你便不難想像，她對你那性情溫和、心地善良的姊夫起了何等巨大的作用力。我眞希望自己能像他一樣，相信她所說的一切——好端端的蘭福德不住，卻選擇來教堂山莊園？倘若當初一到蘭福德莊園便發現友人興高采烈、歡樂度日的氣氛，與她新寡不久的心情處境不合拍，那麼早該另覓他處才是，怎會住了好幾個月才這麼說？這我絕不相信。別忘了，她可是在那個讓她如魚得水的歡樂環境住了好一陣，才改換到我們家過起樸實無華的生活，兩樣環境何等天差地別！我所能猜測到的是，她想回歸合宜的生活了。至於你朋友史密斯先生所言，依我看，並非完全正確，因爲她仍經常與曼華林太太通信呢！況且，一次要騙倒兩個男人實在不太可能，這眞的太誇張了。敬請

大安

姊　凱薩琳・維儂謹啓

寫於教堂山莊園

Letter the 7th

第七封信

蘇珊．維儂夫人致強森太太

艾莉莎摯友芳鑒：

很感激你如此關心費德莉卡，你眞是我的好朋友；你一直都對我很好，但即便如此，我也不能要求你如此犧牲。費德莉卡是個愚蠢的小女孩，毫無可取之處。我絕不要你爲了我而浪費你寶貴的時間，讓費德莉卡特地到你愛德華街的家，尤其每去一次就得從學校請假。我想讓她待在桑默斯小姐的學校，讓她盡量學習，希望她在表演與歌唱方面有些長進，並且能多些自信，畢竟她遺傳了我的靈巧，聲音也還不錯。

小時候，雙親相當放任我，沒有強迫我學習任何才藝，以至於我現在欠缺時下美女可用來鍍金的成就。我並非鼓吹跟著當前的流行走，要把語言、藝術、科學全學個精通才行。努力研讀法文、義大利文、德文，最後只當個家庭女教師，不過是浪費時間；音樂、歌唱及繪畫之類的才藝，會帶給一個女人些許掌聲，卻無法爲她添個戀人。優雅與儀態，才是最後的贏家。我的意思不是要費德莉卡內外皆美、術德兼修，反倒是暗自竊喜，她可不需要在學校待那麼久，久到能明白任何事理

——我希望一年內讓她嫁給詹姆士．馬汀爵士。你知道我所言不假，而且有根有據，因爲費德莉卡都已經這個年紀了，還得上學校，對她而言眞是相當難堪。

正因我有此打算，你最好就別再邀她上你那兒去了，我要她盡可能痛恨自己住校的處境。我確定詹姆士爵士隨時可能重燃對費德莉卡的愛意，來信訴衷情。因此，我也要麻煩你，當詹姆士爵士到倫敦時，盡量別讓他有機會與其他女孩過從甚密。然後，偶爾邀他到你家，和他談談費德莉卡，免得他把她給忘了。總的看來，我認爲自己在這件事上的表現可圈可點，也覺得自己爲了促成這件喜事實在溫柔用心、不遺餘力。有些母親可能一開始便要女兒接受這麼好的一樁姻緣；然而，我可不會將費德莉卡硬推進一樁她強烈反對的婚姻。與其逼她，不如讓她自己選擇，讓她沒有退路以至於非選他不可。

好了，不談這惹人厭的女孩了。你也許想知道我在這兒是怎麼打發時間過日子的。唉，第一個星期無聊透頂，不過現在，情況開始好轉了。我那弟媳的弟弟雷吉納．德寇西也來到此地作客，一個英俊的年輕人，帶給我不少歡樂。這個人還挺有意思，我該管管他，讓他改改一副和我很熟、沒大沒小的態度。他的個性很活潑，看上去也滿機靈的，待我好好教化一番，抹去他親姊灌輸的有關我的錯誤臆想，他也許就能成爲另一個深得我心的調情對象。征服一個桀驁不馴的靈魂，讓原本討厭我的人拜倒在我石榴裙下，沒有比這更好玩的事了。我拘謹矜持的態度已弄得他困惑不已，我要使勁挫挫這幾個姓德寇西的傲氣，一群自以爲是的傢伙。我要讓我弟媳認栽，承認她對自己弟弟的耳提面命純屬白費工，也要讓雷吉納相信他姊姊過分誤解我。這個計畫對我來說還算有點娛樂效果，聊慰我與你、以及與其他我所愛之人分隔兩地時，所帶來的孤寂與痛苦。即問

刻安

你的摯友　蘇珊·維儂謹啓

寫於教堂山莊園

Letter the 8th

第八封信

維儂太太致德寇西夫人

母親大人膝下：

短期內，您恐怕盼不到雷吉納回家了。他要女兒代爲轉告，眼下天氣舒爽，他很樂於受查爾斯之邀，繼續留在薩克斯郡作客，以便和查爾斯一塊兒打獵——他要求立刻將他的馬送過來。此外，女兒也無法告知您，他何時才要回肯特郡。親愛的母親，老實跟您說，他的轉變其來有自，但望別告知父親此事，女兒怕他會太過擔心雷吉納，導致嚴重影響健康與精神。

蘇珊夫人果然不是省油的燈，才短短兩星期，就讓雷吉納喜歡上了。簡言之，女兒認爲雷吉納不依原定時間回家，而選擇繼續待在這兒，半是出於對蘇珊夫人著迷，半是由於要和查爾斯一起打獵。正因如此，原本我爲了弟弟可多待上幾天的高興心情，這會兒全變了樣。說實在的，女兒我被這不守婦道的女人所耍的手段給激怒了，還有什麼比雷吉納前後態度大相逕庭更能證明她的危險呢！

他剛到我們家那會兒，明明還很討厭她的！他寫給女兒的前一封信裡，分明提到她在蘭福德莊園的離譜作爲，且消息來自一位與她相熟的男士。倘若那位先生所言屬實，雷吉納應該會更加憎惡她才是，況且他當初明明就對那些話深信不疑。相信他那時對她的鄙視，絕不亞於對全英格蘭任何一位女性的不屑。而且，他初到我們家時還揣測著，蘇珊夫人肯定既不端莊也不自重，是那種若有男人想跟她調情，肯定會樂不可支的那種女人。

然而坦白說，她的行爲舉止全然不是那回事，讓人看不出其言行有何可議之處——沒有浮誇，毫無矯情，且絕不輕浮，整個人充滿魅力。倘若雷吉納不曾從朋友那兒聽聞有關她的所作所爲，女兒絲毫不意外他會喜歡上她。可是，雷吉納竟卸下理智、違背信念，如此樂於與她待在一起（這點女兒很確定），還眞教人大感詫異。初時，他甚爲欣賞她的美貌，不過那尙屬人之常情；爾後，他逐漸被她優雅雍容的儀態所吸引，這點也不足爲奇；然而，最近他竟讚賞起她來！就在昨天，他還說，男人若因她的美好與才智而春心蕩漾，是絕對可以理解的；而當女兒我嘆著氣，說起她個性上的缺點時，他竟說無論她曾犯下什麼過錯，也僅僅是欠缺教育與早婚的緣故，還說她是個令人讚賞的女人。

雷吉納這種出於仰慕而替她的行爲找藉口，甚或忘了她錯誤行止的傾向，眞令女兒我感到非常懊惱；早知道他會如此沉浸於教堂山莊園的生活，就不該讓查爾斯邀他繼續待下，眞後悔讓查爾斯開了這個口。

蘇珊夫人的企圖明顯得很——若不是要賣弄風情，就是要讓全世界的人都喜歡她；除此之外，

實在很難想像她有什麼正經事要做。一想到像雷吉納這樣的年輕人，竟然完全被她玩弄於股掌之間，就覺得難過。叩請

金安

女　凱薩琳·維儂叩上

寫於教堂山莊園

Letter the 9th

第九封信

強森太太致蘇珊・維儂夫人

蘇珊摯友芳鑒：

我爲德寇西先生的到來向你致賀，而且我勸你，絕對要嫁給他——你我心知肚明，他父親的財產十分可觀，而且我相信他一定是繼承人。

雷吉納・德寇西爵士身體羸弱，不可能在你的路上擋太久。我聽說那年輕人風評不錯——我親愛的蘇珊，雖說沒人眞正配得上你，但德寇西先生也許値得擁有你。

曼華林先生當然會因此醋海生波，不過你三兩下即可安撫他；更何況，你總不至於等到他放手才另尋出路吧！

我已見過詹姆士・馬汀爵士。上星期他進城待了幾天，也來過愛德華街好幾次。我跟他談起了你，還有你女兒，他對你們母女念念不忘，我確信他很樂於娶你們當中任一人爲妻。

我告訴他，費德莉卡的態度收斂多了，而且容貌越來越美，藉此帶給他希望。我也罵他和瑪莉亞・曼華林亂愛一場，他辯稱那都只是開玩笑罷了。接著，我們便對這位曼華林小姐的願望落空放

聲大笑不已；簡言之，我們相談甚歡，他依舊呆蠢如昔。即請

大安

你的摯友　艾莉莎謹啓

寫於倫敦，愛德華街

Letter the 10th

第十封信

蘇珊·維儂夫人致強森太太

艾莉莎摯友芳鑒：

非常感激你給我有關雷吉納的忠告，我知道那是你衡量利弊後的權宜之計，只是，目前我並不想這麼做。婚姻大事，我實在無法草率決定，尤其當下的我並不缺這個錢！況且，除非他老頭兒不在了，否則這樁婚姻也很難有什麼實質利益。當然，我完全可以將那小子手到擒來，我已讓他領教過我的厲害，收服了這個原本對我存有偏見、打算與我爲敵的人，此時此刻，我正在充分享受征服的快感。他姊姊也讓我生活中的樂事更添一樁——此時的她必然已經明白，對自己弟弟諄諄教誨了老半天，淨說別人有多壞，一旦打照面，那人展現出的聰慧與風度幾乎只能讓他棄械投降。

我很明顯地看出，她弟弟對我的好感與日俱增，這點讓她很不安，更何況她已無法再做些什麼讓她弟弟討厭我了。有一次，他甚至認爲自己姊姊對我的批評有失公允呢！我認爲我大可向她宣戰！看到他對我的態度日益親密，這感覺還眞愉快，尤其是當我刻意保持驕矜姿態，漠視他的輕慢舉止，而他由此對我改觀以後——對這一切因由我可是了然於心。

打從一開始我便謹言慎行，我這一生未曾有過賣弄風騷的行徑，但掌控別人的慾望倒是不言可喻。憑著感性與理性的言談，恕我大膽說一句——他整個人至少有一半愛上我了，他的態度流露出眞誠的感情，毫無調情兒戲味道。我想我弟媳相當清楚，她對我的負評，我會牢記在心，絕不可能讓事情就此雲淡風輕。光憑這一點她應該看得出，我將如何回應她弟弟的溫柔眞情。然而，她愛怎麼想、怎麼做，就隨她吧！我還沒見過哪個姊姊有能耐勸退得了熱戀中的男人。

我與他已逐漸發展到某種互相信任的階段，簡言之，就是那種柏拉圖式的情誼。就我這方面來說，我可以跟你保證，我和他僅僅到此爲止。即便眼下心無所屬，我也不會把感情用在一個曾膽敢把我想得無比邪惡的男人身上。不過，雷吉納身材好，也算配得上你給他的稱讚了，但比起我們蘭福德的朋友，還是差上一大截——雷吉納沒有曼華林那麼幹練，也不如他圓滑，說到那種光憑三寸不爛之舌就能讓人飄飄欲仙的嘴上功夫，更是望塵莫及。話雖如此，雷吉納畢竟是個滿能逗我開心的有趣年輕人，倘若沒有他，面對我弟媳那種拒人於千里之外的態度，還有我小叔那窮極無聊的談話，日子還眞難打發呢！你對詹姆士·馬汀爵士的看法眞讓人心有戚戚焉。我打算再過不久，就準備向費德莉卡暗示我的意向。即問

刻安

你永遠的好朋友　蘇珊·維儂謹啓

寫於教堂山莊園

Letter the 11th

第十一封信

維儂太太致德寇西夫人

母親大人膝下：

眼看蘇珊夫人對雷吉納的影響與日俱增，女兒內心著實漸感不安。他們現在已成為莫逆之交，兩人經常一塊兒聊天，且總是聊個沒完沒了。她實在太會耍手段，使出了最上乘的媚功，讓雷吉納不知不覺變成她的應聲蟲。雖說此事很難聯想到蘇珊夫人的再婚計畫，但眼看他倆在這麼短時間內，互動得如此頻繁密切，很難不讓人起疑。女兒盼您盡可能找個名目讓雷吉納回家，因為儘管曾多次以父親身體欠安為由暗示他，他卻毫無離開之意，再怎麼說，做姊姊的總不好趕他走吧！

如今，蘇珊夫人對他的影響力可說是無與倫比，她已全然抹消之前在他心中的惡劣印象，讓他不僅打算遺忘那些惡行，甚至挺身而出，為她說話！先前他的朋友史密斯先生說，她在蘭福德莊園時，曾讓主人曼華林先生，以及一位已與曼華林小姐訂婚的男士，雙雙因她之故移情別戀；雷吉納剛來到時，還曾義憤塡膺地譴責她的惡行，現在卻相信那只是無中生有的惡意造謠。他甚至還滿心眞誠地對我說，很後悔當初輕易聽信讒言。

「兩人經常一塊兒聊天，且總是聊個沒完沒了。」

眞令人難過，女兒竟讓這女人進了家門！當初聽聞她要來，女兒便感到忐忑，怎麼也沒想到事情演變成要爲自己的親弟感到心焦。原本只當要接待一位不受歡迎的友伴，萬萬沒想到，那原先視她如敝屣、對她惡劣伎倆知之甚詳、絕無上當受騙可能的自家弟弟，竟成了她的戰利品。若您能盡快讓雷吉納離開此地，當眞再好不過。叩請

金安

女　凱薩琳・維儂叩上

寫於教堂山莊園

Letter the 12th

第十二封信

雷吉納·德寇西爵士致其子

吾兒如晤：

為父的知道年輕人向來不願被過問私密情事，即便對最親愛的家人亦如此，但望你莫要無視老父的擔心與苦口良言，只顧堅持己見。你要知道，身為獨子，且代表著一個古老家族，你生活中的一言一行無不受到親友關注，婚姻大事尤為眾人矚目焦點。此刻，險境已然來臨，你自己的幸福、雙親的幸福，以及你的聲譽，全都岌岌可危。

為父的不認為你會在未告知雙親或未徵得同意的情況下，擅自與人訂立婚約，但為父的仍不禁認為，你今天這情況是被人給操弄了，被那位最近與你過從甚密的女士牽著鼻子走，往婚姻大事的方向走，整個家族遠親近戚肯定都會強烈反對這樁婚姻。

光是蘇珊夫人的年齡就是一大問題，但更嚴重的是她欠缺操守，她的品行問題反倒讓你們之間十二歲的年齡差距顯得不重要了。若非是你被她迷昏了頭，實無須為父的提醒你，她做過的醜事有多麼遠近馳名、人盡皆知。

她對丈夫的疏忽、對其他男子的青睞，她荒唐的言行、放蕩的舉止，在在令人不齒。她的行徑令人驚駭，更教人無法釋懷；這位，簡直是家喻戶曉的一號話題人物。只是，因爲你的姊夫之故，我們的家族多少對她還算客氣。話說回來，儘管你姊夫對她寬懷以待、原諒了她，我們卻都記得很清楚，當初她如何爲了一己之私，不擇手段阻撓你姊姊與姊夫結婚。

年紀漸大，健康日壞，催得爲父急欲見你安定下來。你未來妻子是否身家富裕，實無關緊要，但家世與品行必得無可挑剔才行。一旦你擇定家世人品齊備、讓人無可指摘的女性爲對象，老父我必定二話不說，欣然同意。但反對一樁建構在欺騙之上、終將導致不幸的婚姻，卻是此刻責無旁貸的當務之急。她極可能僅僅以她慣常的狐媚姿態對待你，或只是想擄獲一顆她認定原本對自己滿懷偏見的心；但，更可能的是，她懷有更大的野心！她沒有錢，自然想找個對自己有好處的人改嫁，而你很清楚自己的權益。基於法律規定，不管再怎麼樣，你都會是家中產業的繼承人，況且，無論如何，爲父的這輩子都做不出傷害你的事。

坦白說出此番心緒與意圖，實無意恫嚇你，只是想論情說理。倘若你眞娶了蘇珊・維儂夫人爲妻，那麼，爲父的這輩子將不再有歡喜快樂，也必然無法再以你爲榮。爲父的將不齒與你相見，也不願聽聞你消息，連想也不願想到你。

此封家書除抒發一己情緒，或許別無作用，但仍得盡我爲父之責，告誡你切勿與她在一起；更要讓你知道，你對蘇珊夫人的袒護，在你的朋友之間已非祕密。老父很樂意聽聽你何以否決史密斯先生之言，畢竟一個月前，你尚且深信不疑！若你能向為父的保證，除短暫沉浸在蘇珊夫人聰明靈巧的言談與她美麗動人的外表下，別無其他心思，且對她的缺點不至盲目得視而不見，那麼，為父的便能安然放下心頭重擔。如若不然，至少向老父解釋，你對她的看法何以如此驟然生變。順頌

近佳

父示

寫於帕克蘭茲莊園

Letter the 13th

第十三封信

德寇西夫人致維儂太太

女兒如晤：

眞不巧，你前封信寄達時，爲母的正臥病在床，且因感冒影響了視力沒法讀信，你父親於是熱心地念給我聽。由此，你對雷吉納的擔心全在他面前洩了底，此事讓爲母的深感懊惱，因此當即打算，待視力允許，將立刻捎信給你弟弟，信中將傾力勸說他這個擁有光明前程的年輕人，若與蘇珊夫人此等城府深沉的女子過於親近，無疑是將自己推入險境。此外，爲母的也會提醒他，兩老極爲孤單，非常希望他返家相伴，共度漫長冬夜。

這麼做會不會產生果效，目前尚未可知，但爲母的十分煩惱讓你父親得知此事，畢竟我們先前一直擔心他可能會因此使得心情大受影響。果不其然，打從收到你的來信，他便愁眉不展，而且我確信，從那時起，此事便一直在他腦海裡盤旋不去。看完信，他立刻去信雷吉納談論此事，並要他說個明白，蘇珊夫人究竟爲自己做過的那些驚人之舉做了何等辯白。

雷吉納的回信今早寄達，將隨函附上給你看（你應該會想看）。倘若這內容能讓人更放心些就好了，但從他信上所言看來，他對蘇珊夫人的看法仍很正面，而儘管明確提及蘇珊夫人不會是他的結婚對象，爲母的還是沒法安心。話雖如此，我仍盡量安撫你父親，要他放心，而他在接到雷吉納的回信後，心緒顯然已沒那麼不安。

親愛的凱薩琳，這位不速之客不但害你們聖誕節無法回來團聚，還帶給我們這麼多麻煩，讓我們又惱又氣，眞是討人厭哪！替我吻吻我可愛的外孫們。順問

近祺

母示

寫於帕克蘭茲莊園

第十四封信

Letter the 14th

德寇西先生致雷吉納爵士

父親大人膝下：

接獲您的來信，信上所言讓兒子震驚無比。還眞多虧了姊姊，讓您感到兒子的行爲如此不堪，致使您心情大受攪擾。我眞不懂，姊姊爲何要讓自己與家人惴惴不安，只爲了一件除了她以外沒人認爲會發生的事（兒子向您保證）。說蘇珊夫人想跟兒子結婚，眞是毫無創意的說法，討厭她的人總喜歡拿這等事詆毀她；說兒子想跟蘇珊夫人結婚，更是全然扭曲的臆測。光兩人間的年齡差距便是一道無法克服的障礙，因此懇求您，親愛的父親，放下心來，別再因這件我們深知不可能發生的事而煩心。

誠如您信上所言，蘇珊夫人除了讓人短暫沉浸在她聰慧靈巧的言談外，兒子別無其他想法。倘若姊姊與姊夫想讓弟弟在他們家作客期間賓至如歸，姊姊理當對我們公道些才是；可是，無論兒子好說歹說，姊姊就是對蘇珊夫人成見很深。姊姊與姊夫彼此相愛，因而成就幸福的婚姻，但她一直對蘇珊夫人當初力阻他們結婚無法釋懷，總將此事歸咎於蘇珊夫人的自私。但平心而論，此事或其他許多事，是這個世界粗鄙地傷害了蘇珊夫人，人們總將她的一言一行冠上最惡劣的動機。蘇珊夫人乃因聽信了不利姊姊的讒言，擔心她所關愛的小叔會因爲跟姊姊結婚而失去幸福，才想阻止他們結婚。這個顧慮說明了蘇珊夫人行爲的眞正動機，也可排除衆人一直以來加諸於她的非議，更讓我們知道人云亦云之事可信度有多低。然而，無論一個人有多麼正直不阿，依然難逃他人惡意誹謗。倘若連姊姊這種安居家中、沒什麼機會作惡的人也免不了批評他人，那麼我們更不該貿然譴責那些生活在五光十色的世界，被試探所包圍、隨時都可能犯錯的人了。

對於如此輕信查理．史密斯編造來惡意中傷蘇珊夫人的情事，兒子著實自責不已，蘇珊夫人已對我說明整件事全是惡意詆毀。史密斯說，曼華林太太的醋罈子都快打翻了，那根本是他自己的想像。而他說曼華林小姐的戀人被蘇珊夫人弄得移情別戀，也無事實根據；詹姆士．馬汀爵士乃受曼華林小姐之邀前去向她致意，況且詹姆士爵士相當富裕，曼華林小姐欲與他結爲連理之心甚爲明顯。衆所皆知曼華林小姐想釣個金龜婿，因此，當男方被更有魅力的女性吸引，而對曼華林小姐打退堂鼓時，沒有人會同情她。只因她的出發點不純良，很可能導致一個正直的男人由此葬送一生幸福。

蘇珊夫人全然沒料到自己搶了別人的情人，並在得知曼華林小姐因戀人臨陣脫逃而悲憤不已時，不顧曼華林夫婦這對好友伉儷的百般慰留，毅然決然離開了曼華林家。兒子有充分理由相信，詹姆士爵士確實向蘇珊夫人求過婚，只不過，發現詹姆士爵士愛上自己後，她便立即離開蘭福德莊園。由此看來，任何一位正直坦率的人都可明白，此事與蘇珊夫人絕無關係。敬愛的父親，走筆至此，兒子很確定您會相信這些都是實情，並將給予身心俱疲的蘇珊夫人公正的評語。兒子知道蘇珊夫人乃秉持最高貴美好的意圖來到教堂山莊園，她謹言愼行，無須掛慮經濟，對姊夫的關懷無人能及，期盼得到姊姊的好感卻事與願違。而做爲一個母親，她亦無可指摘，爲了讓女兒得到最適當的教育，將她送進一所精心擇定的學校，這是她愛女心切的具體展現；只因她不像大部分母親那樣不明就裡地寵愛孩子，便被批評爲失職的母親。然而，每個理性的人都知道，她精心引導孩子學習的作法是値得讚許的，而且兒子也將祝福她那位不在母親羽翼下的女兒費德莉卡，離家在外有更好的學習果效。親愛的父親，兒子已將自己對蘇珊夫人的看法與感情全告訴了您；從信上，您不難看出兒子何等推崇蘇珊夫人的才智、何等尊敬她的爲人。若此番眞心實意的保證仍難消解您全然不必要的疑慮，身爲您的孩子，我會有多傷心哪！叩請

金安

兒　雷吉納・德寇西叩上

寫於教堂山莊園

第十五封信

Letter the 15th

維儂太太致德寇西夫人

母親大人膝下：

隨函附還雷吉納的信，很高興得知父親由此放下不少心，也請代女兒向父親轉達欣喜之意。不過，有些事我們母女之間說說就好——雷吉納的信只能讓人相信一時，儘管眼前沒有娶她的打算，難保三個月後他不會改變主意。

他把她在蘭福德莊園的行爲說得很好聽，讓人衷心企盼他所言不假，但這些一定全是蘇珊夫人單方面說詞。與其相信雷吉納與蘇珊夫人之間對此事的討論、對眞相的還原，女兒倒更相信他倆之間情意越發滋長，這點眞教人忍不住悲嘆。讓雷吉納心中不快，女兒深感歉意，但他急於爲蘇珊夫人辯白，亦於事無補。看來他眞的很不諒解做姊姊的，只希望時間能證明女兒對她的看法並未流於草率魯莽。

儘管有充分理由討厭她，但此時此刻也只能對這個可憐女人寄予同情，誰教她處境堪憐，屋漏偏逢連夜雨。今早，她接獲一封從她女兒學校寄來的信，要求費德莉卡．維儂小姐即刻離校，原因是這位小姐被發現意圖逃校。原因爲何？要往哪去？皆不得而知。不過，事情似已無轉圜餘地，眞教人難過。蘇珊夫人當然爲此沮喪不已，費德莉卡應該有十六歲了，也該懂點事才對；不過，從她母親的暗示來看，恐怕她是個怪異的女孩。話雖如此，畢竟她從小就被疏忽、欠缺照顧，她母親理應記得這點才是。蘇珊夫人一決定要怎麼做，查爾斯便啓程前往倫敦。他若能說服校長讓費德莉卡留在學校，那當然是最好；要是沒辦法，眼下也只好帶她回到教堂山莊園，等找到其他可行的安排再說。

就在此時，蘇珊夫人正忙著與雷吉納在灌木叢間散步，好替自己壓壓驚。女兒猜想，在這種沮喪時刻，雷吉納肯定不負蘇珊夫人所望，表現得既溫柔又貼心。蘇珊夫人談了好多有關費德莉卡的事，當眞是舌粲蓮花；但女兒得在此說句失禮的話，正因爲她說得太動聽，反而讓人感覺不到什麼眞心。不過，女兒也不再挑她的錯了，畢竟她很可能成爲雷吉納的妻子呢！但願不會成眞才好！然而，何必憂懼至此呢？查爾斯說，蘇珊夫人今早讀過信後，臉上出現前所未見的難看神色，他的判斷又豈會亞於女兒我？

蘇珊夫人非常不願讓費德莉卡到教堂山莊園來，好像得做些什麼好事才能換取這個獎賞似的。可是，不讓她上這兒來，又要叫她去哪兒？更何況，她也不會在這兒待太久，蘇珊夫人還對我說：「親愛的弟媳，費德莉卡來這兒住時，您一定得對她嚴厲點；再怎麼嚴厲都行，我一定好好跟您配合。只怕我向來太嬌寵她了。我家費德莉卡的個性實在挺拗的，您可得支持鼓勵我才好；若我對她太寬容，您也一定得指摘我才行。」這些話全說得頭頭是道。此外，這可憐女孩的行為也氣壞了雷吉納。當然，他之所以嫌惡她，絕對跟蘇珊夫人無關；可這就怪了，他對費德莉卡的印象應該都來自蘇珊夫人的描述才是。唉，不管雷吉納的命運將變得如何，至少我們都努力過要救他了。看來，這件事只能託付給上帝。叩請

金安

女　凱薩琳·維儂叩上

寫於教堂山莊園

Letter the 16th

第十六封信

蘇珊・維儂夫人致強森太太

艾莉莎摯友芳鑒：

我這輩子最大的火氣算是被今早一封桑默斯小姐的信給惹出來了——我那討人厭的女兒居然企圖逃跑。我從不知道她是這樣一個搗蛋鬼，還以爲她和維儂家的人一樣膽小害羞呢。不想，一接到我要她跟詹姆士・馬汀爵士結婚的信，竟想一走了之。除了這個原因，我實在想不出她爲何要這麼做。我猜，她八成打算到斯坦福郡的克拉克家，除了他們，她也沒別的朋友了。反正，她非受點懲罰不可——她是嫁定他了。我已讓查爾斯進城處理此事，希望他能大事化小、小事化無；因爲，我完全不想讓她到這兒來。

倘若桑默斯小姐不願她繼續待下，你可得幫我找找其他學校了，否則就是讓她立刻嫁出去。桑默斯小姐信上說，不論原因爲何，她都無法接受自己的學生有此反常行爲，這點更加深了我先前的想法沒錯。費德莉卡太害羞，也很怕我，我不擔心她會在叔叔面前說些什麼；即便性情溫和的叔叔引得她和盤托出一堆事，我也不怕，我自有一套妥善說法能脫身。若說我有什麼可自誇的，那絕非我的口才莫屬。能言善道招來的注目與尊敬，正如美貌招來讚美那樣，而我在這兒有的是機會一展長才，畢竟我大半的時光都消磨在說話上。

雷吉納只有在我們兩人獨處時才會輕鬆自在，若天氣不錯，我們總會花上好幾個小時在灌木叢間散步。整體而言，我非常喜歡他，他既聰明又健談，但有時也很莽撞，惹人厭煩。他不時拿自己聽說過有關我的壞話來問我，並總是打破砂鍋問到底，非得對每件事徹頭徹尾了解一番才肯罷休。這也是一種愛，但老實說，不是我喜歡的那種就是了。相較之下，曼華林的無限溫柔與包容讓我喜歡得多，在他心中，我渾身上下全是優點，無論我做什麼、怎麼做都對，而且他對那種太過理性思維的講究與懷疑充滿不屑。曼華林眞是無人能比，他跟雷吉納相比，好過太多了，在很多方面都勝過雷吉納，只是，他卻無法跟我在一起！可憐的傢伙！讓他滿懷嫉妒也是沒辦法的事，因爲我知道這是保有愛情的最佳手段。他一直在挑逗我，要我答應讓他到這附近來，在離我不遠處找個地方住下。但，我無論如何都不同意。我得記取前車之鑑，況且，人言甚爲可畏。即問

刻安

你永遠的摯友　蘇珊・維儂謹啓

寫於教堂山莊園

Letter the 17th

第十七封信

維儂太太致德寇西夫人

母親大人膝下：

查爾斯在星期四晚上回來了，也把姪女一塊兒帶了回來。那天稍早，蘇珊夫人收到他一封信，說明校長桑默斯小姐不讓費德莉卡繼續留在學校，我們隨即準備迎接費德莉卡到來，一整晚都在焦急地等候他們。他們抵達時，我們正在喝茶，費德莉卡帶著異常驚恐的一張臉進了門。蘇珊夫人早前已經哭過，她因等著與女兒相見而焦慮不已，及至見了女兒，一切倒表現得很克制，絲毫未悖離一個慈母應有的言行。她沒怎麼跟她說話，而當我們全部就座，費德莉卡忍不住哭出聲，她便立即被帶出去，過了好一會兒，蘇珊夫人才又進來。當她再次出現時，雙眼十分紅腫，態度就跟未見著女兒前一樣焦慮。不過，費德莉卡卻沒跟她一塊兒進來。可憐的雷吉納，看著他美麗的朋友情緒如此低落，心中萬分不捨，看她的眼神滿滿都是憐愛。女兒不經意朝蘇珊夫人看去，卻看見正瞅著雷吉納瞧的蘇珊夫人，臉上竟透出一絲狂喜，真教人快受不了。她一整晚都是那副可憐巴巴的神情，只是，由於她如此刻意又奸詐狡猾的應對，若要以表裡一致來形容她，那可實在很難說服人。見過費德莉卡後，更讓人不喜歡蘇珊夫人了；那可憐的女孩看起來不幸至極，女兒的心簡直忍不住要爲她而痛。蘇珊夫人眞是太嚴厲了，像費德莉卡那樣的女孩，一看就知道無須對她疾言厲色。她看起來十分靦腆，神情既沮喪又懊悔。這女孩兒模樣很好看，不過，沒她母親那麼迷人就是。其實，她一點也不像她母親。雖然皮膚細緻，但沒她母親那般白皙亮眼；有著維儂家的五官，鵝蛋型的臉上有雙溫和黝黑的眼睛。跟我們說話時，她的神情特別甜美，只因我們待她很好，她也樂於對我們表示感激。

蘇珊夫人一直暗示費德莉卡是個很難管教的女孩，可是女兒卻從未見過比她更溫馴的臉孔；且就她們母女互動來看，蘇珊夫人只一個勁兒嚴厲指責，而費德莉卡只沉默地沮喪以對；是以讓人相信，蘇珊夫人對費德莉卡並非眞心關懷，而且從未善待或疼愛過她。女兒一直沒什麼機會跟這位姪女深談，但看得出她很害羞，且似有顧忌不太敢親近我。她爲何要逃校？這是個始終得不到答案的問題。想必您也知道，回來的路上，她那心地善良的叔叔因爲怕她難過，也不好多問些什麼。當初要是女兒我而不是查爾斯去接她就好了，在那段近五十公里的路程中，女兒肯定能跟她聊出事情的梗概才是。

這幾天，在蘇珊夫人要求下，小鋼琴已搬到她的更衣室去，費德莉卡就在那兒消磨大半時光。說是練習琴藝，每當經過那兒卻鮮少聽到聲響，至於她一個人在裡頭做些什麼就不得而知了。儘管那裡頭書很多，不過對一個長到十五、六歲都沒能好好受教育的女孩來說，應該不會對閱讀有興趣；況且，就算想讀也不見得能讀懂。可憐的孩子！她窗外的景色也沒什麼可看的，因爲房間下方是一片大草坪，另一邊則是灌木叢，可看到自己母親與雷吉納在那兒愉快地談心散步個把小時。費德莉卡畢竟稚氣未脫，讓她見著此情此景，內心衝擊想必不小。做母親的端出這種身教給女兒看，實在不可原諒吧？然而，雷吉納依舊認爲蘇珊夫人是最棒的母親，依舊指責費德莉卡是個一文不值的女孩！他全然相信費德莉卡之所以想逃離學校，乃出自無來由的任性。當然，沒有證據說她這麼做必定事出有因，但桑默斯小姐確實說過，費德莉卡打從進學校開始直到被發現企圖逃跑，這段時間一直很循規蹈矩。蘇珊夫人說的那些讓雷吉納深信不疑的話，可沒那麼容易讓人採信；若只是不想受老師管轄以及對學習沒興趣，怎可能導致逃校這種結局？噢，雷吉納，你的判斷能力已淪爲蘇珊夫人的奴隸！他甚至不覺得費德莉卡長得好看，每當我稱讚她的美貌，他總輕描淡寫地說她眼睛無神！一會兒信誓旦旦說她欠缺理解力，一會兒又說她個性有問題。簡言之，從說謊的人那兒得到的資訊總是前後矛盾的。蘇珊夫人認爲費德莉卡該受衆人指摘，便時而說她個性不好，時而悲嘆她不夠聰明。雷吉納只不過是以這女人的意見爲意見罷了。叩請

金安

女　凱薩琳．維儂叩上

寫於教堂山莊園

Letter the 18th

第十八封信

維儂太太致德寇西夫人

母親大人膝下：

很高興得知您在女兒的描述下對費德莉卡頗有好感，女兒眞的認爲她是個得人疼的好女孩。最近有件極爲震驚的事要告訴您，知道後，相信您會更喜歡她。

這陣子，女兒實在忍不住想，費德莉卡應該是愛上雷吉納了。很明顯，她經常帶著一種既讚賞又哀愁的眼神瞧向雷吉納。雷吉納長得俊自不在話下，但他更吸引人的是那大方坦率的態度，相信費德莉卡也有同感。經常愁容滿面、若有所思的她，只要一聽到雷吉納說些好笑的話，臉上就會立刻綻放明亮甜美的笑容。而且，若女兒我沒看錯，每當雷吉納談起嚴肅話題，只消一、兩句便足以把這女孩兒嚇跑。女兒會讓雷吉納留意這所有的事，因爲我們都明白，以雷吉納的性格，倘若得知自己受到仰慕，這作用力該有多大。若是費德莉卡純純的愛能將雷吉納從蘇珊夫人身邊拉開，我們可眞要感謝上帝讓這女孩來到教堂山莊園。

親愛的母親，女兒認爲您不會反對費德莉卡來做您兒媳婦的。她非常年輕，儘管沒受過良好教育，又有個言行引人非議的母親，但女兒敢保證，她的個性極好，且極爲聰明。雖說她目前沒什麼值得誇獎的表現，但也絕不像她母親說的那般無用。她其實很喜歡閱讀，也花了很多時間看書。她母親絕大部分時間都不理她，因此女兒我便盡可能陪伴她，花了好多心力，總算讓她不再那麼膽小羞怯。我們現在是好朋友了，儘管她在母親面前絕不開口，但只要我們兩人一獨處，她總是暢所欲言；讓人不禁想，要是蘇珊夫人能給她適當的教養與關愛，她一定會出落得亭亭玉立、人見人愛。費德莉卡是個再溫柔不過的善良女孩，純樸真誠且毫不做作，這幾個小堂弟妹也都非常喜歡她。叩

請

金安

女　凱薩琳．維儂叩上

寫於教堂山莊園

第十九封信

Letter the 19th

蘇珊·維儂夫人致強森太太

艾莉莎摯友芳鑒：

我很清楚你迫不急待想多知道些費德莉卡的事，也許你會覺得我怎麼拖了那麼久都沒告知進一步消息。

上上個星期四，費德莉卡跟她叔叔一塊兒回到教堂山莊園，當然，一見到她，我二話不說就問到底怎麼回事。不久，我即發現當初猜得沒錯，果然是因為我那封信——要她跟詹姆士·馬汀爵士結婚真的嚇壞她了，於是混雜著少女的叛逆與愚蠢之情，她下定決心離開學校，直奔克拉克家找她的朋友。校方發現她失蹤後，立刻出去追，及至追上，她已走了兩條街那麼遠。這還是費德莉卡·維儂大小姐有生以來第一次出門遠行，眞值得記上一筆！

試想，以十六歲之齡，就膽敢有這種作為，那麼往後的日子裡，我們不難想像她將幹出什麼聲名大噪的事情來。反正，我被她給氣壞了，而桑默斯小姐為了維持校譽，執意不讓費德莉卡留下；她說得倒好聽，什麼讓費德莉卡跟家人在一起，好處更勝於在她那兒受教育。我看，她是怕我付不

「這還是費德莉卡·維儂大小姐有生以來第一次出門遠行，眞值得記上一筆！」

出學費，以此爲藉口搪塞罷了。反正就是這樣，費德莉卡又回來當我的拖油瓶了。眼下，除了積極運籌帷幄，替她在蘭福德莊園起了頭的愛情故事產生個完結篇，她再無其他事能派上用場了。

然而，她愛上雷吉納・德寇西了！這個女孩！忤逆她母親、拒絕了一門高攀的親事不說，竟在母親未允許的情況下擅自愛上一個男人。我從未見過在她這個年紀就如此大膽向異性示愛的女孩，她的感情頗爲強烈，且總是眞誠無僞地表現出天眞無邪，殊不知這樣恰巧會讓人看扁，會讓每個見到她的男人都認爲她是個愚蠢的傻瓜。

在愛情的領域裡，不帶點矯柔造作絕對行不通；那孩子若非天生笨呆，就是故意裝得一副蠢樣。我還不確定雷吉納對她有何看法，也不知道結果會如何。她現在根本吸引不到雷吉納的注意，但要是雷吉納知道她心裡在想什麼，只怕也會對她嗤之以鼻。維儂家的人倒認爲她生得很美麗，不過雷吉納對她免疫。

費德莉卡非常喜歡與她嬸嬸相處，當然了，誰教她跟我一點也不像。她和那個老愛堅持己見、喜歡在談話中突顯自己既聰明又賢慧的嬸嬸，簡直處得如魚得水；當然，這小丫頭哪裡及得上她嬸嬸一絲一毫？

費德莉卡初到此地時，我曾花了點心思不讓她太常親近嬸嬸；但現在不用操這個心了，我叮囑過不可亂講話，看來她會聽我的。然而，我可沒因眼前光景一片和諧，就放棄掉讓她嫁給詹姆士爵士的打算。絕不！儘管還沒決定該如何提起此事，但肯定勢在必得。這件事我最好別在教堂山這裡提，免得自以爲聰明的維儂夫婦發動攻勢苦口婆心勸告我。更何況，我現在手頭也不方便，去不了倫敦。所以，得讓費德莉卡・維儂小姐再等一下下了。即問

刻安

你的摯友　蘇珊・維儂謹啓

寫於教堂山莊園

第二十封信

維儂太太致德寇西夫人

Letter the 20th

母親大人膝下：

眼下，我們家來了位不速之客——昨天上門的。聽見門口傳來馬車聲的當下，女兒我正在陪孩子們吃晚餐；但想想，得去看看才行，因此快步走出孩童室往樓下去。才下了一半樓梯，就遇到臉色死灰的費德莉卡正往樓上跑，飛也似的從身旁經過，躲回她自己房裡去了。女兒立刻跟上前問她怎麼了？她說：「噢！他來了，詹姆士爵士來了，我該怎麼辦才好？」聽得人一頭霧水，只好請她詳細說明。就在那時，敲門聲響起，打斷了談話，是雷吉納，蘇珊夫人要他叫費德莉卡下樓。她立刻臉泛紅暈地說：「是德寇西先生敲的門！是媽媽讓他來叫我的，我得下去了。」於是我們三人一起下了樓。雷吉納還將費德莉卡那張嚇壞的臉好好審視了一番。

我們在早餐室看到蘇珊夫人，以及一位紳士模樣的年輕男子，她向我們介紹道這位是詹姆士·馬汀爵士。母親，想必您還記得，他就是從曼華林小姐那兒移情別戀，使蘇珊夫人忍痛揮別友人的男主角。不過，這位拜倒在蘇珊夫人石榴裙下的愛情俘虜，似乎不受這女人垂青，又或者，她已把他轉給自家女兒了。因爲此刻詹姆士爵士正瘋狂愛戀著費德莉卡，且蘇珊夫人也極力促成這門親事。儘管如此，卻能清楚感覺得到那可憐女孩並不喜歡他；雖說詹姆士爵士看來一表人才，也頗爲健談，但我們夫妻倆都覺得他是個很軟弱的年輕人。走進早餐室時，費德莉卡整個人既畏縮又不知所措，教人很是不捨。儘管蘇珊夫人招待訪客相當殷勤，卻看得出她並非發自內心歡迎他來。詹姆士爵士侃侃而談了許多事，並一再為自己突然造訪致歉。談話間，他多次夾雜了不必要的笑聲，一再重複述說某些事，且三度提及不久前的一個晚上曾去拜訪強森太太。他偶爾會跟費德莉卡聊一下，但更常對著她母親說話。那可憐的女孩只能低垂雙眼，臉上一陣青一陣白，不發一語地一直坐著。雷吉納則在一旁安靜觀察所發生的一切。最後，蘇珊夫人應該是覺得疲乏了，便提議到外面走走；於是請二位紳士稍待，我們幾位女伴添件外套就來。

上樓時，蘇珊夫人說希望耽誤幾分鐘，到女兒我的更衣室談一下，看她一副焦急的模樣，只好依言領她前去。一關上門，她立刻說道：「親愛的弟媳，詹姆士爵士突然造訪眞是把我嚇了有生以來最大一跳，我爲這樣一位不速之客對您造成不便，感到非常抱歉。但對我這個做母親的來說，卻覺得非常榮幸——他是如此愛戀小女，無法克制想見她的心情。詹姆士爵士是個脾氣溫和、品格優秀的年輕人，或許稍嫌聒噪些，不過一、兩年內就可改善；除此之外，其他方面都與費德莉卡很登對。因此我一直極力促成這樁婚事，希望您跟小叔能衷心贊同兩家聯姻。我從未對任何人提起這件事的可能性，畢竟費德莉卡之前尚在求學，這種事不提爲佳。不過，我現在確信費德莉卡的年紀已經大得不適合到學校去，便考慮起她和詹姆士爵士的婚事。我本來就打算近日內向您和小叔提這件事。親愛的弟媳，我相信您一定會原諒我現在才說出此事，而且一定會贊同我在事情未明朗前所採取的保密作法。再過幾年，當您有幸爲您可愛的小凱薩琳，覓得家世、門第、品格皆無可挑剔的好人家時，就能體會此時我心中的感受了。不過，感謝上帝，您的境遇比我好得太多。小凱薩琳生活富裕，不像費德莉卡，還要我這個做母親的爲她的生活操心。」

結論是，她希望得到女兒我的祝福，我當即笨拙地說了些祝福的話（說眞的，她突如其來說了這麼一件大事，眞讓人瞠目結舌，自然連話都說不清楚）。不過，她非常熱情地道謝，一直謝謝道如此關心她們母女的幸福，又接著說：「親愛的弟媳，我是個不擅長表達感情的人，且從來也沒法昧著良心說話，因此，您大可相信接下來我要說的——早在認識您之前，我便聽聞過許多對您的讚美，只是未曾想到自己會像現在這麼愛您；而且，我得說，您的這份情誼對我而言深具意義，讓我好高興。因爲我知道有人故意在您面前中傷我，想讓您對我存有偏見。只是，無論那些人是誰，恐怕他們都要白費苦心了，他們眞該看看我們處得多好，多麼相親相愛。我就不多耽誤您了，您是如此善待我們母女，上帝將賜福您繼續享受眼前的幸福快樂！」親愛的母親，對於這樣一個女人，還能說些什麼？如此眞誠！如此一本正經！可是，仍讓人忍不住懷疑，她說出口的每一句話究竟有多可信？

至於雷吉納，相信他一定不曉得這是在演哪齣戲。看著突然現身的詹姆士爵士，他目瞪口呆、困惑不已；那年輕人的愚蠢與費德莉卡的不知所措，一直在他腦海盤旋不去。儘管與蘇珊夫人私下小聊後已較平復，但他仍對蘇珊夫人為何讓這等男子追求自己女兒難以釋懷。詹姆士爵士一派自若地主動說要留宿教堂山莊園幾天，但或許又意識到此舉甚為魯莽，接著便說希望我們看在這層關係的情面上別介意才好，一邊搭配幾聲乾笑一邊說，畢竟我們可能很快就要結為親家了！就連蘇珊夫人似乎也被他這大膽作風弄得啼笑皆非，她內心想必巴望著他趕快離開。

事已至此，我們一定得幫幫那可憐的女孩，如果她叔叔和我沒有誤解，那麼無論如何絕不能讓她成為任何計策或野心下的犧牲品，我們不能棄她於痛苦深淵而不顧。她屬意雷吉納·德寇西，儘管雷吉納可能瞧不起她，但就算是這樣也強過嫁給詹姆士爵士。一旦有機會與她獨處，女兒便會將事情問個清楚；只是，她似乎一直有意迴避，但願她不是在進行什麼壞事，希望沒錯看了她才好。對於詹姆士爵士的言行舉止，她內心很明白、也為之羞赧，而其中應不至於帶有鼓勵他進一步的意味。再會了，親愛的母親。叩請

金安

女　凱薩琳·維儂叩上

寫於教堂山莊園

Letter the 21st

第二十一封信

費德莉卡·維儂小姐致德寇西先生

德寇西先生惠鑒：

請原諒我的冒昧，若非憂傷沮喪難當，我亦羞於煩擾您。詹姆士·馬汀爵士讓我很不舒服，而我想這個世界上只有您才幫得了我，因爲媽媽不准我跟叔叔嬸嬸提起此事，我又怕自己說起話來含糊不清，這才擅自決定提筆寫信。倘若連您也不能幫我說服媽媽取消這門婚事，我真不知該如何是好，因爲——我實在受不了他。而除了您，沒人勸得動媽媽了。若您能幫我這個大忙，跟媽媽說，請她叫詹姆士爵士離開，我會萬分感激您。打從一開始我就不喜歡他，我可以向您保證，這絕非突然興起的念頭。一直以來我都認爲他愚蠢、魯莽，且惹人厭，現在，他變得更糟了。我情願出去賺錢養活自己，也不願嫁給他。實在非常抱歉如此冒昧地寫這封信給您。我知道此舉會讓媽媽大怒，但仍得冒險一試。敬請

大安

惶恐不安、不配打擾您的　費德莉卡·維儂謹啓

Letter the 22nd

第二十二封信

蘇珊·維儂夫人致強森太太

艾莉莎摯友芳鑒：

眞是氣死我了！我從未如此生氣，所以非得給你寫信不可，只有你能了解我所有情緒。那個詹姆士·馬汀爵士居然在星期四跑來了！你可以想像我有多震驚、多生氣（你也知道，我從不希望他出現在教堂山莊園）。唉，眞是太遺憾了，連你也不知道他會幹出這等事吧！光來還不打緊，居然大言不慚地說要留下來多住幾天，眞想把他毒死算了！然而，我對這件事仍舊做了最圓滿的處理，且相當成功地編了個故事給我弟媳聽（不管她心裡怎麼想，終究是沒反駁我的話）。我交代費德莉卡要對詹姆士爵士謙恭些，也讓她明白她嫁定詹姆士爵士了。她說她很難過，不過，事情就這樣定了。看著她對雷吉納的愛慕與日俱增，爲免夜長夢多，還是趕緊讓她嫁掉爲好，難保雷吉納會不會也對她日久生情呢？感情的事很難說，儘管我不認爲他倆之間會有什麼結果，但，還是把他們看緊一點好。

雖說雷吉納目前對我的興趣未曾稍減，但他最近總不自覺莫名提起費德莉卡，有一次竟還讚美她。他對詹姆士爵士的出現感到很不可思議，且初見這位不速之客還帶點若有似無的醋意打量人家，不禁讓我暗自得意。雖說詹姆士爵士對我殷勤得很，但不幸沒能讓雷吉納嫉妒得太久，因爲詹姆士爵士隨即讓大家知道他已心有所屬，此行是爲了費德莉卡而來。

與雷吉納獨處時，我稍微花了點功夫說服他，這樁姻緣乃經我審慎考量、顧及各方條件，實安排得合情合理。當然，他們大家不免發現詹姆士爵士沒什麼智慧，不過我嚴正警告費德莉卡不得向她叔叔嬸嬸抱怨，因此，他們無權介入此事（我知道我那自以爲聰明的弟媳，只要一逮到機會就會插上一腳）。目前，每件事都還算平靜順利，雖說巴不得詹姆士爵士早日離開，但我對目前情勢頗爲滿意。

好了，你要不要猜猜，還有什麼事擾亂了我的計謀？而且是你怎麼也想不到的。雷吉納今早繃著一張臉出現在我的更衣室，嚴肅地說完幾句開場白，他直接要我給個理由，問我爲何不顧費德莉卡的心意，不顧她壓根就不喜歡詹姆士爵士的情況下，有失妥當地硬要把她嫁給此人。我眞是嚇壞了，發現他此舉並非開玩笑之後，我冷靜地請問他怎麼會有這種想法，而且是誰要他來訓斥我的？於是，他擺出不合時宜的溫柔，語帶譏諷地對我說起緣由，我只是漠然聽著——原來，是我女兒告訴了他，有關她自己、詹姆士爵士、以及我三人之間的狀況，而他聽了之後很不安。簡言之，就是費德莉卡寫信給他，請他介入此事，於是接到信後，他便去找她談了一下，釐清一些細節，並保證幫她說話。

我毫不懷疑，那女孩想必也趁機表露出她的愛慕之情了。從他提及她的神態看來，對此我確信不疑——因爲人家深愛著他，他當然得替她出頭嘛！我眞看不起這種男人，被愛慕自己的女孩恭維一下，也不管自己是否看得起她或喜歡她，便暈陶陶地替她說起話來。他倆眞教我憎恨個沒完。他對我根本就不是眞感情，否則不可能如此輕易聽信一面之詞。

還有她，這個生來就是要忤逆我的女兒，就這樣帶著粗俗的情感，投進一個講不上三句話的男人的懷抱裡！我恨透了她的厚顏，還有他的輕信！他竟敢相信她對我的批評！他難道就不能相信凡我所出手必定事出有因嗎？他對理性善良的我的那份信任到哪裡去了？爲了眞愛挺身而出、爲了反對那些攻擊我的誹謗者——是的，誹謗者，自然也包括這位胸無點墨、毫無才情，被我諄諄教誨著要他鄙視至極的黃毛丫頭——他的那份氣急敗壞又到哪裡去了？

我冷靜了下來，但仍得竭盡所能克制自己，往後希望自己務必更敏銳才行。他努力再努力地試圖平息我的憤怒，然而，若有哪個女人受到指摘侮辱後，光憑兩句好聽話就能被安撫，那她肯定是個傻子。最後，他終於走開了，跟我一樣被深深激怒，甚至表現得比我還生氣呢！我算是冷靜的，他卻一副怒火中燒的模樣，希望他的怒氣能很快消散（也許他的氣憤只是一時的），而我依然怒不可遏，未曾稍減。

此時，我聽見他走出去，將自己重重關進房裡。若有人見及此景，一定會說這場面還眞僵呀！不過，人的感情是很難理解的。我現在還無法靜下心來去找費德莉卡。我要讓她忘不了今天所發生

的事，她會發現自己對愛情的苦心經營白費力氣，不過是讓全世界的人看她笑話罷了。而且還惹得她母親極爲受傷，大動肝火。即問

刻安

你的摯友　蘇珊・維儂謹啓

寫於教堂山莊園

Letter the 23rd

第二十三封信

維儂太太致德寇西夫人

母親大人膝下：

女兒要向您賀喜啦！我們一直掛慮的事，眼見就要喜劇收場了！這件事出現了令人欣喜的轉折，因而前景十分看好。眞是抱歉，之前還將種種憂慮告訴予您，讓您爲此擔憂許久，不過，危機解除啦！女兒整個人高興得發抖，手都要握不住筆了，但仍決定簡短寫封信給您，交代僕從詹斯送去，好讓您明白喜從何來——雷吉納，就要回帕克蘭茲莊園啦！

約莫半個鐘頭前，女兒與詹姆士·馬汀爵士坐在早餐室裡，雷吉納走了過來——他繃著個臉，口氣很憤怒，做姊姊的立刻看出大事不妙（一旦雷吉納想做什麼事，親愛的母親，您也知道他那副急性子）。他說：「凱薩琳，我今天要回家了。我很捨不得離開你，可是，我得走了，我實在離開父母太久了。我會立刻讓詹斯和我幾個獵人先出發，你若有信件，詹斯可以代勞。我自己則是星期三或四才會到家，因爲得去一趟倫敦，有一些事情得處理。不過，在我離開前，」他壓低了聲音，語氣仍然含怒，「有件事你可千萬小心，別讓那個馬汀毀了費德莉卡的幸福。他想娶她，她母親樂觀其成，可是費德莉卡怕得要命──我保證，以上所言句句屬實。我知道那個詹姆士爵士繼續留在這兒讓費德莉卡很不舒服，她是個甜美的女孩，不該那麼苦命。馬上讓他離開吧，他不過就是個傻子，眞不知道那女孩的母親在想些什麼！唉，再見了。」他眞誠地伸出手來和姊姊我互握，隨即又補充：「不知我們何時才會再見，但請記住我說的有關費德莉卡的事，讓她得到公平的對待，你責無旁貸。她是個討人喜愛的女孩，人品也很好，比我們當初所想的要好上許多。」說完便離開，逕自上樓去了。

做姊姊的不想留他，因爲很了解他的感受。至於聽他說這些話時心情如何，女兒就算不說，相信母親您也能明白。有那麼一、兩分鐘，女兒我整個人爲之震顫，內心愉悅難以形容，得努力鎭靜下來，才不至於高興得大叫出聲。大約十分鐘後，我回到早餐室，蘇珊夫人也在那時走進來。想當然爾，蘇珊夫人與雷吉納一定是吵架了，女兒因此急切地觀察她，試圖從她臉上神情得到些印證。但她不愧是騙子女王，表現得一點事也沒有，在聊了些無關緊要的話題後，她問：「我剛才聽威爾森說德寇西先生要走了，今天上午就要離開教堂山莊園，是眞的嗎？」我回答是，她笑道：「怎麼昨晚沒聽他提起呢？就連今天吃早餐時也沒聽他說呀！也許連他自己都不知道。年輕人總是很快做決定，接著又以更快的速度改變決定。他要是最後決定不走了，我可一點也不驚訝。」說完逕自離開了早餐室。

親愛的母親，看來我們無須擔心雷吉納眼前的計畫會生變；事已成定局，他們一定是吵架了，而且是爲了費德莉卡的事爭吵。蘇珊夫人的冷靜自若眞教人吃驚。啊！親愛的母親，再度看到雷吉納，您將會有多開心哪！看見他仍是個值得尊重的紳士，仍讓您快樂不減！希望下一封信，女兒能告訴您詹姆士爵士已經離開教堂山，蘇珊夫人被徹底擊敗，而費德莉卡平安快樂。我們有許多事要做，而且非做不可。女兒已迫不及待想知道，這令人驚訝的轉變是怎麼發生的。信末，請讓女兒像一開始那樣熱烈向您賀喜。叩請

金安

女　凱薩琳·維儂叩上

寫於教堂山莊園

Letter the 24th

第二十四封信

維儂太太致德寇西夫人

母親大人膝下：

眞想不到，前腳才愉悅不已地送出一封信給您，後腳卻得面臨幾乎讓人窒息的陰鬱。對於寫了前一封信給您的舉動，女兒眞是再怎麼後悔也不夠。可是，誰又能料到事情發展至此呢？親愛的母親，兩個小時前，女兒還滿懷希望，快樂得不得了，現在，一切都落空了。蘇珊夫人和雷吉納已經和好，所有一切都回復成老樣子；只有一件不同，那就是詹姆士·馬汀爵士被打發走了。我們現在還能有什麼指望呢？女兒我眞的相當失望。雷吉納已全部準備妥當（馬匹已然備妥，行李都拿到門口，這再保險不過了吧），可是，他卻不走了！女兒原本還期盼他半個鐘頭內就會離開哪！

就在送出寫給您的前一封信後，女兒到查爾斯房裡，跟他討論這整件事，而後決定去找費德莉卡。從早餐過後就一直沒看見她，在樓梯間碰到她時，她哭著說：「親愛的嬸嬸，他要走了，德寇西先生要離開了，這都是我害的。我怕您會很氣我，可是，我眞沒想到事情會有這樣的結果。」做嬸嬸的回答：「好孩子，千萬別爲此道歉。我倒認爲無論是誰，只要能讓舍弟回家，我還得跟他致謝呢！因爲，」我整理了一下情緒，說：「我知道我父親非常想見他，可是他要走，又跟你有什麼關係呢？」她雙頰緋紅地回答：「我非常不喜歡詹姆士爵士，所以終於忍不住——我知道我鑄下大錯了，您不知道一直以來我有多痛苦，媽媽還交代不准跟您或叔叔提起這件事，而——」做嬸嬸的替她把話說完：「所以你就跟舍弟說，請他介入此事。」

費德莉卡說：「不，我是寫信給他。是眞的，今天天還沒亮我就起床了，那時應該還有兩個鐘頭才天亮。寫完信後，我心想自己永遠也沒勇氣把信交出去。吃完早餐、正準備回房，正好在走道上碰到他，那時我想，是生是死就在此一搏了，我逼著自己把信交給他。他人眞好，立刻便收下了信。我連看都不敢看他，就直接跑走了，害怕得幾乎要喘不過氣。親愛的嬸嬸，您不知道我過得有多痛苦。」

於是我告訴她：「費德莉卡，你應該把所有憂傷和痛苦都告訴我的。你會發現我是個隨時準備好伸出援手的朋友。你難道不知道，你叔叔和我都會像舍弟那樣，願意在這件事上幫助你嗎？」費德莉卡臉上再度泛起紅暈，說：「是的，我一直覺得您人很好。只是，我以爲德寇西先生可以影響我母親做的任何決定。但我錯了，他們爲此大吵一架，而且他就要離開了。媽媽絕不會原諒我，我的日子會比以前更慘。」做嬸嬸的安慰她：「不，不會的。就像你母親不准你告訴我此事，但我仍知道了一樣——她無權奪走你的幸福，而且她本不該這麼做。你求助於雷吉納，其實對大家都有好處，我相信這是最好的辦法。請放心，你以後再也不需要痛苦度日了。」

就在那時，女兒簡直不敢相信自己的眼睛——雷吉納正好從蘇珊夫人的更衣室裡走出來。恐懼立刻襲上我心頭，雷吉納顯然也因突然照面而有些不知所措。費德莉卡立刻溜開，做姊姊的於是問：「你要離開了嗎？你姊夫在他房裡。」雷吉納答：「不，凱薩琳，我不走了。我可以跟你說幾句話嗎？」

於是我們姊弟倆來到我房裡。他很不自在地說：「我發現自己跟以前一樣急躁，完全誤解了蘇珊夫人，差點就要帶著對她的錯誤印象離開此地。這誤會可深了，我想我們全都弄錯了——費德莉卡不明白她母親的用心，蘇珊夫人完全出於好意；而由於費德莉卡跟她不太親，所以蘇珊夫人也不知該怎麼做才能讓女兒高興。況且，我也無權干預此事，費德莉卡要我出面，還眞是找錯對象了。簡單來說，凱薩琳，我們把每件事都給弄擰了，不過，還好現在一切都已釐清。我相信蘇珊夫人也很希望能跟你談談此事，不知你現在有沒有空呢？」做姊姊的答道：「當然有。」但忍不住爲這個編派粗糙的故事嘆了口氣。做姊姊的我，一句話也沒說，多說無益。

雷吉納心情大好地走了開去，做弟媳的則好奇想聽聽蘇珊夫人怎麼說。她笑道：「我不是告訴過您，令弟不會離開我們嗎？」做弟媳的內心沉重以答：「您確實說過。不過，我還以爲您說錯了呢！」她回應：「我確實不該如此大膽預測，若非想到他之所以要走，可能跟今早所談的事有關，我也不敢這麼說。事實上，我跟他都誤解了彼此的話，導致他對談話結果很不滿意。一這麼想，我便立即打定主意，不讓這偶發的爭執成爲令弟怫然離你而去的原因。如果您還記得，我當時幾乎是立刻走出早餐室，心想：絕不能浪費分分秒秒，必得盡全力澄清這些誤會才行。事情是這樣的——費德莉卡極不願意與詹姆士爵士結婚。」

做弟媳的幾乎就要動怒：「您，覺得她會同意嗎？費德莉卡生得那麼聰明，而詹姆士爵士則差得遠。」她卻回答：「至少我不後悔力促過這樁婚事。話說回來，我親愛的弟媳，您如此賞識小女的天賦，我倒很感激。詹姆士爵士當然有些駑鈍，我也清楚他那孩子氣的舉止讓他看起來更糟，但倘若費德莉卡眞具備我認爲她該有的洞察力與能力，或說若我知道她具有這樣的條件，也就不會急著替她安排這樁婚事了。」做弟媳的我回話：「這就奇怪了，您居然渾然不知令嬡有些什麼能耐！」她也不甘示弱：「費德莉卡從來就看不起自己，她的態度總是那麼膽小、畏縮，又孩子氣，再加上她也很怕我——她那可憐的父親還活著時，她簡直是個被寵壞的孩子，所以我這爲人母的必得嚴加管教才行，卻因而讓她不敢親近我；連帶的，聰明才智及心靈的活力都不見了。」做弟媳的指出：「那是她欠缺教育的關係吧！」她回答：「親愛的弟媳，天曉得這點我有多在意，每思及此，就難過得想咒詛自己。」

講到這裡，蘇珊夫人裝出一副快哭的樣子，女兒我還眞想轉頭就走。

但是身爲弟媳還是把話題拉了回來：「但，您不是要告訴我，您與舍弟爲何起爭執嗎？」她回答：「是因小女所做之事。正如我先前所提，欠缺判斷力、再加上很怕我，她於是給德寇西先生寫了封信。」做弟媳的插話了：「這我知道，您一直不准她向查爾斯或我傾訴憂慮，除了求助舍弟，她還能怎麼辦？」她驚呼：「天哪！您把我看成什麼樣的人了！難道您以爲我不關心她的幸福嗎？再怎麼樣，我也不會讓小女生活在不幸之中，怎麼可能不准她向您訴說心中的愁苦，只爲了擔心您中斷我所謀畫的一樁惡毒陰謀？您以爲我心懷詭詐、鐵石心腸嗎？她的幸福是我此生最重要的職責，我怎麼可能讓她這一生過得痛苦呢？這種想法太恐怖了！」

做弟媳的不解了：「那，您又爲何堅持要她保持沉默呢？」她繼續說明：「親愛的弟媳，我到底該如何解釋此事才能讓您滿意呢？我爲什麼要嚴禁一件自己從不曾察覺的事呢？對您、對她，甚至對我來說，這全是不必要的。其實，一旦我做出決定，就希望不受干擾，無論身旁的人用意有多良善都一樣。眞的，我的確犯了錯，只是我確信自己的原意是對的。」做弟媳的又問：「那您又何須頻頻暗示此事是您的錯呢？您何以如此不懂令嬡的感受呢？您不知道她不喜歡詹姆士爵士嗎？」她回答：「我知道，他不是她喜歡的類型。但我認爲，她之所以不喜歡他，並非是因爲看到他的缺點。關於這一點，親愛的弟媳，就請您別打再破砂鍋問到底了。」她繼續說道，還親熱無比地拉住我的手，「我說，有些事還是有所保留較爲妥當。費德莉卡弄得我很不開心，尤其是她去找德寇西先生，這一點最讓我難過。」

做弟媳的火氣上來了：「您這麼故弄玄虛，是想暗示些什麼呢？您該不會以爲令嬡是愛上了舍弟，才討厭詹姆士爵士的吧？難道她不是因爲詹姆士爵士很愚蠢而討厭他嗎？若然如此，您又爲何與舍弟起爭執？是因爲這件事並非他的意思，而是受了費德莉卡之託？」

她接招：「您也知道，他的個性熱情而衝動，居然跑來跟我抗議，爲了所謂受苦被虐的女主角而暴跳如雷！我們誤會彼此了，他以爲我眞做了什麼該受譴責的事情，而我則誤會他無的放矢，毫無理由地干預此事。現在想想，眞錯怪他了；我們都太衝動，因此也就互相指責。在那種情況下，他想離開教堂山莊園也是極爲自然。一旦我明白了他的意圖，並省悟到也許我們都誤解彼此之後，便當機立斷，趁一切還來得及時，把事情解釋清楚。您的每位家人我都懷有很深的感情，倘若德寇西先生就此負氣離開，會讓我很受傷。現在我只再說一句，我深信，費德莉卡討厭詹姆士爵士自有其道理，我會即刻告訴詹姆士爵士，他必須放棄對她的希望。儘管此次風暴於我個人相當無辜，但內心實在自責，居然讓費德莉卡如此不快樂，我將盡一切力量補償她。而如果她像我一樣珍視自己的幸福，如果她擁有讓自己行爲得宜的明智判斷力，此刻的她，應該是平靜而寬心的。抱歉了，我親愛的弟媳，占用您寶貴的時間，不過，這事關乎我的名譽，相信經過這樣解釋，我已無須再擔心您會誤解我。」

做弟媳的原本想對她說：「這可不見得！」但最後，僅不發一語地走開了，這眞是女兒的忍耐極限了，若眞開了口，只怕到時會控制不住自己。她的保證！她的信譽！我才不信她那一套，眞是徹頭徹尾的謊話連篇。女兒內心難過不已，但一恢復鎮定便立刻走到客廳。

詹姆士爵士的馬車已在門口等著，他仍一派樂天，不久便告辭走了。對蘇珊夫人而言，掌控愛人是件多麼容易的事啊！簡直就是召之即來，揮之即去。而費德莉卡雖然鬆了口氣，看起來卻仍然很不開心，彷彿還在擔憂些什麼——也許是她母親的憤怒，或害怕雷吉納的離去，也可能是對他的繼續留下摻雜了些許嫉妒。看看她是何等關注自己母親與雷吉納的互動，可憐的女孩，她現在沒希望了，她心儀的對象不可能回頭了。雷吉納如今對她的看法大不同於以往，對她也還不錯，但他卻與蘇珊夫人重修舊好，使得她的憧憬沒了進一步想像。親愛的母親，您心裡得有個最壞的打算，雷吉納娶蘇珊夫人為妻的可能性大幅提升——他比以前更黏她了。萬一事情真如我們所想，那麼女兒一定會把費德莉卡帶在身邊好生照顧。真遺憾在前一封信才剛寄達的時刻，就得再捎上這封信給您，讓您在高興歡喜後不久，得承受如此失望的結果。叩請

金安

女　凱薩琳・維儂叩上

寫於教堂山莊園

Letter the 25th

第二十五封信

蘇珊・維儂夫人致強森太太

艾莉莎摯友芳鑒：

我要親自上門讓你恭喜我了——我，又回到那個帶著勝利之姿的愉快模樣了！那天給你寫信時，我眞感到腹背受敵、火冒三丈。但說眞的，我也不確定此時是否已能高枕無憂，畢竟仍有許多瑕疵尙待掩飾——況且還有個自以爲高尙的靈魂正待馴服，那傢伙的失禮無人能比！我跟你保證，我絕不輕饒他。他還差點離開教堂山莊園呢！

當威爾森告訴我，那傢伙準備離開時，我還有些摸不著頭緒。所幸我當機立斷，無論什麼死馬都當成活馬醫，我可不想把名聲交在一個對我氣憤有加、又充滿報復心的年輕人手裡。要是眞讓他就這麼走了，對我的惡劣印象豈不也跟著他到處旅行？屆時，所有人可都要罵翻我了。一思及此，就算卑躬屈膝也得去做。我打發威爾森去給他傳話，說他走之前我想見他一面——他立刻就過來了。先前因爭執而顯得面紅耳赤的他，此刻已略爲收斂，對於我找他來似乎有些驚訝，而且一副半期待半害怕我會說服他的模樣。我則神情沉著，嚴肅以對，別無其他，不過還是帶著一抹愁緒，這樣或多或少可讓他相信我心情不好。

我說：「非常抱歉，先生，冒昧請您前來，剛才得知您打算今天離開此地，我深自反省，希望您不是因爲我才做出這個決定——哪怕您只是提早一小時離開，我都會深覺罪過。我也很清楚發生過今早的爭執後，我倆似乎都失去了繼續待在同一屋簷下的心情，畢竟原本互動密切的關係突然有了大轉變，往後相見不免尷尬，這眞是對我們情誼最嚴厲的懲罰。是以，您決定離開教堂山，無疑是顧慮彼此處境與審愼思考的結果。只是，話說回來，做出這等犧牲的人卻不是我，您可是即將離開摯愛至親的家人哪，這就是我的罪過了。我留下來，無法像您那樣讓令姊高興，況且我待在這兒的時日似乎略長了些。因此，是我該走的時候了，倘若可以，近日內應可成行；於是，特此請求於您，別讓我成爲您與家人間的絆腳石，阻隔了您們一家人的親情。沒有人會在意我將何去何從，我自己也不知該往哪兒去；但您不同，您是備受親戚朋友關愛，在他們心裡舉足輕重的人。」

說完了。怎麼樣？對我的說話技巧還滿意嗎？這話說中了雷吉納的虛榮心，果不其然，他聽完後成效立見。哈！看著他聽我說話時臉上的各種表情變化，眞夠有趣的！光看他在那兒自我掙扎，要生氣不生氣，想擠出笑臉又擠不出笑臉，還眞有意思。他這傢伙性情純眞，很容易被說服；我挺羨慕他的，換作是我，怎麼說我也不信。然而，這樣的性情也未免太容易被操弄了。眼前這個雷吉納，只消我幾句話，馬上就服服貼貼，而且還比以前更溫順、更黏人、更忠實。但我又不禁想，他一開始帶著大義凜然的驕傲，不問青紅皀白就來質問我，對我沒有一絲信任，還眞讓我一想起便怒火中燒。雖說他目前謙遜得很，但我還是沒法原諒他狂傲的行徑，我仍然猶疑和好之後是否該讓他一旁涼快去，還是該嫁給他，一輩子逗弄他。然而，無論採取哪種作法，一切都馬虎不得，得從長計議才行。

此刻，我腦中正盤算著幾樁良謀，有好些事項得籌畫——我得懲罰費德莉卡，而且得嚴厲些才行，誰叫她向雷吉納告狀！至於雷吉納，竟敢愉快地收下她的信，還跑來對我大小聲，不給他一點顏色瞧瞧怎麼行？還有我那弟媳，自從詹姆士‧馬汀爵士離開後，老是擺出傲慢的勝利者姿態，我也得讓她嘗嘗苦頭。唉！爲了把雷吉納拉回來，只好要那倒楣的詹姆士爵士離開，我一定得好好補償自己過去這幾天卑躬屈膝的辛苦，是以，心中已擬定了幾個方案。還有，我也想盡快進城裡去，無論有何打算或備胎計畫，「那件事」我非做不可。因爲看來看去，無論如何，倫敦終究才是最佳表演舞臺，那裡有最適合採取行動的場所；況且，不管怎麼說，你我都得見上一面，有你陪著，再小小地揮霍一下，作爲我在教堂山莊園兩個半月來辛苦生活的報償。

費德莉卡與詹姆士爵士的婚事拖了這麼久，依我的個性簡直快要按捺不住。這件事，你看法如何，盡可與我計議一下。你也知道我這個人，從不三心二意，也不太把旁人的偏見放心上；當然，更不可能任由費德莉卡不顧自己母親的想法，恣意放縱行爲舉止。而她對雷吉納蠢蠢的愛也是！一棒打醒她這浪漫的蠢夢，是我刻不容緩的職責。思前想後，只好義不容辭地把她帶進城，叫她即刻嫁給詹姆士爵士。然而，雷吉納不會同意我這麼做的，在這點上，我知道得和他取得共識才能和睦相處，但目前卻做不到——他之所以仍在我掌控下，是因為我放棄繼續和他爭執那件事，況且我也無法確定自己在那次爭執是否占了上風？

親愛的艾莉莎，你怎麼看待這些事？寫信跟我說吧！對了，你能否在你家附近幫我找個合適的住處呢？即問

刻安

你的摯友　蘇珊・維儂謹啓

寫於教堂山莊園

第二十六封信

強森太太致蘇珊．維儂夫人

來信知悉，以下是我的建議——你獨個兒進城即可，別再浪費時間，就讓費德莉卡留在原地，別帶她來。好好籌畫一下，爲自己的幸福打算，把你自己嫁給德寇西先生，好過因撮合費德莉卡與詹姆士爵士而得罪他們一家人。你應該多爲自己打算，少爲女兒著想。她那種個性對你有損無益，況且她與維儂一家處得還滿愉快的，就讓她待在那適合她的教堂山莊園吧！反觀你，在上流社會中長袖善舞，才是你的長項，若不發揮所長，不就太可惜了嗎？是以，就讓費德莉卡留在那兒，當作是替你製造出一堆災難的懲罰，她越是沉湎於浪漫情懷的想像，後果保證越可憐，你還是儘快到倫敦來吧！

我如此催促你，其實還有另一個原因——曼華林上週進城來了，儘管對強森先生有所顧忌，他還是想辦法見到了我。他想你想得緊，而且對德寇西嫉妒得很，我看，現階段得避免讓他們兩人碰面才行。還有，如果你不答應讓他在這兒與你見個面，我可不敢擔保他不會做出什麼魯莽之舉，像是直接奔去教堂山莊園之類的，那就太可怕了！況且，你要是聽我的勸，嫁給德寇西，曼華林也就不得不知難而退，不會再煩你；只有你，才能讓他乖乖回老婆身邊。

此外，我還有個動機要你來——強森先生下週二要離開倫敦，爲了身體健康因素，他得到巴斯去。我衷心企盼那兒的水有益於改善他的體質，若然如此，他就會在那兒待上幾週以治療痛風。他不在時，我們就可聚在一起，盡情玩樂。儘管他曾硬要我起誓，說不再邀你到我們家來，但我還是會請你過來愛德華街的——若非我缺錢，才不可能讓他逼著這麼做。無論如何，我還是可以在上西摩街替你找個挺好的小公寓，如此一來，我們就可以一起待在那兒或我這兒了。至於強森先生要我起誓的內容，我的理解是，頂多在他離家時，不讓你在此過夜。

可憐的曼華林先生，拉拉雜雜跟我說了一堆他老婆的嫉妒心有多恐怖云云，那個蠢女人怎麼可能讓這麼一個美男子愛她一輩子？不過，她向來就是個蠢貨（最蠢的事莫過於跟曼華林結婚了），她有那麼多財產可繼承，他可是一毛錢也沒有，只空有頭銜，又有什麼用，她了不起就是個從男爵夫人罷了。她當初非要嫁給曼華林，當眞蠢得無可救藥；雖說強森先生是她的監護人，我可一點都不想管她，我永遠也沒法原諒她。即請

大安

你的摯友　艾莉莎謹啓

寫於倫敦，愛德華街

Letter the 27th

第二十七封信

維儂太太致德寇西夫人

母親大人膝下：

這封信將交由雷吉納帶給您。他在這兒的長假終於要告一段落，不過，女兒擔心他拖到現在才走（即便離開了蘇珊夫人），怕也不會對我們有任何好處了。

是的，蘇珊夫人也要離開了，她即將前往倫敦探望密友強森太太。她本打算帶費德莉卡一塊兒去，說是要去倫敦見見大人物、長長見識，後來因我們強烈反對，只好作罷。費德莉卡光想到要去就嚇出一身冷汗，女兒也不放心讓她跟著蘇珊夫人；倫敦的大人物再多，也敵不過她對此行的害怕。她的健康狀況令人擔心（其實除了她的天性，無一不教人擔心），相信母親或母親的友人不至於傷害她，但她還是得跟那些朋友混在一起（相信他們絕對堪稱狐群狗黨），不然就是一個人被孤零零地拋在家裡，也不知道哪種情況比較慘。更何況，她如果跟著母親，唉，可是有十足的機會碰上雷吉納，那可是再悲慘不過。在這兒，我們可以好整以暇、安心度日，盡可能有些平常的娛樂，看看書、聊聊天，和孩子一塊兒活動，女兒我將盡可能帶給她家庭的溫暖，相信能讓她慢慢走出失戀傷痛。

她自己的母親，肯定是全世界最瞧不起她的女人了。至於她母親要在倫敦待多久、會不會再回教堂山莊園，這些全都不清楚。她若想重回教堂山，女兒我將冷漠以對，讓她知難而退。一發現蘇珊夫人要去倫敦時，女兒便忍不住問了雷吉納今年會不會到倫敦過冬。儘管他聲稱此時問這件事尚嫌過早，但就他說話的神情與聲音來看，頗有口是心非之嫌。女兒已決定不再嘆息，事已至此，不看開點也不行。倘若他回家後，很快便離開您去了倫敦，那麼一切就不辯自明了。叩請

金安

女　凱薩琳・維儂叩上

寫於教堂山莊園

Letter the 28th

第二十八封信

強森太太致蘇珊・維儂夫人

蘇珊摯友芳鑒：

我很失望地提筆寫下這封信，適才發生了最不幸的事件——強森先生不久前給了我們最致命的一擊。我想，他一定是從某人或某處聽說了你即將進城的消息，他的痛風竟然立刻發作，痛得沒法動，只好暫緩到巴斯的計畫。我相信那痛風是隨他高興而發作的——當初我打算和漢米頓一家到湖區遊玩，他的痛風也是說來就來；然而，三年前，當我很想到巴斯一遊時，他的痛風卻連一點症狀也沒有。

我很高興你聽了我的勸，德寇西先生肯定是你的了。請你一到倫敦就捎信給我，還有，請詳細告訴我，關於曼華林先生的事，你打算怎麼做呢？我沒法告訴你何時才有辦法去看你，這會兒要出門，可眞是難上加難。

他的痛風爲什麼要在這裡發作，而不到巴斯發作呢？眞討厭！我什麼事都沒辦法做了。倘若在巴斯，他的老姑媽還可以照料他，在這兒一切都得靠我。看他努力忍受痛風之苦，害我都不好意思

隨便發脾氣了。即請

大安

你的好友　艾莉莎謹啓

寫於倫敦，愛德華街

第二十九封信

Letter the 29th

蘇珊．維儂夫人致強森太太

艾莉莎摯友芳鑒：

無須痛風這最後一根稻草來壓垮我對強森先生的印象，我早就對他厭惡已極。只不過，現在可說是對他厭惡得無以復加！居然要你待在公寓裡當他的看護！親愛的艾莉莎，你怎麼會犯這種錯去嫁給那個年紀的男人！老到夠呆板，老到難以掌控，現在還多了個痛風；要他討人喜歡嫌太老，要他去死又嫌太早。我是昨天五點左右到的，晚餐還來不及消化，曼華林就出現了。

我並不想隱藏，與他再度相見的喜悅有多難以形容，或他那迥異於雷吉納的言行舉止讓我感受有多強烈。足足一、兩個鐘頭之久，我甚至認眞地想要不要乾脆嫁給他好了。儘管這樣的想法太徒勞、太荒謬，無法在我心中久留，卻也因此讓我不想太快決定究竟該情歸何處，也不太期盼與雷吉納約好在城裡碰面的事了——我該找個藉口什麼的，讓他別那麼快進城才是。曼華林離開前，一定不能讓他來。

對於和雷吉納結婚，我有時仍頗感躊躇。如若他老頭兒就要不久於人世，我或許不會那麼猶豫不決，可是德寇西爵士的健康狀況實難以捉摸，他的死生牽繫著我的幸福，教我如何輕鬆快樂得起來？若我下定決心等到他老人家嚥下最後一口氣，以我目前才新寡不到十個月的處境將會是最佳藉口。對於我的盤算，我一點口風都沒露給曼華林；對於我和雷吉納之間，也僅僅讓他以爲是最普通的男女調情罷了。那曼華林聽了我的解釋，也就平靜下來。我的摯友，期盼早日相逢，對於我的住處，我甚感滿意。即問

刻安

你的好友　蘇珊．維儂謹啓

寫於倫敦，上西摩街

Letter the 30th

第三十封信

蘇珊．維儂夫人致德寇西先生

我收到您的信了，得知您迫不及待想見我，自是難掩心中喜悅，但我仍覺得應該把預定見面的時間往後延。在聽我接下來的解釋前，莫要覺得我冷酷，或指摘我善變。

從教堂山莊園到倫敦這一路上，我充分思考了我倆目前的景況，仔細回想每個環節，在在使我確定，當初我們在教堂山，行爲確實有欠審愼之嫌。在感情的作用下，我倆關係的進展快到一種讓周遭朋友或世上的人都認爲魯莽的地步。對這段迅速發展的戀情，我倆一直以爲理所當然，由此忽略了您深愛的至親好友可能提出的質疑與反感；及至現在，幾經仔細思量，我深覺此事後續發展務必謹愼爲上。我們不能怪令尊以利益觀點考量您的結婚對象，像你們這樣豐厚富裕的人家，想藉由聯姻擴張家業版圖自是無可厚非，雖不能說合情合理，卻也不至引起怨懟。他當然有權要求您迎娶嫁奩可觀的女子爲妻，有時我也忍不住責罵自己，是我拖累了您，但人總是後知後覺才變得理性起來。

我新寡不過數月，無論過去那段婚姻幸或不幸，我對先夫仍記憶猶新，倘若這麼快就開展第二段婚姻，世人肯定會賞我難聽的罵名，我小叔也可能由此心生不快，這教我情何以堪？對於世人不公平的責備，我或許還能硬起心腸不理，但失去小叔原本對我的敬重，您也明白，這於我實無法忍受。再仔細想想，這也可能對您與家人造成傷害，這教我怎麼說服得了自己呢？只要設身處地爲令尊令堂著想一會兒，便能感同身受愛子被奪走的深刻傷痛，而即便與您在一起，還是會讓我難過不已。因此，我們非得延後重逢的時間不可，延到情況對我們較有利時，延到時局好轉時。

爲堅定我倆決心，我以爲暫時別見面爲好，且必得這麼做才行。這話聽似殘忍，卻非說不可，相信您只要仔細思考我設想的那些緣由，一定能明白。考量過我倆背負的責任，才做下此番痛苦決定，您或許，不，您一定得相信，我有多忍辱負重，萬望勿怪罪於我。爲此，我得再說一次，我們絕絕對對不能見面。分別數月，或許能平息令姊爲自己弟弟憂心忡忡的恐懼；畢竟，一向習於富裕享受的她，自然認爲財富是一切生活的基礎，我倆之間的感情任她如何也難以了解。

盡快回信給我，記得要快。讓我知道你願照我的話去做，且不會責怪於我。沉重的責怪之情教我怎能承受（我並非趾高氣揚，因此無須以責怪挫折我的驕氣），我得努力讓自己快活起來，幸好城裡有許多朋友可以找，尤其是曼華林夫婦，您知道這對夫妻與我有多親近。敬請

大安

蘇珊・維儂謹啓

寫於倫敦，上西摩街

第三十一封信

Letter the 31st

蘇珊·維儂夫人致強森太太

艾莉莎摯友芳鑒：

雷吉納那折磨人的傢伙來啦！我去信要他在鄉下多待些時日，沒想到反而把他給催來了。儘管希望他別出現，但他這麼黏人還是讓我感到高興，他簡直整顆心、整副靈魂都效忠於我了。這封信將交由他親自帶給你，就當是介紹信吧！

他一直很想結識你，請你整個晚上都絆住他，這樣我就不必擔心他有突然返回的危險。我已告訴他，我的身體微恙，需要時間獨處，萬一他臨時想回來，會對我造成諸多不便，且也不確定僕人能否隨招隨到。因此，懇求你留住他，讓他待在愛德華街。

你會發現他還滿好相處的，而且我准許你隨心所欲與他調情。同時，別忘記我眞正的用意，務必使出渾身解數讓他相信，如果他繼續待在這兒會讓我很痛苦，你知道我意有所指——得顧全大局啊！可不是？我自己當然也會盡量謹愼。唉，眞巴不得他快點兒離開，因為曼華林半個小時內就要到了。再敘！即問

刻安

蘇珊．維儂謹啓

寫於倫敦，上西摩街

Letter the 32nd

第三十二封信

強森太太致蘇珊．維儂夫人

蘇珊摯友芳鑒：

這下可慘了，眞不知該如何是好。德寇西先生來得眞不是時候，他前腳剛到，曼華林太太後腳就進門了，且自顧自地去找她的監護人，也就是我家強森先生，而這些事我全都在事後才知道（她和德寇西登門拜訪時，我正好不在家，否則再怎麼樣也得打發他到別處去）。而當德寇西在客廳等我回來時，曼華林太太已先和強森先生來了場閉門會議。她是昨天到的，爲了追丈夫而來，不過，你也許已從她丈夫那裡得知消息。她來我們家，是爲了求我家強森先生介入此事，並在我了解整件事的來龍去脈前，德寇西已得知所有我們不想讓他知道的事了。

此外，曼華林太太也從她家僕人那兒套出話，證實自從你來倫敦後，曼華林每天都去你那兒，而且她也親眼看見曼華林走進你的住處！我還能怎麼辦哪！事實就是這麼可怕！這會兒，德寇西已經什麼都知道了，他現在正跟強森先生獨處。請不要怪我，眞的，這種事防不勝防。強森先生曾經懷疑德寇西是否打算娶你，因此一發現他正好來了，便迫不及待找他單獨談話。那個煩死人的曼華林太太（也許這麼稱呼她會讓你好過些）也還在這兒，她啊，出於種種焦慮與煩憂，長得比以前更瘦更醜了。此刻，他們三人已聚在一塊兒關室密談，我們還能怎麼辦呢？真希望曼華林可以氣死他老婆。即請

大安

你擔心得不得了的摯友　艾莉莎謹啓

寫於倫敦，愛德華街

「此刻，他們三人已聚在一塊兒關室密談，
我們還能怎麼辦呢？」

Letter the 33rd

第三十三封信

蘇珊・維儂夫人致強森太太

這事兒聽起來還眞讓人生氣。你當時竟不在家，太倒楣了，我還以爲你七點左右一定會在呢！話雖如此，我倒不怎麼沮喪。別再爲我的事煩心了，請放心，我可以說服雷吉納聽我的。

曼華林剛才離開，他說他老婆已經來了。那個蠢女人，玩這種把戲到底是想盤算什麼？她還是乖乖待在蘭福德莊園爲妙！至於雷吉納，他一開始會有點生氣，不過明天晚餐之前一切就會平靜無波了。再敘！即問

刻安

蘇珊・維儂謹啓

寫於倫敦，上西摩街

第三十四封信

Letter the 34th

德寇西先生致蘇珊・維儂夫人

我寫信來說「再見」，僅此而已。魔咒已然移除，我已看清你是什麼樣的人了。昨天離開你以後，我從最可靠的消息來源那兒，得知了你的一切作爲，很痛心自己一直都在相信你的謊言，是以我必得立刻、永遠離開你。我這話什麼意思，你應該再清楚不過。

蘭福德！蘭福德！光這個字眼就夠了。我在強森先生家聽說了一切，而且是曼華林太太親口所言。你知道我有多愛你，你一定很了解我此刻的感受，只是我還不至於沒用到跟一個以玩弄別人感情爲樂的女人，詳述自己內心的轉折。

雷吉納・德寇西

寫於旅館

Letter the 35th

第三十五封信

蘇珊・維儂夫人致德寇西先生

我就不試著描述此刻接到你這封短箋時，內心有多震顫了！我實在想像不出曼華林太太究竟跟你說了些什麼，導致你的感情如此極端地轉變。我不是把讓人存疑的每件事都跟你解釋過了嗎？不是跟你說這人性本惡的世界老愛詆毀我嗎？你到底聽說了些什麼，變得這麼不尊重我？我對你可曾有任何隱而不說的事？雷吉納，你眞的讓我大爲光火，沒想到曼華林太太再次把我抬出來，老調重彈之餘還能坐收繞梁三日之效。哈，竟然還有人想聽呢！

馬上到我這兒來，把這讓人無可理解的一切都說給我聽。光蘭福德一個名字怎麼說得清呢？多來點訊息吧！倘若我們眞要分手，那也只是你一人在那兒揮揮衣袖，不帶走一片雲彩——我可無心說笑，事實上，我認眞得很。不過一小時左右，我在你心中的地位就從雲端跌落谷底，這教我如何是好？我數著分分秒秒，等候你前來。

蘇珊・維儂

寫於倫敦，上西摩街

第三十六封信

德寇西先生致蘇珊．維儂夫人

你爲何寫信給我？你還要多點什麼訊息？不過，既然你都這麼說了，我也就恭敬不如從命，把你想聽的告訴你。自尊夫維儂先生過世後，有關你言行失當的傳聞甚囂塵上，而大部分人也認爲所言不虛。在見到你之前，我也完全相信這些話，但之後，實在不得不佩服你顛倒是非的功力，讓人聽信於你並駁斥先前的看法。只是，現在一切都已水落石出，無須贅述。

此外，原來你跟那人的關係早已存在，且仍將持續下去，這事我之前想都沒想過，如今卻深信不疑。那一家子對你如此熱誠相待，你卻以鬧得他們雞犬不寧作爲回報。打從離開蘭福德後，你便持續和他書信往來，和你通信的人並非他的妻子而是他，而現在，他每天都到你的住所去。你能，或你敢否認嗎？於此同時，你居然還鼓勵我與你交往！眞慶幸躲過此劫！眞感謝上蒼！否則我可要終身悔恨，抱怨個沒完了。

我的愚蠢陷我於險境，幸好及時發現，及時回頭。但不幸的曼華林太太說起往事似乎仍氣憤難平，她又如何得到安慰！事情眞相已昭然若揭，無論你再怎麼粉飾太平，我都決心與你道再見。我總算清醒過來了，眞痛恨自己一直被狡辯欺騙所玩弄，也鄙視那個讓謊言不斷壯大的軟弱自我。

雷吉納．德寇西

寫於旅館

Letter the 37th

第三十七封信

蘇珊・維儂夫人致德寇西先生

我滿意了，待寄出這幾行字以後，便再也不打擾你。兩星期前，你興沖沖地訂下重逢約定，現在你卻看不上眼了。我眞爲你高興，令尊令堂給予你的審愼忠告，總算是奏效了。你讓一切歸於平靜，我確信這是你急於展現孝心之舉，眞慶幸我不會因此而難過。

蘇珊・維儂

寫於倫敦，上西摩街

Letter the 38th

第三十八封信

強森太太致蘇珊．維儂夫人

你和德寇西先生決裂之事雖說不怎麼讓我驚訝，但卻扼腕不已。他剛寫信過來告訴強森先生此事，還說今天就要離開倫敦。我向你保證，你所有情緒我都感同身受。但我得跟你說一件事——今後，我們無法再往來了，連通信都沒辦法，還請不要怨我。不能跟你聯絡我會很難過的，可是強森先生發了狠，說我如果執意這麼做，他就要搬到鄉下度此殘生。你也知道，在沒法選擇的情況下，我只好照他的話做。

你想必也聽說了曼華林夫婦要分開的事，我好擔心曼華林太太又回來找我們。不過，她還是很愛自己丈夫，且持續爲他心煩，因此就算她回我家住應該也住不久。曼華林小姐剛剛進城來了，現在和她嬸嬸在一起。據說曼華林小姐發下豪語，要在離開倫敦前擄獲詹姆士．馬汀爵士的心。如果我是你，就自己對他出手了。

差點忘了說我對德寇西先生的評價——他給我的印象很好，長得很俊俏，和曼華林不相上下，而且一臉爽朗的樣子，讓人忍不住一見就喜歡上他。強森先生和他現在是最要好的朋友了。

我最親愛的蘇珊，再見了，要是事情的結果別如此出人意表就好了。那趟不幸的蘭福德之旅！我確信你已盡力了，無奈天命難違。即請

大安

你的摯友　艾莉莎謹啓

寫於倫敦，愛德華街

Letter the 39th

第三十九封信

蘇珊．維儂夫人致強森太太

艾莉莎摯友芳鑒：

我們終須分道揚鑣——這我也只能接受了，而且這是你無從選擇的。儘管如此，我們的友誼絕不會受影響，等到將來你和我一樣，無拘無束得以享受自由時，便能再度聚首，而且這份情誼將永遠歷久彌新。爲此，我只好耐著性子等下去了。請別擔心也無須懷疑，此刻的我再輕鬆不過，對自己及周遭的一切滿意得很。我厭惡你丈夫、鄙視雷吉納，而且讓我高興的是，我再也不會看到他們之中的誰了。這還不夠我高興嗎？

曼華林對我比以前更傾心，倘若我倆都是自由身，一旦他向我求婚，眞不知道除了一聲「好」以外，我還能說些什麼。要是他老婆住在你們家，你可以加油添醋一下，也許可加速促成這事兒也說不定。她那容易激動的情緒，一直磨耗著她的身體，也讓她變得容易動怒。你就看在我們友情的分上，幫我氣死她好了。

而即便嫁不成雷吉納，我對自己也很滿意；同樣的，費德莉卡也別想嫁給他。明天我就要把她從教堂山莊園給抓來，讓瑪莉亞·曼華林鎩羽而歸。費德莉卡要踏出維儂家大門只有一條路，那就是——嫁給詹姆士·馬汀爵士。也許她會嗚咽哭泣，也許我小叔弟媳會氣得跳腳，可是我才不管他們呢！壓抑自己去配合世人的反覆無常這種事，我已經厭倦了。何必爲那些不討喜、又沒必要對他們負責的人，委屈自己呢？我已放棄太多、太容易被說服了，從現在起，我這個媽媽會很不一樣，會讓費德莉卡很有感。再見了，我最親愛的朋友，希望下一波（攻向強森先生）的痛風將帶來更令人高興的結果，希望你永遠都視我如最親密的好友。即問

刻安

蘇珊·維儂謹啓

寫於倫敦，上西摩街

Letter the 40th

第四十封信

德寇西夫人致維儂太太

女兒如晤：

有個很令人高興的消息要告訴你——雷吉納回來了（要是我今早沒寄那封信就好了，你就犯不著因爲得知他去倫敦而生氣）。雷吉納回到家後，不僅沒要我們答應他娶蘇珊夫人，反倒說他倆決裂了。他才剛到家一個鐘頭左右，我還沒能得知詳細情形，因爲他心情很低落，做母親的也不想再多問些什麼，不過，我希望我們很快就可以得知一切。

他回到家的這個鐘頭，是他有生以來所帶給我們最快樂的時光。要是你在這兒，一切就完美無缺了，衷心企盼你很快能來看我們。早在好幾個星期前，我們就一直盼著你回來（希望這不會爲查爾斯造成不便），還有，千萬得把我的孫子給帶回來才行。當然，連你那位可愛的姪女也要一起同行，爲母的一直都想見見她。

試想，雷吉納不在家，你教堂山莊園那邊也沒人來，整個冬天感覺悲涼而沉重。我以前從未發現冬天竟如此陰鬱，不過，這次的愉快聚首肯定能讓我們又變得年輕。我經常想到費德莉卡這個女孩，一旦雷吉納恢復他爽朗的性格（我相信很快就會回復正常），我們就可試著再度點燃他心中愛的火苗，為母的非常希望不久的將來可見到他倆攜手同行。順問

近祺

母示

寫於帕克蘭茲莊園

第四十一封信

Letter the 41st

維儂太太致德寇西夫人

母親大人膝下：

您的來信讓人驚訝得筆墨無法形容！他們眞的可能分手嗎？而且是決裂？倘若這是眞的，那女兒我可要樂昏頭了！畢竟，這樣才能讓人有安寧的日子可過。

雷吉納當眞已經回家？這更讓人驚訝了，因為就在雷吉納星期三回帕克蘭茲莊園那天，最不受歡迎的不速之客蘇珊夫人出現在教堂山，她看起來容光煥發、神采飛揚，彷彿倫敦之行的結果已確定要嫁給他，而非決裂。她待了近兩個鐘頭，深情款款、討人喜歡，完全感覺不到他倆之間有何衝突或感情轉淡，連一絲絲不愉快的暗示也無。女兒問她在倫敦是否見到了雷吉納，她立刻臉不紅氣不喘地說（您千萬別以為，她是否吐實只消看表情就知道），雷吉納非常周到地在星期一便去看望她，但她相信雷吉納應該已先回帕克蘭茲了（本來我還很不相信）。

至於您的盛情邀約，我們就此愉快地答應下來啦，下星期四我們就要帶著孩子回去看望您，希望到時候雷吉納別又去了倫敦才好！女兒眞的很想帶費德莉卡一塊兒去，不過很遺憾的，她母親那天正是特地來把她帶走的。儘管這女孩兒嚇得要命，我們卻也無法留住她。女兒並不想讓她走，她的叔叔也不想，能說的我們都說了，可是蘇珊夫人堅稱自己要在倫敦待上好幾個月，若沒把女兒帶在身邊讓她見見世面，怎麼樣都不會安心。說實在，蘇珊夫人表現得既仁慈又懇切，讓查爾斯也相信費德莉卡將要有好日子過了，願女兒我也能這麼想。那可憐的女孩走出我們家時，她的心都快碎了。女兒囑咐她要經常寫信來，並要她記得，無論碰到什麼困難痛苦，我們永遠都是她的朋友。女兒特地把她找到一旁說了這些話，希望讓她心情好一些；不過，除非親自到倫敦看看她的狀況，否則很難讓人安心。女兒希望您信上所提的美好良緣來日可望成真，但就眼下情形看來，似乎不太可能了。叩請

金安

女　凱薩琳．維儂叩上

寫於教堂山莊園

尾聲

Conclusion

這道盡人與人之間分分合合的魚雁往返，也許對郵局的歲收助益良多，卻終究還是要結束。儘管有維儂太太與姪女間的書信往來，對國家財政的幫忙仍舊十分有限——維儂太太很快便發現，費德莉卡的來信總是寫得千篇一律，這才得知蘇珊夫人監看著她們的通信！是以她們盡量減少通信，也不在信上談論重要細節，待維儂太太有機會到倫敦再當面聊。

與此同時，維儂太太也從率直的弟弟那兒，得知他與蘇珊夫人之間發生的所有事。雷吉納爲此心情相當低落，比維儂太太原先所想的還要慘，她因此更急著想把費德莉卡從那種母親身邊帶出來，由自己來照顧她。儘管明知成功機率不大，維儂太太依然決定使出一切可能的辦法，要蘇珊夫人同意把費德莉卡交給她。出於對費德莉卡的擔心，維儂太太很想盡早前往倫敦，而平常絕不輕易更動行程的維儂先生，很快便發現自己得到倫敦出一趟公差。

帶著滿腹心事的維儂太太，抵達倫敦後不久，隨即前往拜訪蘇珊夫人。面對蘇珊夫人過分親切的熱情，讓她有種招架不住、想要拔腿就逃的衝動。蘇珊夫人已將雷吉納全然忘到九霄雲外，絲毫不覺自己做錯了什麼，面上毫無一絲困窘神色。她神采奕奕，迫不急待想讓小叔弟媳知道，她有多麼敬重他們，有多麼高興他們來看望她。費德莉卡沒什麼改變，拘謹如常；且如同過去，只要母親在場，總一臉靦腆。這些都讓維儂太太明白，費德莉卡在這裡過得並不好，也更讓她下定決心，非得替費德莉卡換個環境不可。

可是蘇珊夫人看起來是那麼慈藹，她不再提詹姆士．馬汀爵士的事，偶爾提到，也僅說他人不在倫敦便一語帶過。說真的，整個談話過程裡，她不斷重複道，費德莉卡的幸福與成長是她最關心的，還說費德莉卡越大越懂事，讓她這個做母親的很欣慰。這番話讓維儂太太驚訝得滿腹狐疑，簡直不知該如何答腔；不過，她仍堅持履行原本計畫，只是擔心要帶走費德莉卡的計畫，恐怕是難上加難了。

在此情況下，機會來了——蘇珊夫人問維儂太太，她覺得費德莉卡看起來怎麼樣？是不是和住在教堂山莊園時一樣好？接著，蘇珊夫人自己說，她有時也不免懷疑倫敦的環境是否對費德莉卡有益？維儂太太抓住這話題，直接告訴蘇珊夫人，她想帶費德莉卡回教堂山。蘇珊夫人對他們如此關愛費德莉卡非常感激，然後說了一堆理由，說無法讓女兒離開自己。此外她還說，目前尚無明確計畫，但相信不久後，將有機會再帶女兒前往。最後，她婉拒了他們的好意。維儂太太仍不死心，一再重提此事。儘管蘇珊夫人依舊拒絕提議，但幾天後，她的態度傾向軟化。之所以有此轉變，或許得歸功於一場流行性感冒。蘇珊夫人的母愛總算甦醒了——費德莉卡身體狀況欠佳，她擔心女兒會染上流感而想把她送到鄉下。在世上所有疾病中，她最擔心的就是女兒染上流感。

費德莉卡於是跟著叔叔嬸嬸一塊兒回教堂山了，三星期後，蘇珊夫人宣布自己嫁給詹姆士・馬汀爵士。至此，維儂太太很肯定早先的猜測並沒有錯，蘇珊夫人必定早有打算，想把費德莉卡交給他們帶走，省得麻煩。費德莉卡預計在教堂山待上六星期，她母親最初寄來的一、兩封信中充滿母愛，表面上雖要費德莉卡早點回去，實際上在暗示讓費德莉卡多待些時日。兩個月後寫來的信，就不再提及要費德莉卡回去，之後連信也沒寫了。費德莉卡自此安住於叔叔嬸嬸家中，好讓雷吉納逐漸對她產生愛慕——先前那段與蘇珊夫人無疾而終的交往，讓用情極深的雷吉納很受傷。是以，一般人的療傷期只需約三個月，他很可能得花上一年才能重拾對異性的信心，展望未來美好的戀情。

至於蘇珊夫人的二次婚姻是否幸福，我無法確定，因為這種事除了當事人，還有誰能回答呢？一般人只能用猜的。至於蘇珊夫人的說法，也只有她丈夫和她自己的良心能證實了。自以為撿到好處的詹姆士爵士，也許替自己找了罪受也說不定，這就留待讀者諸君來評斷。至於我呢，在所有人之中，最同情的就是曼華林小姐了：她來到倫敦，花了大把銀子採買衣飾，弄得自己得過上兩年窮日子，為的就是要奪回詹姆士爵士，卻因一個大她十歲的女人使出各種心機，灰頭土臉地就此敗下陣來。

——全文完

愛與友誼

Love and Freindship

Letter the 1st

第一封信

伊莎貝爾致蘿拉

我曾多次懇求您將此生歷經的不幸與冒險轉述予小女，您卻總說：「不，摯友，除非哪天我不會再經歷那樣可怕的危險，否則恕難從命。」

現在，想必已是時候——今天，你滿五十五歲了。如果有個女人說，她將從此擺脫討人厭追求者的苦苦糾纏，以及自家頑固老父嚴苛的精神虐待，那麼就是這個年紀了。

伊莎貝爾謹啓

※本故事雖名爲「愛與友誼」（Love and Freindship），但其副標題卻是「友誼裡的欺騙，愛裡的背叛」（Deceived in Freindship and Betrayed in Love），應不難看出年僅十四歲的珍・奧斯汀，欲藉此故事嘲諷時下言情小說誇張書寫設定的決心，說是「惡整」也不爲過。（但也有人深入研究珍・奧斯汀手稿，說她之所以把「Friend」拼成「Freind」，純屬個人錯誤拼寫習慣，因她常分不清「i」與「e」的順序。）

※珍・奧斯汀特將此作題獻給符利伊德伯爵夫人，此人是年長她十四歲的表姊伊麗莎・韓考克（Eliza Hancock），曾嫁給法國伯爵，成爲伊麗莎・德・符利伊德伯爵夫人（Eliza de Feuillide, La Comtesse de Feuillide）。法國大革命後回到英格蘭，多年之後，她與珍・奧斯汀的四哥再婚，成爲她嫂嫂，兩人非常要好。據信，伊麗莎是珍・奧斯汀多部作品的靈感來源，如《蘇珊夫人》、《曼斯菲爾德莊園》，以及本故事中的伊莎貝爾。

Letter the 2nd

第二封信

蘿拉致伊莎貝爾

你假設我再也不會橫遭類似不幸，我可不以爲然。但爲免落人口實，被評斷我這人冥頑不靈或性格乖僻，我願滿足令嫒的好奇心。過去，我曾堅忍不拔地熬過種種磨難，企盼這些故事能對她有所裨益，當苦難降臨時給予她支持。

蘿拉謹啓

Letter the 3rd

第三封信

羅拉致瑪麗安

你是我閨中密友的女兒，對於我身上發生過的不幸，我想你有權知道，況且令堂也經常要我告訴你。

家父生於愛爾蘭，長於威爾斯。家母是蘇格蘭某貴族與義大利歌劇女郎的私生女。至於我，我在西班牙誕生，長大後在法國一間修道院受教育。

滿十八歲那一年，家父家母要求我返回威爾斯，與他們同住，寒舍就坐落於幽思克谷最浪漫的區段。儘管如今魅力大不如前，且因過去磨難而略顯滄桑，但我確實曾是個美人。我雖長得美，但對十全十美的我來說，優雅外貌卻是最不值一提的優點——女性該學的十八般才藝我都具備，而且臻於完美。在修道院期間，我的進步總是超越修女的指導，我學識出衆、表現超齡，很快便超越了我的師長。

我看重每項能增添心靈光彩的美德，我的心靈可說集良善品德及高尙情感於一身。

無論熟人或朋友的痛苦，我都會爲之憂愁傷感，面對自身煩惱時更是不在話下，這可說是我唯一的缺點（如果它算缺點的話）。唉呀，世事變幻無常，曾經發生的不幸遭遇於我確實鮮明如昨，只是如今對他人際遇卻再難感同身受。此外，我的才藝也開始退步，歌沒法唱得像過去那般好，舞步也不復往日優雅，且宮廷小步舞曲已經全忘光了。順頌

近佳

蘿拉示

Letter the 4th

第四封信

蘿拉致瑪麗安

舍下的鄰居不多，其實也就只有令堂。也許她已告訴過你，你外公外婆棄她於貧困不顧。爲了簡省，她只好回威爾斯住，這就是我倆友誼的開端。當時，伊莎貝爾二十一歲，儘管容貌舉止都很討喜（這些讚美你別跟她說），但論起美貌或才藝，卻從來不及我的百分之一。伊莎貝爾是見過世面的，她曾在倫敦第一流的寄宿學校讀過兩年書，在巴斯待過兩星期，還在南安普頓住過一晚。

她經常這麼說：「親愛的蘿拉，你要當心哪，當心英格蘭繁華大城毫無特色的虛榮、懶惰的靡爛生活；當心巴斯無意義的奢華，以及南安普頓腥臭的魚味。」我也只能不平地喊道：「唉呀！那些邪惡我從沒接觸過，教人家從何避開呢？我哪有機會體驗什麼倫敦的靡爛生活、巴斯的奢華，或南安普頓的腥臭魚味？看來，我注定要在幽思克谷簡陋的鄉間小屋，虛擲我貌美的青春年華了。」

啊，當時我哪裡知道很快就會離開陋舍，領受這世間的爾虞我詐呢！順頌

近佳

蘿拉示

Letter the 5th

第五封信

蘿拉致瑪麗安

某個十二月份的傍晚，家父家母與我正圍坐壁爐談天，突然聽見一陣猛烈敲門聲落在寒舍戶外大門上，我們全都嚇了一大跳。

家父率先開口：「那是什麼聲音？」家母答：「聽起來像是響亮的敲門聲。」我嚷道：「一點沒錯。」家父說：「我也這麼認爲，看來的確有人極其罕見地持續對我們家無害的大門施暴。」我驚叫：「是的。但我忍不住想，必定是有人在敲門，請求能夠進屋裡來。」家父接著說：「這也有可能。但我們無法確定敲門者的動機，儘管我或多或少也相信，的確有人敲了門。」

此時，第二陣強烈的急促敲門聲打斷了家父的發言，家母和我有些驚慌。她說：「我們是不是最好別去管那是誰？因爲僕人都出門了。」我應道：「我認爲我們該管。」家父補充道：「是，那當然。」家母說：「那我們現在去嗎？」家父回答：「當然，越快越好。」我嚷道：「噢，趕快抓緊時間吧！」

比之前更劇烈的第三陣敲門聲，再次朝我們耳朵襲來。家母說：「我很肯定有人在敲門。」家父答道：「我想是這樣沒錯。」我說：「我相信僕人已經回來了，而且聽見瑪莉去應門了。」家父叫道：「這太教人高興了，因爲我想知道那究竟是誰。」

我猜得沒錯。瑪莉隨即走進房間向我們稟報，大門口有位年輕紳士及其隨從迷了路，凍得不得了，懇求能夠進屋到壁爐邊取暖。

我問父親：「您准許他們進屋嗎？」家父說：「親愛的，你不會反對吧？」家母回答：「我當然好。」

不待進一步指示，瑪莉便離開了房間，旋即帶回兩人，將我生平所見最俊俏親切的青年介紹給衆人；至於那個隨從，她則是留給自己。

這位不幸陌生人的痛苦，早已強烈觸動我多愁善感的天性。打從瞧見他第一眼，便感覺自己往後人生的幸或不幸必全繫之於他。順頌

近佳

蘿拉示

第六封信

蘿拉致瑪麗安

這名貴族青年說他姓林賽（出於特殊理由，姑且容我以塔博特代稱）。他說自己是英格蘭一名從男爵[1]的兒子，母親過世多年，有位身材中等的姊姊。

他說：「家父是個刻薄又唯利是圖的惡棍；不過，只有在非常特別的朋友，像是你們這群可親可愛的人面前，我才會吐露他的缺點。友善的波利多爾、親愛的克勞蒂亞，還有迷人的蘿拉，是你們的美德讓我把信心全都寄託在你們身上。」我們躬身回禮。

他繼續說：「家父深爲財富的光燦虛假、頭銜的浮華排場所迷惑，堅持要我娶桃樂西亞小姐爲妻。我拒絕了，說：『桃樂西亞小姐可愛又迷人，我喜歡她遠勝於其他女子。可是父親大人您要知道，我不屑爲了順從您的期望而娶她。』不，永遠別想讓我順從家父以達他的目的。」我們相當欽佩他此番答覆所展現的高貴男子氣概。

他接著說：「愛德華爵爺——也就是家父——感到很吃驚，他或許從沒料到我膽敢如此違抗他，便說：『愛德華，你眞讓我吃驚，你打哪兒學會這種沒意義的廢話？我想，你是小說讀太多了。』我壓根兒不屑答話，那樣有失尊嚴。於是我躍上我的愛駒，忠誠的威廉隨行，準備動身前往姑母的居所。

「家父的房子位在貝都福郡，姑母的宅邸則坐落在密德塞斯郡，我自認還算有方向感。但不知爲何，我原以爲來到了姑母家附近，卻發現自己走進這座美麗的山谷，而它竟位在南威爾斯[2]。

「在幽思克谷河岸徘徊一陣，我不知該往哪個方向走，便開始忿忿不平、可憐兮兮地哀嘆起自己殘酷的命運。當時，天色已暗，夜幕沒有半顆星星指引方向，若非總算在闃寂幽暗的暮色中察覺遠處亮光，待走近，發現那是尊府壁爐正閃動著令人精神爲之一振的火花，否則不知會有什麼災禍降臨在我身上。因著恐懼、寒冷與飢餓等多重厄運驅使，我費盡力氣來到尊府大門，卻深感躊躇，不知是否該請求進屋，幸而最終得到了許可。」

接著，他一邊說一邊執起我的手：「聽著，可愛的蘿拉，你是我渴求的伴侶，在喜歡上你的過

1從男爵（Baronet），英國世襲爵位中最低的頭銜。不像眞正的貴族（公、侯、伯、子、男爵）被尊稱爲閣下、大人（Lord），屬鄉紳階級的從男爵與爵士只能被尊爲爵爺（Sir），但從男爵的地位高於爵士（Knight）。珍．奧斯汀的作品中，主角的社會位階未曾高於從男爵。

2貝都福郡（Bedfordshire）在英格蘭中部，密德塞斯郡（Middlesex）在倫敦西北部，兩地相距約五十公里。而幽思克谷（Vale of Usk）位在南威爾斯的新港（Newport）東北方，距貝都福郡約一百九十三公里遠。

「當時，天色已暗，夜幕沒有半顆星星指引方向。」

程中，我嘗盡一切痛苦折磨，究竟何時才能盼來回報呢？噢，你什麼時候才會把自己交給我作爲回報呢？」我回答：「心愛的、最棒的愛德華，就在此時此刻。」於是，我倆立刻在家父的見證下結爲夫妻（儘管家父從未出任牧師職位，但他是受過教會栽培的[3]）。順頌

近佳

蘿拉示

3 暗指這樁婚姻沒有合法效力。

Letter the 7th

第七封信

蘿拉致瑪麗安

婚後，我倆在幽思克谷僅待了短短數天。依依不捨地告別雙親和我的伊莎貝爾後，我便陪著愛德華前往密德塞斯郡拜訪姑母。姑母菲莉帕接待我們時，臉上寫滿了慈愛；在她還不知我與她姪兒已經結婚，仍對我這人一無所知時，我的造訪無疑帶來了極愉快的驚喜。

與此同時，愛德華的姊姊奧葛絲塔也正好來探望姑母，她正如愛德華所描述的那樣，擁有中等身材。迎接我時，她的驚訝不下於姑母，卻又不如人家那麼熱情友善。此外，她的言行冷淡寡禮、嚴苛拘謹，這令我痛心又意外。我倆初次見面，理應熱絡招呼著談話，但她言談之間卻絲毫不帶迷人的感性，也無親切的投緣。她的話語不見溫暖與親切，表情不生動活潑，也不熱情友善。儘管我張開雙臂將她的心貼在我的心上，她卻未曾伸出臂膀眞心接納我。

在無意間聽到她與弟弟的簡短談話後，就更不喜歡她了。我認爲她的內心不具備溫柔的愛，與人的情感互動也不討喜。

奧葛絲塔問：「你難道認爲父親大人可能接受這種魯莽的結合嗎？」愛德華答：「奧葛絲塔，

我還以為你會更看得起我，而不是把我想成那種徹底自取其辱、只在乎後果或利害關係，而去考量父親大人會否同意他兒子私事的男人。奧葛絲塔，告訴我，說真的，打從我十五歲開始，你可曾聽我拿過任何微不足道的瑣事徵詢他的意向，或遵從他的建議？」

奧葛絲塔答：「愛德華，你也太看輕自己了，說什麼打從十五歲起，親愛的弟弟，我可以證明你五歲就開始叛逆了。但我依然擔心，你很快就會被迫做出你眼中自取其辱的事了——為了你的妻子，而尋求父親大人的慷慨支持。」愛德華說：「奧葛絲塔，我永遠、永遠不會這樣貶低自己。支持！蘿拉哪裡想從他那兒得到什麼支持？」

奧葛絲塔答：「不就是些無足輕重的食物和飲料？」愛德華以他高貴的輕蔑態度說：「食物和飲料！你就這麼缺乏想像？像我的蘿拉這般尊貴的心靈，除了吃喝這種小家子氣又粗俗的事，生命中就沒其他重要的事嗎？」奧葛絲塔回應：「在我看來沒別的，日子總是得過下去。」

愛德華說：「奧葛絲塔，難道你從不曾體會過在愛中痛並快樂著嗎？對卑鄙又污濁的你來說，愛情似乎不可能存在對吧？你無法想像，與心愛的人一塊兒面對貧窮帶來的每道苦惱有多奢侈對吧？」奧葛絲塔答：「這太荒唐了，我懶得跟你辯，但願你早日……」

此時，有位十分端莊迷人的女子被領進了我偷聽他們姊弟對話的房間，導致沒能聽見奧葛絲塔後面的話。一聽聞僕役報上此女的名號「桃樂西亞小姐」，我立刻放棄眼前這份偷聽的差事，尾隨她走入客廳。因為我記得很清楚，她就是頑固又冷酷的從男爵要愛德華娶的那位貴族小姐。

儘管桃樂西亞小姐名義上是來拜訪我的姑母與大姑，但在得知愛德華結了婚以及人來到這兒的消息後，我想我有理由猜測，她主要動機是來看看我。

我很快就看出，儘管她美麗又優雅、言談輕鬆又有禮，但若論及情感的敏銳度、心緒的溫柔、優雅的善感，她則屬於低劣的那類人，我大姑也同樣半斤八兩。

桃樂西亞小姐只待了半小時，但這段時間裡，她未曾向我吐露任何私密想法，也沒有要我向她傾訴心聲或任何感受。我親愛的瑪麗安，你應該不難想像，我從她身上感受不到一絲熱絡的情感或眞誠的喜愛之情。順頌

近佳

蘿拉示

第八封信

蘿拉致瑪麗安（續）

桃樂西亞小姐離開後不久，我們又被告知有另一位意外訪客登門。來者是愛德華爵爺，他接到女兒的稟報，得知兒子已成婚，無疑是來責備兒子，竟敢未先知會便貿然與我結婚。不過，愛德華早料到他父親的想法，是以當我公公一走進房間，他便果敢剛毅地走上前，說：

「愛德華爵爺，我很清楚您這趟旅程的動機——您想責備我，未經您同意便擅自與蘿拉締結牢不可破的婚約，您正是爲了這卑鄙想法而來的。可是爵爺，我爲此而自豪，惹得父親大人不悅，可是我最值得吹噓的事！」

話才說完，當我公公、姑母與大姑顯然滿懷敬佩之情，還在回味愛德華那無畏的勇氣時，我的丈夫牽起了我的手，帶我離開客廳，走到他父親的馬車旁。那輛馬車仍停在大門口，我們立刻坐進去，以遠離愛德華爵爺的追趕。

起初，馬車夫收到的指令是走通往倫敦的那條路，待我們想清楚，又命令他們驅車前往M城。愛德華的至交好友就住在M城，離此地不過幾公里遠。

幾個小時後，我們抵達M城。一報上名字，立刻得到愛德華摯友之妻蘇菲亞的許可。這三個星期以來，我身邊沒有眞正的朋友（我是指令堂），你可以想像，當我終於看見一個人，堪稱爲眞正的朋友時，內心是如何地欣喜若狂。可人兒蘇菲亞的身形，要比中等身材再豐滿些，她十分優雅，漂亮的五官蘊含一種柔情，使她的美更爲增色。這成了她心性的特點：多愁善感、感情豐富。我們飛奔進對方的懷抱，在交換誓言、立誓終身爲友後，立刻掏心挖肺地傾吐我倆內心最私密的祕密……不過，我們愉快的交流，被愛德華的好友奧古斯都走進房間給打斷，他正好獨自散步歸來。

我從未見過像愛德華與奧古斯都的相會，這般教人感動的場景。

愛德華驚嘆地說：「我的生命！我的靈魂！」奧古斯都接著說：「我可愛的天使！」兩人一邊說，一邊奔進對方的懷抱。眼前景象當眞太教人心有戚戚焉，蘇菲亞和我因而輪流在沙發上暈厥了過去。順頌

近佳

蘿拉示

「我的生命！我的靈魂！」
「我可愛的天使！」

Letter the 9th

第九封信

依舊是蘿拉致瑪麗安

這天快要結束前，我們收到姑母菲莉帕差人送來的信——

愛德華爵爺因你們不告而別大動肝火，後來便帶著奧葛絲塔回貝都福郡了。儘管姑母很希望有兩位在旁愉快作伴，但仍無法下定決心把你們從如此知心投契的朋友身邊奪走。待訪友結束，希望你們能再來看望姑母。

菲莉帕示

針對這封滿懷關愛的短箋，我們寫了封得體的回信。除了感謝她誠摯的邀請，並保證若無其他地方可去，我們必定前往叨擾。儘管對任何明理的人來說，肯定沒有什麼答覆會比眞心感謝她的邀請更教人滿意，雖說不太清楚怎麼回事，但她肯定很善變，後來才轉而對我們的行爲很生氣。

短短數週後，不知是爲了報復我們的作爲，或排遣自己的孤獨，她下嫁給一個吃軟飯的無知小白臉。儘管深知，此舉可能剝奪我們繼承她過去一直讓人懷有期待的財產，心靈高貴如我們仍爲之激起一聲嘆息。這並非爲我們自己而嘆，而是擔憂此樁婚姻的結果，將爲姑母這受騙的新娘帶來無窮盡的苦難。剛得知此事的當下，我們惶惶不安且深受衝擊。

奧古斯都與蘇菲亞誠摯懇求我們把這裡當自己家，輕鬆說服了我們永遠不與他們分離。我在愛德華與這對親切友善夫妻組成的社交圈中，度過了人生中最快樂的時光。大多數時間裡，我們愉快地在起誓彼此友誼長存、宣誓不變的愛之中度過。這段時期我們過得很安心，完全沒有討人厭的不速之客干擾，這是因爲奧古斯都與蘇菲亞當初遷居此地時，便已適時知會附近人家，說幸福全繫於他倆自身，因而不太想和其他人往來。我親愛的瑪麗安，可惜天不從人願，那時我所擁有的幸福實在太完美，只是，好景不常。

有樁非常嚴重的意外打擊，立刻摧毀了所有快樂。藉由我所透露，你必定相信這世上找不到比奧古斯都與蘇菲亞更幸福的夫妻了。我想無須我告訴你，他倆乃忤逆了他們殘酷又貪財的雙親才得以結合——長輩執意要他們與厭惡的對象結婚，他們不從，反倒秉持教人感佩與稱頌的堅毅精神，堅決不屈服在專横權勢之下。

勇敢擺脫父母的權威束縛後，他們私下結了婚，且絕不接受雙方父親爲和解所提出的任何利誘。這對佳偶保全了他們在這世上的好名聲，只是，崇高的獨立自主性也受到前所未有的考驗。

我們登門造訪時，他們才新婚幾個月。這段期間，之所以能過著大筆錢財支援的好日子，是奧古斯都與蘇菲亞結婚前幾天，好整以暇地從他那不配爲人父者的寫字檯裡盜取來的。

我們抵達前，儘管他們身上的錢幾已見底，開銷仍然很大。可是這兩位崇高的人哪，不屑勞心在財務困頓上，反將清償債務視爲極度難堪之舉。唉，如此剛正不阿之行竟換來此等懲罰——優雅的奧古斯都遭到逮捕，教人驚惶失措不已。我最親愛的瑪麗安，受到加害者這等奸詐無情的背叛，肯定會讓心性溫柔的你爲之震顫，這事兒當然也大大觸動了我們兩對夫妻敏銳善感的天性。接著，彷彿加害者此等泯滅人性之舉還不夠驚人似的，我們被告知——這棟房子很快就要被強制執行。噢，我們能爲奧古斯都做些什麼？而我們又做了什麼！我們坐在沙發上，嘆息著暈厥了過去。順頌

近佳

蘿拉示

第十封信

蘿拉致瑪麗安（續）

待我們從強烈爆發的悲痛中稍微平復過來，愛德華表示想去探望被囚禁的奧古斯都，以慰其厄運。與此同時，他希望我們想想眼前身處此等不幸情況，該採取什麼行動為宜？得到應允後，他便動身前往倫敦。

在他離開這段期間，我和蘇菲亞確實做到他所說的深思熟慮，最後的共識是——此刻最佳安排就是離開這棟房子。總覺得司法人員下一秒就會來查封，我們熱切期盼愛德華歸來，想告知我們審慎考慮後的結論，可是愛德華一直沒出現。

我們無止盡數算著他不在的漫長時刻，無止盡地嘆息——但，愛德華還是沒回來。這個打擊對溫柔善感如我們太殘忍、太意外了，無法承受，只能暈厥過去。

最後，身為一個能掌控局面的女人，我下定決心站起身，為自己和蘇菲亞收拾了必要衣物，拖著她搭上我雇用的馬車，立即驅車前往倫敦。由於M城距離倫敦不過二十公里遠，我們很快就抵達了。

馬車一進入霍本[4]，我便放下前座的玻璃車窗，只要路經體面之人身旁，便出聲相詢：「你們可曾看見我的愛德華？」

可惜我們的馬車駛得太快，他們根本來不及回答我的反覆提問，因此，問不太到有關他的消息（其實是完全沒有）。

車夫問：「我該往哪兒去呢？」我回答：「溫柔的青年，麻煩你到新門[5]，我們要去探望奧古斯都。」蘇菲亞驚呼：「噢，不，別去，我不能去新門。我無法忍受看到我的奧古斯都受到如此殘酷的拘禁，光聽說他遭遇的苦難細節就夠震撼的了，若親眼見到慘狀，多愁善感的天性準會壓垮我。」我同意她的觀點，再正當也不過，便立即要求車夫轉向，準備返回鄉間。

我最親愛的瑪麗安，你內心或許有點吃驚，我們遭受此等不幸，沒有任何奧援、沒有地方可住的我，卻從未想起雙親或我在幽思克谷的娘家。要解釋這看似健忘的作爲，必須說件我從未提起的事，是有關家父家母的一件小事，那就是——在我離家後沒幾個星期，他們兩位老人家都過世了，這正是我暗指的事。

他們去世後，名下房舍與財產便由我合法繼承。唉，可是呢，那棟房子其實從來就不是他們自己的，而他們的財產也只有養老金。

這眞是個邪惡的世界！我理應高高興興回去與令堂相聚，理應開開心心介紹她認識迷人的蘇菲亞，理應回到幽思克谷在她倆的相知相伴下，快樂度過我的餘生……若非有件事從中作梗，如此愜

意的計畫早已付諸執行，而那阻礙就是——令堂遠嫁到愛爾蘭偏鄉去了！順頌

近佳

蘿拉示

4 霍本（Holborn），位於倫敦市中心。

5 這裡指的是新門監獄（Newgate Prison）。這座倫敦城內的監獄，建於一一八八年，後於一九〇二年關閉。

第十一封信

蘿拉致瑪麗安（續）

離開倫敦之際，蘇菲亞對我說道：「我在蘇格蘭有個親戚，我很肯定對方會毫不猶豫地收留我。」

「我該吩咐車夫往那個方向走嗎？」我說，隨即因爲想起一件事而驚呼，「唉呀，怕是這趟旅程對馬兒來說太長了些。」我不願憑自己對馬匹體力與耐力方面的淺薄知識便驟下定論，於是徵詢車夫意見，他完全同意我對此事的判斷。我們因此決定在下個城鎮換馬，改搭四輪馬車完成剩下的旅程[6]。

抵達途中休息的最後一間小酒館時，儘管此地距離蘇菲亞親戚的宅邸僅幾公里遠，我們仍不願貿然打擾，便寫了封相當優雅得體的短箋，說明我們現況一貧如洗、憂鬱消沉，以及希望能前往小住幾個月的計畫。一送出這封信，我們也立刻準備親自尾隨而去。

就在踏入馬車那一刻，一輛由四匹馬所拉、飾有貴族紋章的馬車駛進小酒館庭院，引起了我們的注意。有位老紳士步下馬車，他一露面，我心底便湧出一股奇妙的感受；再次仔細端詳，一股直覺感應朝著我的內心低語，說——他就是我的外公[7]。我對自己的猜測深信不疑，立刻從馬車車廂下來，跟隨這名年高德劭的陌生人走進房間。我跪倒在他的面前，懇求他承認我是他的外孫女。他嚇了一跳，但仔細看了看我的容貌後，從地上拉起我，張開雙臂慈愛地環抱住，大聲說道：「你是我的孫女沒錯！你的五官神似我心愛的蘿莉娜和她女兒。你擁有我可愛的克勞蒂亞與她母親的甜美容貌。我承認你是克勞蒂亞的女兒，蘿莉娜的孫女。」

當他溫柔擁抱我的同時，蘇菲亞對我突然離開很是驚訝，便走進房裡來找我。這位德高望重的長者一看見她，愕然驚呼：「又一個孫女！沒錯、沒錯，我看你應該是蘿莉娜長女的女兒。你和美麗的瑪蒂達長得很像，足以顯示你們是母女。」蘇菲亞接著說：「噢，第一眼看見您，直覺便向我耳語，說我們應該是親戚。但究竟是父系或母系的親緣，卻不敢妄自斷定。」當他們溫柔相擁時，房門被推開，有位俊俏無比的青年現身了。聖克萊爾勛爵注意到此人，大吃一驚，倒退好幾步，高

6在那個時代，一般來說每跑三十二公里路就得換馬，或是讓馬匹休息兩個小時左右再繼續旅程。因此，雇用一輛四輪馬車（post-chaise），並於每個驛站換馬，會是長途旅行最快、最容易，也最舒適的方式，然而費用也最昂貴；最經濟的選擇則是搭乘公共驛馬車（stagecoach）。但無論選擇何種交通工具，年輕淑女出外旅行時，應有男性家人陪同或僕役護送，單獨旅行會被視為嚴重破壞儀節。

7珍．奧斯汀在嘲諷十八世紀晚期許多小說的情節設定——只憑一股似曾相識的直覺，便向素未謀面的「親人」認起親來。

舉雙手嘆道：「又一個孫子！眞是意想不到的幸福啊！竟然三分鐘內就在這個房間找到這麼多子孫！我很確定這是蘿莉娜三女兒貝莎的兒子——費蘭德。現在只差古斯塔夫，就能湊齊蘿莉娜所有的孫子孫女了。」

「我就在此，」有位風度翩翩的青年在那一瞬間走進房間，「您想見的古斯塔夫在此。我是蘿莉娜小女兒阿嘉莎的兒子。」聖克萊爾勛爵接口道：「我想你確實是。不過，告訴我，」他忐忑不安地望向房門，「這屋裡還有我其他的孫兒嗎？」

「稟報閣下，應該沒有。」

「那麼，我現在就給你們每人一筆錢。這裡有四張面額各五十鎊的鈔票，你們一人拿一張。記住，我已盡了身爲祖父的責任。」說完，隨即踏出房間，立刻離開這間屋子。順頌

近佳

蘿拉示

Letter the 12th

第十二封信

蘿拉致瑪麗安（續）

你可以想像我們對聖克萊爾勛爵的突然離去有多驚愕！蘇菲亞高聲大嚷：「可恥的外公！」我則說：「這樣也配當人家的外公嗎？」我倆瞬間暈厥在彼此懷裡。我不清楚我們暈了多久，但清醒後，發現房裡只剩下我倆。古斯塔夫、費蘭德，還有我們的五十鎊大鈔，全都不見蹤影。

正當悲嘆自己不幸的命運時，房門被人推開，只聽見有人宣告：「麥克唐納到了。」他是蘇菲亞的堂兄。

我正猶豫，是否該憑第一眼印象宣稱他是個溫柔體貼的朋友，畢竟他收到短箋後，即匆忙前來爲我們解圍，這一點爲他大大加了分。唉呀，但他仍擔不起這個美名——儘管十分關切我們的不幸遭遇，但論及幫我們出口惡氣的分上，他卻說自己讀那封短箋時沒發出輕嘆，也沒有出聲咒罵。

他說，自己的女兒正引頸企盼蘇菲亞隨他一塊兒返回麥克唐納莊園，而身爲蘇菲亞的朋友，我想他也會樂於讓我待在那兒。我們前往麥克唐納莊園，受到麥克唐納的女兒珍娜塔、以及莊園女主人的親切接待。珍娜塔當時才十五歲，秉性純良，有顆易感的心及討人喜愛的性情。

她具備這些出色特質，只需適當鼓勵，便能更增心智光彩。只可惜，她父親的靈魂不夠高尚，不懂欣賞如此有潛力的性格，甚至竭盡所能壓抑它，不讓它隨她的年紀而增長。眼下，這個做父親的確實抹滅了她天生高貴的感性，成功說服她接受一名青年的求婚，他倆幾個月內就會結婚。

我們抵達莊園時，那名青年葛拉漢正好也在這兒。我們很快便看透他的個性，他就是大家認為麥克唐納會選擇的那種女婿。他們說，葛拉漢是個理智、見多識廣、討人喜歡的人，我們可沒興趣評判這種枝微末節，只確信他這人沒有靈魂，因為他沒讀過《少年維特的煩惱》，頭髮也不帶任何一點赭紅色。我們確定珍娜塔對他沒半點感情，或至少覺得她理應沒有。

葛拉漢是麥克唐納屬意的女婿，這一點對葛拉漢非常不利。儘管其他所有方面他都配得上她，但就珍娜塔而言，光這男人是父親替自己所擇夫婿這一點，就足以拒絕他了。我們決定從適當角度說明這些考量，相信一定能成功說服秉性純良的珍娜塔。這事兒的錯誤，導因於她對自己的意見缺乏足夠信心，也沒能適時反對父親的意見。

我們發現她確實如同期盼的那樣，很容易就被說服自己絕不可能愛上葛拉漢，還有，違抗她父親絕對是義務。唯一讓她有些遲疑的是，我們斷言她的心必然另有所屬。有好一段時間，她堅稱沒認識哪個讓她有一點動心的年輕男子，但當我們向她解釋這種事絕無可能之後，她才和盤托出——相信自己確實喜歡麥肯利上校更甚於其他人。我們很滿意此番自白，在列舉麥肯利的種種美好品格、並保證她肯定早就熱烈愛上他之後，我們想知道，他是否曾透過什麼方式表白？

珍娜塔說：「完全沒有任何蛛絲馬跡，我實在毫無理由想像他對我有任何感覺。」蘇菲亞答：「不，他肯定非常喜歡你，這點毫無疑問。愛慕，必定有來有往。難道他從未滿懷仰慕地凝視你？溫柔地輕按你的手？不由自主地落淚？以及，突然離開房間？」珍娜塔接著說：「就我記憶所及，從來沒有。來訪結束後，他確實會離開房間，但從未唐突地離開，或未先鞠躬致意便離去。」

我說：「其實，親愛的，你一定是弄錯了，因爲那絕對不可能。當他不得不與你分別時，應該會表現得困惑、絕望或魯莽行事。珍娜塔，再仔細想想，你就會知道，假設他能夠如常鞠躬致意或行爲舉止無異，這想法有多荒謬。」

當把這一點處理得教人滿意後，接下來我們的考慮是，該如何讓麥肯利知道珍娜塔心裡有他……最後，我們同意由蘇菲亞執筆寫一封匿名信[8]，向他透露此番有利局面。信件內容如下：

噢，美麗珍娜塔的幸福戀人哪！噢，擁有她的心的幸運兒哪！儘管她預定與另一個人攜手共度人生，為何你還遲遲不向這位出色的美人表白心意？噢，試想再過幾個星期，你眼下所懷抱的每個幸福想望都將戛然而止，只因她這個不幸的受害者迫於父親的淫威，不得不與惡劣又可憎的葛拉漢

8在那個年代，未婚男女不被允許通信，除非兩人已訂婚。

結為連理。

唉，你為何遲遲不說出內心無疑早就備妥的方案，反而如此殘酷地默許你倆承受可預見的悲慘境遇？只需要一場祕密婚禮，就能立刻確保雙方幸福。

麥肯利果然是個討喜的人兒，一接到這封情書，立刻乘著愛之翼飛奔至麥克唐納莊園，極力表白對珍娜塔的愛慕。後來他向我們保證，之所以一直隱瞞自己的情感，只是因爲生性靦腆。

經過幾場私下面談，蘇菲亞和我很滿意地目送他們啓程前往格雷特納綠地[9]。儘管那裡離麥克唐納莊園很遠，他們還是選擇在那裡，而不是在其他地方舉行婚禮。順頌

近佳

蘿拉示

第十三封信

蘿拉致瑪麗安（續）

早在麥克唐納或葛拉漢對這件事起疑之前，珍娜塔與麥肯利就已經離開了好幾小時。要不是發生以下這樁小插曲，他們甚至可能連想都沒想到——

話說之前某一天，蘇菲亞用自己的某支鑰匙，無意間打開了麥克唐納書房的某個私人抽屜，發現那是他存放重要文件的地方，裡頭還有不少銀行紙鈔。她把這個發現告訴我，我們一致同意，從麥克唐納這種卑鄙惡人身上奪走一些金錢亦是合情合理，說不定那還是不義之財呢！我們便決定，之後偶爾都要從那個抽屜拿走幾張紙鈔。我們已成功執行過這個立意良善的計畫幾回，可惜珍娜塔

9英格蘭於一七五三年通過婚姻法案（Marriage Act），規定雙方必須年滿二十一歲、得到父母同意，且經牧師證婚，婚姻方才生效。與此同時，蘇格蘭的規定相對寬鬆，男子只須年滿十四歲、女子年滿十二歲，在一位見證人面前立誓，婚姻即可成立。而在蘇格蘭合法締結的婚姻，在英格蘭同樣具法律效力。因此，最鄰近英格蘭的蘇格蘭小鎮「格雷特納綠地」（Gretna Green），因地利之便，成了當時知名的私奔者結婚天堂。

離家出走的這天，當蘇菲亞戒愼莊重地從抽屜取出第五張紙鈔、正要放進自己錢包時，麥克唐納突然輕率粗魯地走進書房，無禮地打斷她的行動。

儘管蘇菲亞天性迷人又甜美，但礙於情勢所需，她激發出女性的尊嚴，立刻擺出她最嚴肅冷峻的表情，憤怒地皺起眉，朝這個大膽狂徒傲慢質問：「爲什麼用這麼無禮的方式打擾我休息？」厚顏無恥的麥克唐納絲毫不爲這項指控辯白，反倒態度很差地指摘蘇菲亞可恥地詐取他的錢財……蘇菲亞的尊嚴受到了傷害，她一邊嚷嚷：「惡棍，」一邊迅速將紙鈔放回抽屜，「你竟敢指控我做那種事？光是你有這種念頭就教人爲你羞恥。」但這卑鄙惡徒仍心存懷疑，持續不屑地訓斥有充分理由生氣的蘇菲亞；最後，他大大激怒蘇菲亞性格中溫柔甜美的一面，爲報復他，她說出了珍娜塔與人私奔，以及我倆如何積極參與此事。正當他倆爭吵時，我走進書房，你可以想像，面對惡毒卑劣的麥克唐納這些毫無根據的非難，我和蘇菲亞同樣感到被冒犯。

我大喊：「你這下流的無賴！竟敢大膽汙衊如此聰明秀逸女性的無瑕名聲？你怎麼不快點懷疑我的清白？」他接口：「這位太太，包您滿意，我確實懷疑你的清白，因此希望兩位在半小時內離開這棟房子。」蘇菲亞應道：「我們很樂意離開。老早就厭惡你這個人了，只是看在與令嬡情誼的份上，才在你家待這麼久。」他答道：「還眞多虧你們與小女交好，讓她投入一個爲達目的不擇手段的吃軟飯傢伙的懷抱。」我驚叫：「沒錯，那眞是不幸中的大幸。只要想到我們出於友誼爲珍娜塔做了這件事，就讓人稍感欣慰。我們欠她父親的人情債總算徹底還清了。」他答：「是啊，對你們高貴無比的心靈來說，做出這種有損名譽的舉動想必非常稱心如意吧。」

行頭細軟收拾妥當，我們離開麥克唐納莊園。走了約莫兩公里半，來到一條清澈小溪旁坐下歇腿。此地很適合沉思，東側有一片茂密的榆樹林庇護我們，西側則是蓊鬱的蕁麻林。前方是潺潺流過的小溪，背後有條付費公路。懷著沉思的心情，享受如此美麗的景致，我們有好一段時間沒有交談，最後，我感嘆著打破沉默：「好美的景色啊！唉，為什麼愛德華與奧古斯都沒法與我們共享此美景呢？」蘇菲亞大喊：「啊，我親愛的蘿拉，拜託，別讓我想起丈夫坐牢的不幸境遇。唉，我絕不會放棄打聽奧古斯都的下落，我想知道他是否還在新門監獄，或是受絞刑了沒？可是我到現在還沒法克服自己的軟弱，打探他的消息。噢，求求你別再讓我聽到這心愛的名字，那深深打擊著我。我無法忍受聽見他的名字，聽到就會刺痛我的心哪！」

我回應：「蘇菲亞，原諒我，我無意冒犯你。」接著改變話題，希望她欣賞這片濃密壯觀的榆樹林，畢竟它為我們阻擋了東邊吹來的徐風。蘇菲亞則說：「唉呀，我的蘿拉，拜託你，別再提起如此憂傷的話題。細看這些榆樹，會使易感的我再度受傷。它們讓我想起奧古斯都，那麼高大、雄偉，他所擁有的高貴優雅正如你所欣賞的這些榆樹。」

我沉默不語，深怕所說的其他話題又讓她想起奧古斯都，這樣只會讓她更加痛苦。在短暫的停頓後，蘇菲亞開口了：「親愛的蘿拉，你怎麼不說話？我不能忍受這種靜默，你萬不可任由我沉浸在自己的思緒裡，這會一再讓我想起奧古斯都。」

我說：「好美的天空呀！看看那些精巧的白色條紋，讓蔚藍展現了多迷人的變化啊！」她只朝天空匆匆瞥一眼，便收回目光說：「噢，我的好蘿拉，別要我注意天空。這殘酷提醒了我，奧古斯都有件白條紋圖案、藍綢材質的西裝背心，那讓我好生悲傷！請悲憐你不幸的朋友，避開如此痛心的敏感話題，好嗎？」

我能怎麼辦呢？當時的蘇菲亞感受如此強烈，她對奧古斯都的柔情如此酸楚，教我無法開展任何其他話題，擔心可能會出人意表地再度喚醒她所有感性，使她又想起丈夫。然而，保持沉默是殘酷的，她期待我開口說話。

值得慶幸的是，某樁意外適時化解了這個進退兩難的窘境——有輛由一位紳士駕駛的輕便雙座敞篷馬車，駛過我們後方馬路時，很幸運地翻覆了。這可說是一件最幸運的意外，因為它轉移了蘇菲亞的注意力，使她不再繼續沉湎於憂鬱思緒。我們立刻起身跑向那些亟需救援的人，不過幾分鐘前，他們還洋洋得意地高坐在一輛時髦敞篷馬車上，如今卻摔趴在塵土中，大張四肢癱躺在地。衝向事故現場時，我如此對蘇菲亞說：「這是何等豐富的主題啊，足以讓人思索起世間的歡樂無常！那輛馬車與沃爾西樞機主教的一生[10]，難道不值得有頭腦的人好好想一想嗎？」

她沒時間回答我，因為當下的每個念頭都被眼前恐怖景象所占據。兩名倒臥血泊中、衣著優雅的紳士，首先引起我們的注意——他們是愛德華與奧古斯都！沒錯，親愛的瑪麗安，這兩位紳士分別是我和蘇菲亞的丈夫。蘇菲亞放聲尖叫，隨即暈倒在地。我高聲大喊，瞬間欣喜若狂。我倆失去神智好幾分鐘，待清醒後，又再度失去神智。我們持續處在這種不幸的情況下，約莫一小時又一刻鐘那麼久——蘇菲亞隨時會暈厥，我則動不動變得異常興奮。

最後，運氣不佳的愛德華（兩人之中僅他一息尚存）發出痛苦呻吟，讓我們恢復心神。倘若我們一開始設想過他們之中的誰還活著，便能少承受些悲痛；然而，看見他們的第一眼眞讓人以爲兩人都死了，已無法爲他們做任何事。因此一聽見愛德華呻吟，我們立刻先擱下哀嘆之情，匆匆趕到這位可人青年身旁，分跪在他兩側，哀求他千萬別死。他無神呆滯地望向我，說：「蘿拉，我恐怕是翻車了。」我發現他仍舊神智清醒，不禁大喜過望。我說：「噢，愛德華，你告訴我，求你在死去前告訴我，自從奧古斯都被逮捕、你我分別的那個不幸之日起，你究竟遇上了什麼樣的厄運？」愛德華說：「我會告訴你的。」語畢，他發出一聲長嘆，就死了。蘇菲亞立刻再度暈厥過去，我的悲痛則清晰可聞——聲音顫抖、眼神空洞失焦、面色蒼白如死人，我已感覺不太到自己的意識。

「別跟我提馬車的事，」我語無倫次地驚慌亂叫，「給我一把小提琴，我要爲他演奏，在他憂鬱時撫慰他。美麗的少女啊，當心邱比特的雷電，閃躲朱比特的穿心箭[11]！看看那排樅樹，我看見

10湯瑪斯．沃爾西（Thomas Wolsey, 1470s-1530），英國樞機主教，也是英王亨利八世的心腹，後來因無法讓教宗同意亨利與第一任妻子離婚而失寵。

11在羅馬神話中，用弓箭的是邱比特，使雷電的是朱比特（相當於希臘神話中的宙斯）。

「我倆失去神智好幾分鐘，
待清醒後，又再度失去神智。」

一隻羊腿，他們跟我說愛德華沒死，但他們欺騙我，他們為了一條黃瓜而帶走他！」我如此這般持續失控，悲嘆愛德華的死，瘋狂胡言亂語了整整兩小時。本不該就此住口，無奈疲倦已極，再加上剛從暈厥中甦醒的蘇菲亞，懇求我考慮夜色已近，夜霧開始落下。我問：「我們該往何處去，才能庇護我們不被夜深或夜霧所侵？」她指向榆樹林：「去那棟白色農舍吧。」一棟小巧建築物就矗立其中，之前我竟未曾注意過它。

我同意了，於是立刻走到屋前敲門。應門的是位老婦，我們拜託她讓我們借宿一晚。她說她家雖然小，只有兩間房，但很歡迎我們使用其中一間。我們滿心感激，跟隨這名善良婦人進屋，屋內舒適的爐火使人振奮起來。

這名婦人是個寡婦，只有一個女兒，名叫布莉姬，年方十七。這是最棒的年紀，只可惜這女孩相貌平庸，因此沒什麼好期待的……她不可能具備高尚的想法、細膩的情感，或纖細的感性。她不過是個脾氣好、有教養、熱心助人的年輕女子。因此，我們絕對不會不喜歡她，只是有點看不起她罷了。順頌

近佳

蘿拉示

第十四封信

蘿拉致瑪麗安（續）

我可愛的年輕朋友，用你精通的各種處世哲學，來武裝起自己，鼓起你所有的剛強堅毅吧！因爲，唉，閱讀接下來的內容，會讓你性格之中感性的一面受到最嚴峻的考驗。啊，在此之前，我所經歷的種種不幸已全部描述給你聽，現在我還要繼續說下去。

儘管家父家母與外子接連死去，幾乎超過我溫柔的本性所能負荷，但相較於接下來要說的事，仍然無足輕重。

我們在農舍借宿的次日清晨，蘇菲亞抱怨自己嬌弱的四肢劇烈疼痛，同時還伴隨令人不快的頭痛。她認爲，應該是前一天傍晚夜露落下時，仍在野外不斷反覆暈厥而染上風寒。恐怕就是這原因沒錯，否則該如何解釋我竟躲過了這樣的毛病？只能推測，我的狂亂反覆發作時，四肢使力讓血液有效循環與暖和起來，保護了我不受寒冷夜露侵害；然而，蘇菲亞躺在地上動也不動，必定全然暴露在夜露的猛烈侵襲之下。或許你會認爲她不過患了點小病，我卻非常憂慮，有種本能的感覺對我低語——這病，最後會奪走她的性命。

唉，我的擔憂完全正確。她的健康狀況一天比一天差，每天我都越來越憂慮。最後，她不得不躺在令人尊敬的女屋主指定的床鋪上，全然臥床靜養。她的身體不適轉變成急速惡化的結核病，不出幾天，便香消玉殞了。悼念蘇菲亞的過程中（你可以猜想那些哀悼有多悲痛），想起自己在她生病時全心全意照料她，才多少帶給我些許安慰。當時，我每天都爲她哭泣，我的眼淚濡濕她甜美的臉龐，我用雙手持續輕按她纖纖手指。

臨終前幾小時，她對我說：「我親愛的蘿拉，看看我不幸的結局，你必須引以爲戒，千萬避免做出惹來這種下場的魯莽作爲……要當心暈厥……儘管暈倒的當下可能使你精神舒爽且心情愉快，但相信我，要是過於頻繁地反覆暈厥，兼之選錯季節，它們最終將危害你的身體健康……希望我的厄運能讓你明白這一點……我爲失去奧古斯都的悲痛而殉節身亡……一場致命的暈厥要了我的命……親愛的蘿拉，別輕忽暈倒……精神狂亂的危害程度尚不及此四分之一強，精神狂亂若不太劇烈，或可算是一種身體運動，我敢說其結果有益健康……隨你想多頻繁瘋狂奔跑都行，就是別暈倒……」

這是她臨終前最後對我說的話，是她對飽受折磨的蘿拉的臨別忠告，我從此奉爲圭臬。

我持續照料蘇菲亞，直到她撒手人寰，緊接著立刻離開這傷心地（雖然夜已深），誰教她在此病故，而外子與奧古斯也都在附近喪命。尚未步行太遠，就有輛公共驛馬車超越我，我立刻上車就座，決定乘車前往愛丁堡，期盼能在那裡找到某個有惻隱之心的善心朋友願意收留我，撫慰我飽受磨難的身心。

進入車廂時，四周一片黑暗，無從分辨同行旅客有幾位，只知道人數不少。然而此刻我無心關切他們，只想放任自己沉浸在悲傷的思緒裡。靜默瀰漫整個車廂，不料卻被某位乘客反覆又響亮的鼾聲打破。我心想：「這人肯定是個沒教養的村夫，一點高雅風範也無，才會用那麼粗暴的噪音衝擊人的感官！我確信這個人肯定做得出各種劣行，對這種人來說，哪會有什麼做不出的邪惡之事！」我內心如此暗暗推想，相信同車旅客必定也這麼想。

天色漸亮，終於看清方才如此強烈干擾我感受的肆無忌憚的無賴——沒想到，那人竟是愛德華爵爺，我的公公。而他的女兒，也就是我的大姑奧葛絲塔坐在他身旁，與我坐在同一張椅子上的則是令堂，還有桃樂西亞小姐。

你想想，突然發現自己坐在一群熟人舊識之中教人何等吃驚。讓我更詫異的是，望向窗外，竟看見姑母菲莉帕與其夫婿並肩坐在車夫的座位上。待轉頭往後看，還發現坐在行李廂中的是費蘭德與古斯塔夫。我驚呼：「噢，老天爺，我竟意外被親戚與熟人包圍，這可能嗎？」這些話引起其他人的騷動，所有目光全投向我。

我越過身旁的桃樂西亞小姐，將自己投入令堂的懷抱：「噢，我的伊莎貝爾，請將不幸的蘿拉再次擁入你懷中。唉，之前我們在幽思克谷分別時，我很開心能與最優秀的愛德華結褵。當時我有父有母，從不識愁滋味；如今除了你，每位至親都被無情奪去——」

我大姑突然插話：「你說什麼！我弟弟死了？求求你告訴我們，他現在怎麼樣了？」我回答：「這位冷淡無情的小姐，沒錯，你弟弟，我倒楣的夫君，已經不在人世了。現在，你可以以身為愛德華爵爺財富的女繼承人而自豪了。」

儘管打從無意間聽見他們姊弟對話那天起，我就一直瞧不起她，但出於禮貌，我仍順從她與我公公的請求，將整件令人傷感的事原原本本告訴他們。眾人聽了無不為之震驚，即便是我那冥頑不靈的公公、無情的大姑也深深被這不幸的故事所觸動，悲痛不已。

至於令堂，則是要求我將與她分別後，身上所發生的其他厄運逐一說出——奧古斯都身繫囹圄，愛德華消失無蹤；蘇菲亞與我抵達蘇格蘭後，意外遇見我們的外公與表兄弟；前去麥克唐納莊園拜訪，在那兒促成珍娜塔的良緣，但她父親卻忘恩負義，其殘酷行為、不可理解的猜疑、野蠻的對待，迫使我們離開莊園；失去愛德華與奧古斯都令人悲痛萬分。最後，則是我心愛同伴蘇菲亞的抑鬱病故。

聽我敘述時，令堂臉上寫滿憐憫與驚訝；很遺憾，驚訝之情卻遠超乎憐憫，她真該為自己性格中缺乏感性這一面而羞恥。不該是這樣的，在這些接踵而來的不幸與冒險過程中，我的行為確實是無可指摘的，她卻硬要說我在許多情況下都做錯了。我是個明事理的人，行為舉止受過良好教養，並總是展現真摯的情感與高尚的品德，因此不會太在意她的話。我好奇的是她怎麼會來這裡，而不是要她拿毫無道理的指摘來傷害我無瑕的聲名。

待她將自我們分別那刻起，身上所發生的每件事一五一十說出來後（如果你還不清楚那些細節，去問令堂），我便轉而詢問我大姑、我公公，還有桃樂西亞小姐，怎麼會來這兒？

大姑說，她極喜大自然之美，讀了吉爾平的高地之旅[12]後，想親眼看看那個優美之境的好奇心被大大喚醒。她好不容易才說服我公公進行這趟蘇格蘭之旅，又說服桃樂西亞小姐一起同行。幾天前，一行人才剛抵達愛丁堡，從那時起，每天都搭乘這輛公共驛馬車到附近鄉間一日遊，而我們說話的當下，他們正要返回愛丁堡。

我的下一個提問，則與姑母、姑丈有關。就我所知，姑丈已將姑母的財產花費殆盡。據大姑表示，爲了謀生，他們夫妻只好仰賴姑丈很拿手的天賦，也就是駕駛馬車；同時，他們變賣了所有能賣的東西，只留下馬車，之後又將馬車換成驛馬車。爲遠離姑丈以往的舊識，他們夫妻駕著驛馬車來到愛丁堡營生，每隔一天從愛丁堡發車，駛往史特靈。姑母仍愛著這個不知感激的丈夫，隨他搬來蘇格蘭定居，通常也陪他往返史特靈這小小一日遊。

大姑又續道：「自從我們抵達蘇格蘭，家父總是搭乘他們經營的公共驛馬車瀏覽鄉間美景，爲的只是塞一點點錢到他們口袋裡——畢竟對我們來說，搭乘四輪馬車遊覽高地肯定愜意得多，因爲那可不需要每隔一天就擠在座位不好坐、人又多的公共驛馬車上，從愛丁堡前往史特靈、再從史特靈返回愛丁堡，重複如此單調的行進。」

大姑對於此事的看法，我完全同意，並暗自責怪公公竟爲了自己的姊妹、這可笑的老女人，犧牲愛女旅行的安適快樂。姑母蠢到嫁給那麼年輕的男子，本來就該受懲罰。只是，公公此種行徑與他的整體性格並無二致——畢竟，對於一個無絲毫感性、幾乎不知道什麼叫作同情，而且還會打鼾的人，你還能有什麼期待？順頌

近佳

蘿拉示

12指畫家威廉·吉爾平（William Gilpin, 1724-1804）於一七八九年出版的《大不列顛幾處風景速寫：蘇格蘭高地篇》（*Observations on Several Parts of Great Britain, Particularly the High-lands of Scotland*）一書。

第十五封信

蘿拉致瑪麗安（續）

當我們抵達用早餐的城鎮後，我決定和費蘭德、古斯塔夫聊一聊。為此，待一踏出車廂，我便走到後方行李廂，親切問候他們是否安好，並對他們所坐座位不夠安穩表示擔憂。起初，他們似乎對我的出現很困惑，擔心我會要他們解釋從我這兒偷走的那筆錢（外公給的），後來卻發現我絕口未提那檔事。他們希望我能進行李廂談，因為那兒比較方便說話，我接受了邀請。正當其他乘客狼吞虎嚥著綠茶配奶油吐司時，我們三人則透過祕密談話，更優雅講究地饜足心靈所需。我訴說了自己人生所發生的每一件事，應我要求，他們也說出生命中的大小事件。

古斯塔夫開始娓娓道來：「你已經知道，我們是聖克萊爾勛爵與義大利歌劇女郎蘿莉娜的孫子，我們的母親是他倆所生年紀最幼的兩個女兒。我們的母親，都無法完全確定誰是我們的父親，儘管大家普遍相信——費蘭德是砌磚工菲力浦．瓊斯的兒子，而我父親是愛丁堡的緊身褡製造商葛雷格利．史戴夫斯。不過這一點其實不重要，因為我們的母親肯定從不曾嫁給他們，這反映出我倆的血統絕無任何不名譽之處，而且再古老純淨不過。

「我們的母親，這兩姊妹一直住在一起。她們都不太有錢，兩人的共同財產起初有九千鎊，但畢竟得靠本金過活[13]，所以等我們年滿十五歲時，這筆財產已減少到剩下九百鎊。她們向來把這筆錢放在客廳某張桌子的抽屜，以便隨時取用。如今，我已無法確定，究竟是因爲能輕易取走這筆錢的機緣巧合，還是因爲我們想獨立，或者是因爲感性情懷過剩（我們在這方面總是特別出色）……但可以肯定的是，我們拿走了那九百鎊，跑得遠遠的。

「橫財到手後，我們決定省著點花，絕不浪費在蠢事或奢侈品上。爲此，我們將這筆錢分成九份，第一份用於食物，第二份用於飲料，第三份用於家務，第四份用於馬車，第五份用於馬匹，第六份用於僕役，第七份用於娛樂，第八份用於服裝，第九份用於銀質鞋釦。在規畫了兩個月的開銷後（希望九百鎊能撐那麼久），我們急忙前往倫敦，結果運氣很好，我們在七週又過一天時，把這筆錢花光了（比原先所盤算早了六天）。我們很開心解除了擁有這麼多錢財的重擔，隨即開始考慮是否該回母親身邊，卻意外聽說她們已雙雙餓死，只得放棄這個想法。

「後來，我們決定加入巡迴劇團，成爲流浪藝人，畢竟我們一直都是職業演員。我們向某家劇

---

13 意即，她們的生活開銷遠超過年利所能支應。在珍·奧斯汀的《傲慢與偏見》中，富有的年輕莊園主人達西先生年收入爲一萬英鎊；而現實生活中，奧斯汀一家整年的生活費只有六百英鎊。

團表示願意參與表演，劇團規模很小，只有經理夫婦，還有我們兩個；不過，有薪水拿的人更少。加入此劇團唯一的麻煩是，能表演的劇目不多，因爲我們缺乏人手演每個角色，但我們不介意這等小事。我們最受歡迎的表演是《馬克白》，演出眞的非常精彩——劇團經理總是自己來演班戈，經理的妻子演馬克白夫人，我演三名女巫，費蘭德飾演所有剩下的角色。實不相瞞，這齣悲劇不只是我們最精彩、也是我們唯一表演過的劇目。在英格蘭、威爾斯各地巡迴演出後，我們來到蘇格蘭，想將表演帶到大不列顛其他地方。我們碰巧暫住在你與外公相會的那個城鎭，當他的馬車駛進小酒館院子時，我們正好也在那裡。意識到環抱我們雙臂的主人是誰、知道了聖克萊爾勛爵是我們的外公，我們商量後決定——既然發現彼此有血緣關係，就要努力從他身上得到些好處。你知道的，事情進展得有多順利：一拿到這兩百鎊，我們立刻離開那個城鎭，丟下劇團經理夫妻，讓他們自個兒去演《馬克白》，我們則動身前往史特靈，非常高明地花用這筆小財。如今，我們想回愛丁堡，以便在表演之路上爭取到美缺。我親愛的表姊，以上就是我們的經歷。」

我謝謝親切友善的表弟說了如此有趣的故事，祝他們幸福快樂之後，留他們繼續待在自己的小天地，我則來到熱切等我回座位的另一群朋友身邊。

親愛的瑪麗安，我的冒險已近尾聲，至少截至目前爲止是如此。

抵達愛丁堡後，公公告訴我，身爲他死去兒子的遺孀，希望我能接受他每年撥四百鎊的錢給我花用。我得體地應允了，卻忍不住觀察這位毫無同情心的從男爵之所以如此提議，究竟是因爲我是愛德華的未亡人，或者因爲我是教養極佳、爲人可親的蘿拉？

後來，我在蘇格蘭高地的一座浪漫村莊定居，直到今日。在那裡，我得以不受無意義的拜訪干擾，得以不間斷地沉浸在憂鬱孤獨中，不斷悼念家父、家母、外子及密友之死。

我大姑奧葛絲塔已嫁給葛拉漢多年，此人比誰都更適合她。她是在蘇格蘭暫住期間認識他的。我公公愛德華爵爺，一直想有個繼承人承襲其爵位與產業，於是娶了桃樂西亞小姐。後來，他的願望成眞了。我的兩位表弟費蘭德、古斯塔夫，他們的表演在愛丁堡戲劇界打響了知名度，後來移往柯芬園發展，如今他們仍分別以路易士、奎克的藝名從事表演[14]。姑母菲莉帕則早已蒙主寵召，但姑丈仍持續駕駛公共驛馬車爲生，奔走在愛丁堡與史特靈兩地之間。

我最親愛的瑪麗安，這些就是全部了，我說完了。順頌

近佳

蘿拉示

——全文完

14倫敦柯芬園（Covent Garden）周邊爲著名劇院區。路易士（Lewes）和奎克（Quick）是當時知名的倫敦演員。

沙地屯
Sanditon

Chapter 1

第一章

一位先生和一位女士從唐橋出發，前往黑斯廷斯和伊斯特本之間的薩塞克斯海岸。因爲有事待辦，他們決定離開大路，改走一條十分崎嶇的小徑。他們在半是石頭半是沙的漫長上坡路上艱難前進，結果翻了車。事故就發生在小徑附近唯一一棟紳士宅邸外頭——他們的車夫一開始就按照吩咐朝這個方向走，以爲這棟房子必然是他們的目的地，於是一臉不情願地勉強把車子駕過去。他一路喋喋抱怨兼聳肩，嘴上可憐著他的馬，手上卻又拚命催趕牠們，他催馬實在催得太厲害，如果這條路的情況不是毫無疑問地比以前更糟，就不得不讓人覺得他有故意弄翻車的嫌疑（尤其這部四輪馬車又不是他家主人自己的）。才剛經過前述那棟房子，他就擺出一副知道要出事的表情宣布，要是再往前走，除了兩輪運貨馬車外，沒有車能安全過去。還好他們的車走得慢，路也不寬，翻車情況不算太嚴重。那位先生爬出車子，也幫著太太爬出來，一開始他們只感覺到驚嚇和一點擦傷。但這位先生在救人的時候扭傷腳——很快他就感覺到疼了，也沒太多時間向車夫抱怨，或是慶幸妻子和自己大難不死——他在路邊坐下，痛得站不起來。

「這兒有點不對勁，」他說，手按著腳踝，「不過沒關係，親愛的。」他抬起頭，對妻子笑了笑。「你知道，沒有比這兒更好的出事地點了——不幸中的大幸啊。也許這就是天意，很快就會有人來救我們的。我想，治療我的人就在那兒——」他指向一棟農莊優雅的一角，那棟農莊坐落在不遠的高地樹林中，看起來十分浪漫，「不就是那裡嗎？」

他的妻子也急切地這麼希望，但她只能又怕又焦急地站在那兒，什麼都不能做，也提不出任何建議。直到看見這會兒終於有幾個人過來幫忙，才讓她第一次眞正放下心來。這些人經過宅邸旁的乾草地，看見了這起事故。走來的人當中有個長相英俊、體格健壯、具有紳士風度的中年男人，他是這裡的老闆，事發時正好和乾草工人在一起，其中最能幹的三、四個人隨著老闆趕來救援——更別說草地上的其他人——男人、女人和孩子，也紛紛跟著過來了。

海伍德先生，也就是剛才提到的那位老闆，先是很有禮貌地致意，接著便詳細詢問事故發生的原因，得知有人居然試圖駕駛四輪馬車走這條路時嚇了一跳，不過他也準備好要伸出援手。馬車主人很有教養，也很感激對方幫忙，說話之間，有一、兩人幫車夫扶正馬車。那位旅客說：「先生，您眞是太熱心了，只要是您的話我都聽。我腿上的傷，我敢說其實不算什麼。不過，您知道，在這種情況下，總是不吝於浪費點時間聽聽外科醫生的意見爲好。這路況看起來似乎不太適合讓我自己去醫生家，要是您能從這些好心人當中，派一位去請外科醫生來，我將感激不盡。」

「外科醫生？先生！」海伍德先生叫了出來。「恐怕您在這附近是找不到外科醫生的，不過我敢說，沒有外科醫生我們也處理得很不錯。」

「不，先生，要是他沒辦法來，他的助手也能做得一樣好，說不定還更好呢。我寧願讓他的助手看。事實上，我更希望他的助手爲我包紮。我敢肯定，這些好人裡頭一定有人三分鐘內就能趕到他那兒。我連問問是不是我看到的那棟宅邸都不需要。」（望向那座農莊）「因爲除了您的房子以外，我們在這裡再沒碰到另一棟稱得上紳士住所的房子了。」

海伍德先生顯得十分驚訝，他答道：「什麼？先生！您打算在那棟農莊裡找外科醫生嗎？在這個教區，我們既沒有外科醫生，也沒有醫生助手，我跟您保證。」

「抱歉，先生，」對方回答，「看起來我好像一直在跟您唱反調，可是也許是因爲教區太大，或者是某個其他原因，您似乎沒注意到一件事。等等，難道是我弄錯了地點？我不是在威靈登嗎？這裡不是威靈登？」

「是，先生，這裡確實是威靈登。」

「那麼，先生，不管您知不知道，我都可以在此拿出證據，證明您的教區裡有外科醫生。就是這個，先生，」（掏出他的記事本）「這些廣告是我昨天早上才在倫敦從《晨間郵報》和《肯特週報》上剪下來的，如果您願意賞個臉看看，我想您一定會相信我並不是信口開河。您會在裡頭發現一則啓事，在您的教區裡有家醫療企業要解除合夥關係——『業務範圍廣，醫療品質無可否認，信譽卓著，希望建立一個獨立的機構。』——您可以在這裡看到全文，先生。」他遞給他兩小塊長方形剪報。

「先生，」海伍德先生溫和地笑說，「就算您把全國一星期內印的報紙都拿給我看，也沒辦法讓我相信威靈登有外科醫生。」海伍德先生和顏悅色，「我打出生起就住在這裡，從男孩到男人，整整五十七年，要是有這樣一個人，我一定認識。至少我可以冒昧地說，他沒多少生意可做。可以肯定的是，如果常有紳士搭乘驛馬車往這條小路來，對一個外科醫生來說，在山頂上弄一棟房子，倒也不失爲一個投機的好點子。但說到那棟農莊，先生，我可以跟您保證，儘管從一段距離外看起來，它還挺漂亮的，其實它跟教區裡任何一棟雙拼出租屋沒什麼兩樣，我的牧羊人就住在那棟屋子的一邊，另一邊住了三個老太太。」

他一邊說，一邊接過那幾張紙片，看了看後，又說：「我想我可以解釋這是怎麼回事，先生。您弄錯地方了。這個國家有兩個威靈登，您的廣告說的是另一個，那裡叫做大威靈登，也有人叫它威靈登亞伯茲，位在七英里外的巴特爾另一端——也就是威爾德最南邊那兒。而我們，先生，」他相當自豪地說，「是不在威爾德地區的。」

「我確定您們不在原野南邊[1]，」那位旅客愉快地答道。「爬您們這座山花了我們半小時呢。好吧，我敢說，事情就是您說的那樣，我犯了一個愚蠢透頂的錯——事情發生得太快，我們到了城裡，直到要離開前半小時才注意到那些廣告——那會兒每件事都是又急又亂，總是沒時間細想。您知道，這種忙亂的情況下一個人什麼事也做不了，直到馬車到門口爲止。然後，我稍微打聽一下，發現我們其實離威靈登不遠，只有一、兩英里路程，我覺得沒問題，就沒再多問了……親愛的，」（他對妻子說）「我眞的很抱歉，讓你陷入這種困境，但不要擔心我的腿，我只要不移動，是不會痛的。等到這些善心人士成功把車扶正，把馬匹轉好方向，我們接下來最好就是回到收費大路上，往海爾舍姆去，這樣就可以輕鬆回家了。從海爾舍姆回家只要兩小時，一旦回到家，你知道，我們身邊就有好藥方。只要我們自己那兒令人心曠神怡的海風輕輕一吹，不用多久就可以讓我重新站起來。毫無疑問，親愛的，大海就是這樣，帶鹽的空氣和海水浴就是我最需要的東西。我的感覺已經告訴我了！」

海伍德先生這時非常友善地提出異議，請他們千萬不要急著動身，還是先檢查腳踝，再用些茶點吧。他熱誠地邀請夫妻倆到他家去做這兩件事。

「我們向來儲備齊全，」他說，「各種扭傷碰傷的常用藥我們都有。而且我太太和女兒們要是能在各方面盡力爲您效勞，我敢說她們一定也會非常高興。」

旅人試著動了動腳，感覺到一陣刺痛，讓他不禁多考慮了一下他最初所想的，接受眼前協助會帶來的好處，他接著對妻子說：「嗯，親愛的，我想這樣做對我們來說更好一點。」他又轉向海伍

---

1 大寫的 Weald 指的是英國南部的威爾德區，原意爲原野或曠野。

德先生，說：「在我們接受您的款待之前，爲了去除給您留下的壞印象——像是您發現我做了徒勞之事時可能已經出現的印象，請容我告訴您我們的身分。我姓帕克，沙地屯的帕克先生；這位女士是我的妻子，帕克夫人。我們正要從倫敦回家。雖然我絕對不是家族中第一個在沙地屯教區擁有地產的人，而在距離海岸這麼遠的這地方，我的名字可能也不會有人知道。但沙地屯這個地方，可是每個人都聽過的。這是個新興、而且正蓬勃發展的海水浴勝地，自然也是薩塞克斯沿岸浴場中最受歡迎的——這是最受大自然青睞的一個地方，而且也可望成爲人們最喜愛的地方。」

「有，我聽過沙地屯。」海伍德先生回答。「每隔五年，就會聽說在海邊有個新地方什麼的開始流行起來，這些地方能塞滿一半人都是奇蹟！您會發現去那些地方的都是有錢有閒的人，這對一個國家來說可不是好事——這肯定會拉高糧食價格，讓窮人一無所有——我敢說您會發現這一點，先生。」

「完全不是這樣，先生，完全不是！」帕克先生急切地喊道，「我跟您保證，恰恰相反。這想法很普遍，但卻是錯的。它可能適用於像布萊頓、沃辛或伊斯特本這種過度發展的大地方，卻不適合用在沙地屯這種小村莊，因爲它的規模讓它避開了所有文明的邪惡。當這個地方發展起來，像是建築、苗圃之類，各種需求都會增長，成爲一個擁有最佳訪客的度假勝地！這些訪客的私人家庭正規、穩定，成員都具備徹底的紳士風度和品格，到哪裡都能造福當地，激勵窮人勤奮努力，爲他們的生活各方面帶來舒適和進步的氣息。不，先生，我跟您保證，沙地屯不是那樣的一個——」

「我沒有特別要反對什麼地方的意思。」海伍德先生回答，「我只是覺得我們的海岸被這些浴場塞得太滿了。不過我們最好還是先設法把您——」

「我們的海岸塞得太滿了！」帕克先生重複了一次。「就這一點來說，也許我們的看法並不算全然不同。至少浴場是夠了，我們的海岸已經夠豐富，不需要更多浴場了。每個人都可以依照自己的品味和經濟能力，找到適合他們的地方。那些打算增加浴場數量的好人，在我看來，其實非常可笑，他們很快就會發現自己被錯誤的算計給騙了。而像沙地屯這樣的地方，先生，我可以說，是需要的，是應眾人召喚而生的。大自然已經把它標示出來，用最容易理解的文字表達給我們看了。海岸上最美好、最純淨的海風——這是所有人公認的——優質的浴場、細緻的硬沙、離岸十碼遠的深水區、沒有泥巴、沒有海草、沒有黏答答的岩石。再也沒有哪裡比這兒更能展現出，這是大自然為病殘人士特別設計的地方了——這就是成千上萬人需要的地點！離倫敦最理想的距離！比伊斯特本還近一英里！先生，您只要想想，在長途旅行中節省一英里的好處就行了。但是說到布林蕭這個地方，先生，我敢說您也清楚，去年就有兩、三個投機的傢伙，打算在布林蕭扶植一個沒有價值的小村莊，那地方的位置，就像位在一片死氣沉沉的濕地、一片荒涼的沼澤、一條永遠不散的爛海草臭氣帶之間一樣，這個開發計畫可能要讓他們失望了。要是按照常識，憑什麼推薦布林蕭？一片對健康極其不利的空氣，路況是眾所周知的糟，水又超乎想像地鹹——方圓三英里內連一盤好茶點都吃不到。再說到那兒的土地，又冷又貧瘠，簡直連包心菜都長不出來。相信我，先生，這就是最真實的布林蕭——一點都不誇張，如果您聽到不同的說法——」

「先生，我這輩子從來沒聽說過那裡，」海伍德先生說，「我根本不知道世界上有這樣一個地方。」

「沒聽過！看吶，親愛的，」帕克先生欣喜若狂，他轉向他的妻子，「你看怎麼樣？布林蕭的名氣也就這麼回事！這位先生根本不知道世界上還有這麼一個地方。唉呀，說眞的，先生，我覺得我們可以把詩人庫柏[2]的詩句拿來形容布林蕭，就是描寫那位和伏爾泰正相反的虔誠佃農的那一句——離家半英里外，無人知她姓名。」

「我誠心誠意地說，先生，您喜歡用什麼詩句形容就用什麼詩句形容，不過我想看看您腿上的傷勢。從您夫人的表情看來，我相信她完全同意我的看法，覺得要是繼續耽誤時間的話，就太可惜了。我的女兒們來了，她們是代表自己和她們的媽媽來打招呼的。」（這會兒有兩、三個看上去很年輕的小姐從房子裡出來，後面跟著好幾個女僕。）「一開始我還以爲這陣騷亂應該驚動不到她們呢，這種事在我們這樣的窮鄉僻壤很快就會引起轟動的。現在，先生，讓我們看看該怎麼把您送進屋裡最好吧。」

年輕的小姐們走上前，對她們的父親提出各種適當的建議，特地展現眞誠不做作的樣子，好讓這兩位陌生人自在一點。因爲帕克夫人急著想得到援救，她的先生這時也不無此意，也就不必多作客套；特別是在扶正那部馬車以後，它倒下的那一面被發現損壞，現在已經不適合使用了。於是帕克先生被抬進屋子，他的馬車則被推進一座空穀倉。

2 威廉．庫柏（William Cowper, 1731-1800），英國詩人、聖詩作者。他是那個時代最受歡迎的詩人之一，透過描繪日常生活和英國鄉村場景，改變了十八世紀自然詩的方向。

第二章

Chapter 2

他們的結識，雖然開始得有點不尋常，但並不短暫也並非無足輕重。整整兩星期，旅客都待在威靈登，帕克先生的扭傷太嚴重，沒辦法太早動身。他得到非常好的照顧，海伍德家是極受人敬重的家庭，他們以最親切、最眞誠的態度，盡一切可能關心這對夫妻。先生被侍奉照料著，妻子則以無盡的體貼爲他打氣安慰。每份殷勤友好的幫助都獲得應有的回報，一方的善意和另一方的感激不相上下，雙方也都不乏友好親切的舉止。在那兩星期時間中，兩家彼此都漸漸喜歡了對方。

帕克先生的性格和過往經歷很快就展現出來。因爲他是個直率的人，所以他很樂意把他所了解到關於自己的一切都告訴別人，就算是他自己不甚明瞭的部分，言語之中也會流露出若干訊息，讓海伍德家得以窺知一二。透過這些言談，可以知道他狂熱地愛談沙地屯，是個徹底的沙地屯迷。沙地屯這個時髦小浴場的成功，似乎就是他生活的目的。幾年前那裡還是個樸實無華的寧靜村莊，但它位置上的天然優勢和一些偶然事件給了他點子，認爲這裡非常可能成爲一樁有利可圖的投機生意，另一個主要地主也有此想法，於是他們便著手規劃興建，並四處讚美吹捧，多少爲它打出一些新興知名度。帕克先生現在腦子裡除了沙地屯以外，幾乎想不了別的事了。

在更直接的交流中，他告訴海伍德家一些事實。他大約三十五歲，結婚七年，婚姻十分美滿，家裡有四個可愛的孩子。他屬於一個受人敬重的家族，雖不算大富大貴，家境也還算殷實。他沒有職業——但他是這個家族的長子，繼承了兩、三代人一直持有並積累下來的財產。他還有兩個兄弟和兩個姊妹，都沒有結婚，也都自立了——事實上，他最大的弟弟繼承了旁系的遺產，也和他一樣過得很不錯。

他離開大路去找廣告裡那個外科醫生的目的也清楚了。並不是為了想扭傷腳踝或給自己造成其他傷害，所以才要找這麼一個外科醫生，也不是因為打算跟這個人合夥開業（海伍德先生比較傾向這個想法）。他只不過想在沙地屯備著一位醫生，那則廣告內容讓他覺得，說不定能在威靈登實現這個目的。他相信，「身邊就有醫生在」，這種優勢會大大促進這個地方的崛起與繁榮，事實上，這必然會吸引大量人潮——這就是最需要的。他有充分的理由相信，去年就有一個家庭因為這樣的原因而沒有選擇沙地屯，說不定還不止一家——因為還有他自己的姊妹們，她們都不幸身有病痛，今年夏天他很想把她們接來沙地屯，要是一個地方沒辦法獲得立即的醫療建議，很難期望她們會冒著健康風險到那兒去。

總的來說，帕克先生顯然是個親切隨和、顧家的男人，他愛妻子、愛孩子、愛兄弟姊妹，而且大致算是心地善良；他大方、有紳士風度、容易取悅，並且生性樂觀，想像力比判斷力強。帕克夫人則顯然是一個溫柔、友善、性情溫和的女人，對一個悟性強的男人來說，她是世界上最稱職的妻子，但對於她丈夫偶爾需要的冷靜看法，她卻沒有能力提供給他；所以不管他是在拿自己的財產冒險，還是扭傷了腳踝，她都只能等待別人的引領，做什麼都無能為力。

沙地屯就像帕克先生的另一個妻子和四個孩子，心愛的程度不相上下，卻肯定更吸引他的注意力，他可以滔滔不絕地一直聊它。事實上，它在他心中占據了最高地位，那裡不止是他的出生地、財產和家園，還是他的金礦、他的彩券、他的投機事業和他心愛的小木馬。那是他的職業、他的希望，和他的未來。他非常想把好朋友都吸引到沙地屯來，在這件事情上投注的努力令人窩心，因此朋友們都很感激也覺得很有興趣。

他希望海伍德一家能答應跟他去沙地屯看看，越快越好，自家的屋子能住得下多少人，就招待多少人去。不可否認，海伍德一家人都非常健康，但可以預見，大海對他們每個人的健康都會有好處。帕克先生堅信，沒有人是完全健康的（然而，運動和精神方面偶有的幫助可以暫時維持健康的表象），沒有人能真正維持在永遠萬無一失的健康狀態下，除非這人每年在海邊至少待六星期。海邊的空氣配上海水浴幾乎能治百病，不管是胃、肺，或血液的各種疾病，這兩樣東西裡總有一樣對得上症。它們能抗痙攣、抗肺疾、抗敗血、抗肝病、抗風濕。在海邊，不會有人感冒；在海邊，不會有人食慾不振，沒有人精神委靡，也沒有人有氣無力。大海的空氣彷彿正在治癒、柔軟、放鬆、強化和支撐，有時候發揮這個效用，有時候是另一個。要是海風不起作用，泡個海水浴肯定是矯正的好法子；要是那個地方不適合泡海水浴，光是海風也顯然是大自然設計的良藥。

然而，他的口才沒能奏效。海伍德夫婦從沒離開過家，他們早早就結了婚，生養許多子女。長年以來，他們的生活範圍就是一個小圈圈，而且他們的生活習慣比他們的年齡還要老。除了每年到倫敦領一、兩次股利外，海伍德先生的行走距離僅限於他的雙腳或他那匹經驗豐富的老馬到得了的地方；海伍德太太最冒險的活動，也只是偶爾坐一部舊馬車去拜訪鄰居，那是他們結婚時買的新車，十年前大兒子成年時才換了新內襯。他們擁有一份相當可觀的財產，只要他們家不過分浪費，就足以讓他們過著像紳士一樣豪華而富有變化的生活，也足以讓他們享受一部新馬車和更好的路，讓他們偶爾在唐橋井待一個月，在有痛風時去巴斯住一個冬天。但是，要支付十四個孩子的日常用度、教育和服裝費用，就必須生活得非常樸素、沒有變化、精打細算才行，他們不得不在威靈登過著安穩健康的日子。

當初出於深謀遠慮而下的禁令，現在因爲習慣，反倒成爲一種樂趣。他們從沒有離開過家，說起這話時，口氣中帶著滿足。但他們並不希望自己的孩子也這樣，而是樂於鼓勵他們，盡可能走出家門見世面。他們待在家裡，但孩子們可以出去；在把家打造得極其舒適的同時，他們也歡迎每一個變化，可以爲兒女帶來有用的聯繫或結識體面的人。因此，當帕克夫婦放棄拉著海伍德全家一起去的念頭，打算只帶一個女兒和他們同行時，並沒有遭遇什麼反對，大家都高興地同意了。

他們邀請的是夏洛特．海伍德小姐，一個十分討人喜歡的年輕小姐，芳齡二十二，她是家裡的大女兒，在母親的指導下對他們幫助特別多，也特別熱心，是最關心也最了解他們的人。夏洛特會去泡海水浴，如果可能的話，一定會讓她本來就很健康的身體變得更好。同行旅客為了表示感激，會讓她享受沙地屯能提供的一切樂趣，還會到圖書館[3]去，給她的姊妹們買新陽傘、新手套和新胸針，那座圖書館是帕克先生急著希望做起來的。

而在極力說服下，海伍德先生唯一能承諾的就是，只要有人徵求他的意見，他都會介紹對方到沙地屯去，而且（就目前可知的未來）不管用什麼方法，都沒辦法誘使他在布林蕭花錢，哪怕只有五先令也一樣。

第三章

Chapter 3

每個居民區都應該有一位偉大的女士，而在沙地屯，這號人物就是德納姆夫人。在一行人從威靈登到海邊去的這段旅程中，帕克先生比起之前，給夏洛特更詳細地講述了這位夫人的事蹟。在威靈登時他就常常提起她，因爲她是他投資事業的伙伴。要是不提德納姆夫人，沙地屯本身就沒什麼好聊的了。她是個非常有錢的老夫人，兩任先生都已經過世，她非常清楚金錢的價值，在地方上很受尊敬，有個窮親戚和她住在一起，這些都是夏洛特之前就知道的。不過，關於她的身世和性格等進一步細節，多少可以讓漫長的爬坡或泥濘的道路變得不那麼沉悶，同時也可以讓這位來訪的年輕女士得到一些適當的知識，讓她對一位可能每天都要接觸的人稍微了解一番。

3當時的圖書館是一種以營利爲目的的行業，通常由出版商或印刷商經營。那時的書籍很貴，圖書館中經常附設商店，甚至顛倒過來，在商店中附設小圖書館，人們可以在借書的同時，購買胸針一類的飾品。

德納姆夫人原本是富有的布雷瑞頓家的小姐，出身豪富之家，卻沒有受過教育。她的第一任丈夫是霍利斯先生，在這個地區擁有相當多土地，沙地屯教區中有很大一部分都是他的財產，包括莊園和豪宅在內。她嫁給他的時候，他已經上了年紀，而她自己也差不多要三十歲了。四十年過去，人們依然難以理解她結婚的動機，但是她把霍利斯先生照顧得無微不至，讓他非常高興，過世時便把一切都留給了她──他所有的土地和財產，任她支配。孀居數年後，她禁不住誘惑再婚了。已故的哈利．德納姆爵士是沙地屯區德納姆莊園的主人，他成功把她和她的大筆收入都轉進自己的財產範圍內，最終卻心願未了，沒能成功讓他的家族永遠富裕下去。老夫人無比謹慎地保留自身實力，哈利爵士過世後，她又回到自己位在沙地屯的房子裡，據說她曾經跟一位朋友自豪地說：「雖然我什麼也沒賺，只得到一個頭銜，但至少我也什麼都沒損失。」

大家猜測，她其實就是爲了那個頭銜才結婚。帕克先生承認，現在看來，這個頭銜顯然還是有其價値，至少可以爲她的行爲提供一點自然解釋。「有時候啊，」他說，「她有點自視過高，但也不大令人討厭；有時在某些地方確實太愛錢了點，不過她是個好心腸的女士，心地非常好──一個非常熱心、友善的鄰居。她開朗、獨立，並且身價不容小覷，至於她的缺點，幾乎完全可以歸咎於她沒受過教育。她很有天賦，但很沒教養。就一個七十歲的女人來說，她的頭腦靈活、身體硬朗，以令人眞心欽佩的熱情投入沙地屯的發展。雖然偶爾還是有眼界太窄的問題──她沒辦法跟我一樣看得長遠，不考慮一、兩年後她能得到什麼回報，只爲了眼前一點微不足道的花費就驚慌失措。海伍德小姐，這就是——我們想事情的方式不同，有時候看見的東西也會不同。您知道，對於那些講自己故事的人，聽的時候得多留心。當您看到我們接觸的時候，您會有自己的判斷的。」

德納姆夫人確實是個超出一般社會要求的偉大貴婦，因爲等到她過世後，每年留給繼承人的遺產將會有好幾千鎊。有三批人爲此大獻殷勤：一是她娘家的親戚，他們理所當然地希望瓜分她最初從家裡帶走的三萬鎊嫁妝；二是霍利斯先生的法定繼承人，他們一定盼著她能比他更公平一點，好讓他們多得到一些恩惠；另外就是德納姆家的成員，她的第二任丈夫以前就希望爲他們多爭取一點。毫無疑問，這些人甚至旁系成員已經全力進攻她很久了，而且還在繼續。在這三批人中，帕克先生毫不猶豫地說，霍利斯先生的親戚勝算最小，而哈利．德納姆先生的親戚勝算最大。他相信，前者在霍利斯先生去世時，由於非常不明智的表現和無理的怨恨，給自己造成了無法補救的傷害；而後者的優勢在於，這是過去那段婚姻關係僅存的聯繫，老夫人無疑非常重視，加上她從這些人很小的時候就很熟悉他們，他們總是在她身邊繞，只要有點合理的關心就能維護住他們的利益。現任從男爵愛德華爵士是哈利爵士的姪子，經常住在德納姆莊園。帕克先生毫不懷疑，這個人以及和他同住的妹妹德納姆小姐一定會在她的遺囑裡占據重要位置。他眞心希望如此。德納姆小姐沒什麼錢，而她的哥哥在他所在的社會階層中，也已經算是個窮人了。

「他是對沙地屯非常熱心的一個朋友，」帕克先生說，「要是他有財力的話，他的手就會像他的心一樣自由。他會成爲一位貴族好幫手！事實上，他已經盡他所能，在德納姆夫人給他的一片荒地上經營一棟雅致的小農舍。我相信，我們一定會有很多住客，甚至不用等到這個季末。」

過去一年來，帕克先生一直認為愛德華爵士是沒有對手的，他最有機會繼承夫人的大部分遺產。但現在有另外一個人選要納入考慮了，德納姆夫人在勸誘之下，讓娘家那邊一位年輕的女性親戚住進家裡。長久以來老夫人一直反對家裡多添人，對於她的親戚動不動就介紹這位小姐或那位小姐到沙地屯宅邸和她作伴的企圖，她也以一次次打回票為樂。但去年米迦勒節，她卻從倫敦帶了一位布雷瑞頓家的小姐和她一起回來，這位小姐人品出眾，足以和愛德華爵士公平競爭，並為自己和家人爭得那份長久積累起來的財產。那份財產，他們當然是最有權利繼承的。

帕克先生熱烈地談起克拉拉・布雷瑞頓，隨著這樣一個人物出現，故事變得越來越引人入勝。夏洛特現在已經不單把這個故事當消遣來聽，而是非常關心故事走向也樂在其中，她聽見布雷瑞頓小姐被描述得那麼可愛、友善、溫柔、謙遜，而且始終表現出極好的判斷力，顯然因為她的天生才能而獲得男爵夫人的喜愛。美麗、和善、貧窮再加上寄人籬下，幾乎已經不需要男人再多發揮想像力了；而除了應有的少數例外，女人對女人的感覺卻是非常迅速且充滿同情。帕克先生敘述了各種克拉拉之所以被沙地屯宅邸接受的細節，認為這是個不錯的例子，可以展現他在德納姆夫人身上看見的，一種眼界狹隘結合了善良、理智，甚至還有慷慨大方在內的混合性格。

德納姆夫人已經多年不去倫敦，主要是因為這些親戚不斷寫信邀約，她不堪其擾，決心保持距離，但去年米迦勒節，她不得不去倫敦待上至少兩星期。她住進一家旅館，按她自己的說法，她已經盡可能注意節省了，免得讓人說她住在這樣的地方花費太大。三天後，她要了帳單來，想看看自己的開支狀況，結果帳單上的數字讓她決定連一小時都不能再多待。她火冒三丈、心煩意亂，一心認爲自己被坑了，在不知道該去哪裡才好的情況下，不管三七二十一就離開了旅館。這時，她的表親們，她精明而幸運的表親們，她那些似乎總在暗中監視她行蹤的表親們，在這個重要時刻出面自薦了。了解她的情況後，這些表親說，他們在倫敦一個不怎麼好的區有棟簡陋房子，勸說她在剩下這段時間中，可以到那兒去住。

於是她過去了，每個人都對她熱烈歡迎、殷勤款待，他們處處關懷備至，讓她非常高興——她發現她布雷瑞頓家的這些好表親竟大出她意料外的可敬。得知他們收入有限、生活拮据，她沒多想什麼便決定，邀請這個家庭中的一位女孩，和她一起回去過冬。她只邀請一位，爲期六個月——也許六個月後再換另一個。但在選擇這個人時，德納姆夫人展現了她性格中好的那一面。因爲在把這家的女兒們挨個考慮過一遍後，她選中了克拉拉，住在他們家的一個姪女，比其他人更無助、更可憐，因爲窮困而寄人籬下，是這個困乏家庭的額外負擔。無論從世俗的哪一個角度看，她的地位都如此之低，即使用上她所有的天賦與能力，也只能準備接受頂多當一名托兒所保姆的未來。

克拉拉和德納姆夫人一起回來了——憑著她的才智和人品，現在顯然已經抓住德納姆夫人的心。六個月的時限已經過去很久，但關於改變現狀或換人的事一個字也沒人提。大家都喜歡她，她爲人穩重，性情溫柔和善，每個人都感覺到她帶來的影響。她剛來的時候，人們對她在某些方面既有的偏見皆已一掃而空。大家都認爲她值得信任，是個適合陪伴在德納姆夫人身邊，進行引導與軟化的人，好讓夫人的心胸更開闊，也更大方一點。克拉拉的親切完全不遜於她的美貌——而且拜他們沙地屯的微風之賜，她的美現在更完美無缺了。

Chapter 4

第四章

「這地方看起來好舒適，誰家的啊？」夏洛特問。在離海邊不到兩英里的一個避風下坡處，他們經過一座中等大小的房子，圍欄和樹籬齊齊整整，花園、果園和草地茂盛蔥鬱，正是這樣一所住宅的最佳裝飾。「看起來幾乎跟威靈登一樣舒服呢。」

「啊，」帕克先生說，「這是我們家的老宅，我祖先的房子，我和我所有的兄弟姊妹都在這裡出生長大，我前三個孩子也是在這裡出生。我太太和我一直到兩年前都還住在那裡，新房子建好之後才搬走。我很高興您喜歡它，這是棟貨真價實的老房子，希里爾把這兒打理得非常好。您知道，我已經把這棟房子交給幫我管理房產的人了。他因此得到一座更好的房子，而我，得到了更好的環境！再過一座山，我們就到沙地屯了——時髦的沙地屯——一個美麗的地方。你知道，我們的祖先總是喜歡在山洞裡建居處。我們就在這個地方，被困在一個逼仄狹窄的小角落，既沒有好空氣，也沒有好風景，明明離南岬和地角之間最壯麗的海洋只有一又四分之三英里，卻沒有享受到一點好處。等我們到了特拉法加莊園，您一定會覺得這場交易非常明智——順帶說一句，我真希望當初沒給它取這個名字——因爲滑鐵盧這名字現在更時髦啊。不過呢，我已經把滑鐵盧保留下來了，如果今年我們弄到足夠贊助，建一排小小的新月形房子——我相信我們會的，那麼我們就可以叫它滑鐵盧新月——名字和建築式樣搭配起來，絕對能爲我們招來一大批住客。要是在旺季，想住這裡的人一定會多得讓我們忙不過來。」

「這房子一直很舒適，」帕克太太從後窗向外望，帶著幾分戀戀不捨的神情說，「而且還有個好花園，多麼棒的花園啊。」

「確實如此，親愛的，不過我們也可以說，我們其實把這個花園一起帶走了。它還是跟以前一樣，爲我們提供所有想要的水果和蔬菜。事實上，一座完美的廚房花園能提供的舒適我們都享受得到，卻不需要忍受它一成不變的礙眼樣子和每年煩人的爛菜。誰受得了十月的包心菜田呢？」

「噢，親愛的，沒錯。我們的蔬果還是跟以前一樣充足，因爲就算他們忘了送來，我們也隨時都可以在沙地屯莊園買到。那裡的園丁很樂意給我們供貨的。只是這兒也眞是個讓孩子們亂跑的好地方，夏天眞陰涼啊！」

「親愛的，我們在山上的樹蔭也夠了，不出幾年就會綽綽有餘。我種的這些樹啊，生長速度可是快得嚇人。而且我們還有帆布遮陽棚啊，在屋裡也是非常舒服的。你還可以隨時去惠特比商店給小瑪麗買把陽傘，或者去傑布商店買頂大帽子。至於男孩子們，我得說，我寧願他們在陽光下跑來跑去，好過待在樹蔭下。親愛的，我相信我們想法一致，都希望兒子們能越健壯越好。」

「的確是，我相信我們想法一樣。我會給瑪麗買把小陽傘，這一定會讓她很得意。她會拿著這把傘走來走去，想像自己是個小淑女，好一副端莊的樣子啊。噢，我們現在過得比以前要好得多，這我一點都不懷疑。如果我們想泡海水浴，不到四分之一英里路程就到了。但是，你知道，」（依然回頭望著）「人總是喜歡去自己曾經生活得很快樂的地方見見老朋友。去年冬天那場風暴，希里爾家好像一點感覺都沒有。我還記得風暴來襲那幾夜，簡直恐怖極了，連我們的床都在搖，但是有一次風暴後我見到希里爾太太，她卻好像完全沒意識到，那風和平常有什麼不一樣。」

「沒錯，沒錯，很可能眞是這樣。我們享受著風暴的壯觀，其實眞正的危險性沒有那麼大，因爲我們的房子周圍沒有阻擋或限制風的東西，所以風就算狂吹也只是經過而已。但是在這條低矮的山溝裡，頂上全被樹蓋住，大家對空氣狀態一無所知；一旦有道可怕的氣流出現，居民說不定會嚇好大一跳，這種氣流在山谷裡造成的危害，比最猛烈的大風在空曠原野中造成的危害還要大呢。不過，親愛的，說到花園蔬果，你剛才說，就算有什麼意外疏漏，德納姆夫人的園丁也會立刻給我們補上。可是我突然想到，在這種情況下，我們其實應該到別處去，老史特林格和他兒子需要更多生意。你知道，我鼓勵他開業，但恐怕他做得不算太好，也就是說，時間還不夠。我確定他會做出一番成績，不過萬事起頭難，所以我們必須盡力幫他忙。要是有什麼蔬菜水果剛好缺了——缺東西是常有的事，不是漏了這個，就是忘了那個，大多數時候都是這樣——只要讓老安德魯名義上供點貨來，你知道，別讓他丟了日常差事就行。但事實上，我們主要還是從史特林格那兒買。」

「好的，親愛的，這很容易辦到。廚娘一定會很滿意，這對她可是件天大的好事，因為她現在老是抱怨老安德魯送來的東西都不是她要的。這會兒那棟老宅也離我們很遠很遠了，你弟弟西德尼說要拿它來做醫院是怎麼回事？」

「噢，我親愛的瑪麗，他只是開個玩笑而已。他假裝勸我把那棟房子弄成醫院，假裝嘲笑我做的一切改良。西德尼老是口無遮攔，這你也知道。我們所有人，他想跟誰說什麼就說什麼。我想我們大多數家庭裡都有這麼一個人，海伍德小姐。很多家庭裡都有一個天資聰穎、說起話來肆無忌憚的人，在我們家，這個人就是西德尼。他是個非常聰明的年輕人，很有討人喜歡的本事。他老是全世界到處跑，沒辦法安頓下來，這是他唯一的缺點：人一下在這兒，一下又在那兒，待在哪裡都有可能。希望我們能把他弄到沙地屯來，我想讓您跟他認識一下。對這地方來說也是件好事！像西德尼這樣的年輕人，車馬齊整，風格時尚。瑪麗，你我都知道這會有什麼樣的影響。他會為我們從徒有虛名的伊斯特本和黑斯廷斯引來許多體面家庭、許多精明母親，還有一大堆漂亮的女兒。」

這時候，他們正逐漸接近山腳下的沙地屯教堂和老村莊，接下來就要爬上這座小山。山的一側是濃密的森林和沙地屯宅邸的圈地，山頂是一片開闊的高地，不用多久就可以看見那裡的新建築。只有一道山谷支線曲折地斜伸向大海，為一條細細的小溪開了個通道，在入海口形成第三個可以住人的地方，有一小群漁夫的房子就集中在那裡。

原本村裡只有幾間農舍，但帕克先生高興地讓夏洛特注意看，村裡已經掌握了目前的時代氣氛，最好的兩、三間農舍掛起白色窗簾和「旅店出租」的字樣，當下便顯得煥然一新。再遠一點，一座老農舍小小的翠綠庭院裡，竟有兩位身著雅致白衣的女士，坐在折疊凳子上看書；經過麵包店的轉角，還可以聽見上方的窗子流洩出豎琴悠揚的樂音。

這樣的景象和聲音讓帕克先生欣喜不已。倒不是他個人的事業和這個村莊本身的成功有什麼關係——因爲這裡離海邊太遠，他在這裡什麼也沒做——但這是這個地方逐漸風行起來最有價值的證據。如果連這個村子都能吸引人來，這座小山說不定也能接近客滿。他預料會有個驚人的旺季，去年這個時候（七月底）這裡可是一個住客也沒有呢！其實整個夏天他都不記得有任何遊客來過，除了有個家庭的孩子因爲得了百日咳，從倫敦來這裡呼吸海邊空氣。他們的媽媽不讓他們靠近海岸，因爲怕他們滾進海裡去。

「文明，眞的是文明啊！」帕克先生高興地喊出來，「看吶，我親愛的瑪麗，看看威廉．希利商店的櫥窗！藍色的鞋，還有南京靴[4]！誰想得到在老沙地屯的鞋店裡會有這樣的景象！這可是這個月的最新款，一個月前我們經過這裡時，還沒有藍色鞋子呢。眞是太棒了！我想我總算在屬於我

4南京靴（nankin boots或nankeen boots），一八一〇年代流行一種原產於中國南京的平紋棉布，有略帶黃色的天然色澤，以這種棉布製成的仕女靴稱爲南京靴，紳士長褲則稱爲南京褲，是時尚的表徵，風靡一時。

「這可是這個月的最新款！」

自己的時代做出了一番事業。好了，我們的山到了，讓我們健康呼吸的山！」

上山途中，他們經過沙地屯莊園大門，看見濃密樹林中露出的宅邸屋頂。這是教區裡僅存的最後一棟昔日老宅了。再爬高一點，現代建築便開始出現；在穿過山頂高地時，夏洛特和帕克先生看見一棟普羅斯派克特宅邸，一棟貝爾維尤別墅和一棟德納姆公館。夏洛特帶著一絲玩味的好奇心，心平氣和地一一看過它們；帕克先生眼光熱切，只希望幾乎看不見空房。窗戶上的招貼比他想像的要多——山上的客人比較少，馬車少，走路的人也少。他猜想現在正是他們透完氣回去吃晚飯的時候，但是沙灘和露台總是會吸引一些人的——潮水一定正在上湧，這會兒應該漲到一半了。

他眞希望自己立刻就能站在沙灘上，在懸崖頂，在他自己家裡，在他家外面的任何地方。一看見大海，他的精神就振奮起來，幾乎可以感覺到自己的腳踝變得更強健。特拉法加莊園就在高地最高點，是一座優美雅致的建築，坐落在一塊小草坪上，被一片新植的人造林環繞，離陡峭但並不高的山崖大約一百碼，除了一小排稱爲「排屋」、看起來很漂亮的房子外，它在所有建築中最接近懸崖。莊園前方有寬廣的步道，可望成爲這裡的林蔭道[5]。這排房子裡有最好的女帽店，圖書館也在

5林蔭道（The Mall）是英國倫敦的一條馬路，從西面的白金漢宮到東面的海軍提督拱門（Admiralty Arch）、特拉法加廣場（Trafalgar Square）。該路在星期天、公眾假期和舉行重大儀式的日子中禁止行車。

這裡——再遠一點，還有旅館和撞球間。從這裡往下走，就可以到達海灘和移動更衣室。這裡因此成為追求美與時尚的人最喜愛的地方。

到了聳立在排屋後面不遠處的特拉法加莊園，旅人們終於安全下了車。爸爸、媽媽和孩子們之間，一家子充滿了幸福快樂，夏洛特也住進了自己的客房。她站在屬於她的房間中，大大的威尼斯式窗戶前，眺望尚未完工的建築、各式各樣的景色、隨風飄動的床單、房子的屋頂。她一路望向海邊，眼看大海在陽光和清新的空氣中翩翩起舞，波光粼粼，覺得有意思極了。

Chapter 5

第五章

晚餐前他們見面的時候，帕克先生正在看信。

「西德尼一行字也沒寫來！」他說。「他懶得要命。我在威靈登給他寫了一封信，說明這次事故，還以爲能蒙他恩寵給我個回音呢。不過這說不定表示他會親自過來，我相信會的。但這兒還有我妹妹的來信，她們從來沒讓我失望過，要說寫信，只有女人才靠得住。嘿，瑪麗，」他對妻子微笑，「在我拆開這封信之前，我們對寄件人的健康狀況該作何猜測呢？或者更確切地說，如果西德尼在這裡，他會怎麼說呢？海伍德小姐，西德尼是個調皮的傢伙，您要知道，他一定會說我那兩個妹妹的病痛，有一大半都是她們想像出來的。但事實並非如此，或者說，其實這部分微乎其微。就像您經常聽我們說的，她們的健康狀況眞的很差，一直爲各式各樣的嚴重疾病所苦。說實話，我相信她們從沒有過一天的健康日子。然而同時，她們又是那麼優秀能幹，個性充滿活力，要是有什麼需要善行的地方，她們都會逼自己全力以赴，對那些不太了解她們的人來說，她們看起來會有點特立獨行。但您知道，她們眞的沒有刻意裝模作樣。她們只是體質比常人虛弱，意志又比常人堅強而已，不管她們倆在不在一起都是這樣。我最小的那個弟弟跟她們住一起，才二十幾歲，我很遺憾地說，他也和她們一樣一身病。他太嬌弱了，什麼工作都不能做，西德尼老是嘲笑他，不過這眞的不是開玩笑，雖然西德尼常弄得我忍不住也覺得好笑。如果他現在在這裡，我知道他一定會打賭說，要是光看這封信，不管是蘇珊、戴安娜或亞瑟，根本都活不過上個月了。」

他把信大致看過一遍，搖搖頭，開口說：「很遺憾，沒有機會在沙地屯見到她們了。她們情況相當差，眞的，非常糟。瑪麗，要是你聽到她們病得有多嚴重，你一定會很難過的。海伍德小姐，如果您允許，我想把戴安娜的來信念出來。我很希望讓我的朋友互相認識一下，但恐怕這是我唯一能讓你們彼此認識的方式了。讀戴安娜的信我毫無顧慮，因爲她信如其人，是世界上最活躍、最友善、最熱心的人，一定會給您留下非常好的印象。」

他念道：「親愛的湯姆，你發生事故，我們都非常難過，如果不是你說遇上一群善心人，我一定在收到信隔天就不顧一切趕到你身邊去，就算我膽囊痙攣的老毛病發作得比平時更厲害，幾乎連從床爬到沙發都不行。不過你的傷是怎麼治療的呢？下次來信請跟我說得更詳細些。如果眞的像你說的，只是個簡單的扭傷，沒有什麼比摩擦患部更好的處理方式了，如果當下就實施的話，只用手摩擦就可以。兩年前，我碰巧去拜訪謝爾頓太太，她的車夫洗馬車時扭傷腳，連一瘸一拐地走進屋裡都難，但因爲立刻採用摩擦療法，堅持不懈（我親自用手給他摩擦腳踝，整整六小時沒停下來過），結果他三天不到就痊癒。我親愛的湯姆，多謝你對我們的一片心意，連累你出了這場事故。

但是，請你千萬不要再冒險爲我們找藥師了，因爲就算你把這一行裡最有經驗的人弄到沙地屯定居，我們也不會去徵求他的建議。整個醫療界能找的我們都找遍了，我們諮詢過一個又一個醫生，情況完全沒有改善。最後我們相信，醫生對我們一點用也沒有，我們不得不依靠自己久病成良醫的孱弱體質，才能稍微得到一點緩解。不過，如果你爲的是這個地方的利益，覺得有個醫生在那兒比較明智，我很樂意接下這個任務，這一定會成功的，我可以盡快進行一切必要工作。至於讓我親自去沙地屯，那是絕對不可能的。這麼說我很難過，我根本不敢這麼做，我的感覺明白告訴我，以我目前的情況，海風很可能會要了我的命。而且我親愛的同伴們誰也不願意離開我，不然我就勸他們去你那兒住兩星期。不過說實話，我很懷疑蘇珊的神經受不受得了這一番折騰。最近她頭疼得厲害，每天要用六條水蛭放血，治了整整十天，也沒怎麼見效，所以我們覺得應該要換個療法。檢查之後，我們相信她的問題出在牙齦，我勸她直接對病根下手，於是她拔掉了三顆牙，情況確實好多了，但她的神經卻紊亂得很厲害。她現在只能輕聲說話，今天早上因爲看見可憐的亞瑟拚命想忍住咳嗽，她還暈過去兩次。至於亞瑟，我要很高興地說，他的身體還算可以，只是比我想像中的要虛弱，我很擔心他的肝。自從你和西德尼一起到城裡後，我就沒再聽到他的消息，不過他去懷特島的計畫應該沒有成行，不然我們應該會在他行程半途見到他才是。我們眞誠地祝你在沙地屯有個美好的季節，雖然我們沒辦法爲你那個上流社會親自作出貢獻，但我們會盡最大的努力爲你送一些有價値的客人過去。我想我們相當有把握爲你弄到兩個大家庭，一家是有錢的西印度人，來自薩里郡；

另一個是一所非常體面的女子寄宿學校還是女子學院，從坎伯威爾來的。我就不跟你說為了辦成這件事我動用多少人脈了——眞是一環扣一環吶——但只要成功，一切都値得。你最親愛的妹妹。」

「好吧，」帕克先生念完信，說：「雖然我敢說，西德尼說不定會從這封信裡找出什麼極其有趣的東西，讓我們一起笑上半小時。可是我先聲明，我自己可是看不出來，這封信裡除了非常可憐和値得稱許之外還有什麼別的。您也看得出來，儘管她們受盡病痛折磨，卻依然那麼努力為別人謀福利！她們多麼掛念沙地屯啊！兩個大家庭，也許一個安置在普羅斯派克特宅邸，另一個住在德納姆公館二號或排屋的最後一棟樓吧，旅社裡要多加幾張床。我跟您說過的，我妹妹是個非常好的女人，海伍德小姐。」

「我相信她們一定非常與眾不同，」夏洛特說。「想到這兩姊妹的情況，這封信的口氣卻這麼愉快，實在讓我很驚訝。一下子拔掉三顆牙——太可怕了！令妹戴安娜的病似乎已經不輕了，但令妹蘇珊那三顆牙齒更是比什麼都悲慘。」

「噢，她們對手術都習以為常了，不管什麼手術都一樣，她們非常堅強！」

「我想，您的兩個妹妹很清楚自己的狀況，但做法未免有些極端。我覺得，不管是什麼病，都應該先尋求專業建議，所以不管是我自己或者我愛的人都很少冒險！但是，因為我們家的人一直都很健康，所以我也無從判斷這種自我診療的習慣究竟是好是壞。」

「說實話，」帕克夫人說，「有時候我確實覺得帕克小姐做過頭了。其實你也是這麼想，親愛的，你知道。你常常覺得，要是她們可以稍微不那麼在意自己的身體，說不定身體狀況會更好，尤其是亞瑟。我知道你覺得她們因爲他生了病就大驚小怪，其實很可憐。」

「好了好了，我親愛的瑪麗，我承認你說得對，可憐的亞瑟，這個年紀就被灌輸了自己一身病的想法。他這樣不行，不應該想像自己病到什麼工作都做不了。二十一歲就整天坐在家裡，靠著他那點微薄財產的利息過活，沒有過一點增加財富的想法，也不想從事任何對人對己有用的職業。但是，讓我們聊點愉快的事情吧。那兩個大家庭正是我們想要的，但眼下有件更令人愉快的事——摩根喊了『開飯啦』！」

Chapter 6

第六章

晚餐結束後，一群人很快行動起來。帕克先生要是不早點去圖書館看看捐款簿，是沒辦法安心的。夏洛特也非常興奮，迫不及待地想盡可能多看看這全新的世界，越快越好。他們出門的時間正是海水浴場最安靜的時候，幾乎所有住了人的旅店都在舉辦隆重晚宴，或者正在飯後坐著閒聊。或許有些地方會看見一個獨行的老人，爲了健康而不得不早點出門散步。但一般來說，這時候不管在排屋裡、懸崖邊或沙灘上，都是杳無人跡，空空蕩蕩，安安靜靜。

商店街一個人也沒有，不管在店裡還是店外，草帽和垂掛的蕾絲飄帶彷彿只能聽天由命，圖書館的惠特比太太因爲無事可做，便坐在內間讀起自己的小說。捐款簿上的名錄平凡無奇，德納姆夫人、布雷瑞頓小姐、帕克夫婦、愛德華·德納姆爵士和德納姆小姐，這些名字可以說開啓了度假季的序幕。後面的名字也不特別，不外乎是馬修斯太太、馬修斯小姐、E·馬修斯小姐、H·馬修斯小姐、布朗醫生夫婦、理查·普拉特先生、史密斯·R·N上尉、小萊姆豪斯船長、珍·費雪太太、費雪小姐、史克羅格斯小姐、牧師漢金先生、格雷斯律師事務所初級律師比爾德先生、戴維斯太太和梅莉韋瑟小姐。

帕克先生不禁覺得，這份名單不僅毫無特色，人數也比他期望的來得少。但現在不過才七月，八月和九月才是旺季，而且還有薩里郡和坎伯威爾那兩個答應要來的大家庭。一想到這點，多少能讓他感到安慰。

惠特比太太趕忙從她的文學祕境裡出來，滿面笑容地迎接舉止文雅、人見人愛的帕克先生，雙方正忙著客套交際，夏洛特已經把自己的名字塡進名錄，當作為這個成功的度假季做出的第一份貢獻。而當惠特比小姐被催促梳妝打扮好，頂著一頭油亮捲髮和花俏小飾品，下樓接待夏洛特時，她便忙不迭地跑去為家裡的每個人買東西。

圖書館裡自然應有盡有：它有世界上一切無用卻不可或缺的東西，身在這麼多誘人物品，以及帕克先生鼓勵消費的強烈意願中，夏洛特開始覺得她必須自我克制了——或者更確切地說，經過一番反省，她覺得二十二歲的自己沒有理由這樣亂花錢——她不能在剛到這裡的第一天晚上就把所有錢都花光。她拿起一本書，剛好是一冊《卡蜜拉》[6]。她不像卡蜜拉那麼年輕，也不打算體會她那

6《卡蜜拉》（*Camilla*），法蘭西絲．柏妮（Frances Burney，1752-1840）的小說，於一七九六年首次出版。描述卡蜜拉與一群年輕人對婚姻的擔憂，是十八世紀一部非常受歡迎的小說。

樣的痛苦，於是她轉身離開擺滿戒指和胸針的櫃台，克制住更進一步的誘惑，直接結帳了。

讓她尤其高興的是，他們等一下要到懸崖那兒去逛逛，但是他們才離開圖書館不久，就遇見兩位女士：德納姆夫人和布雷瑞頓小姐，她們的到來讓行程不得不改動。她們剛去了特拉法加宅邸，又在那兒經人指點來到圖書館，雖然德納姆夫人精力充沛，認爲不需要休息就能再走一英里，而且還說要立刻回家去。但帕克太太很清楚老夫人在想什麼，硬把她邀到自己家裡，讓她在盛情難卻之下紆尊降貴和他們一起喝茶，這才是她眞正想要的。於是到懸崖散步的計畫立刻變成了回家。

「不，不，」夫人說，「我可不能讓你們因爲我就趕著喝茶。我知道你們喜歡晚點喝，我這麼早來可不是爲了要給鄰居不方便的。不，不，克拉拉小姐和我要回我們自己家喝茶。我們出來的時候也沒別的想法，只是想看看你們，確定你們眞的來了而已，不過我們還是要回去喝茶。」

然而她一面說，一面卻繼續朝特拉法加宅邸走去，還一聲不吭地在客廳坐定，彷彿沒聽見帕克太太一進門就吩咐僕人立刻上茶的命令。夏洛特雖然失去散步的機會，但是發現自己正和早上聊到的、令她非常好奇的人在一起，倒也讓她頗爲欣慰。她仔細觀察起這兩人，德納姆夫人中等身高，體格結實，身子挺得直直的，行動很敏捷，有一雙精明的眼睛和自鳴得意的神態，但面容並不讓人討厭。儘管她的態度相當直率唐突，但就一個以直來直往自詡的人而言，她其實脾氣很好也很友善——她表現得很有禮貌，也很樂意結識夏洛特，對她的老朋友則報以熱烈歡迎，似乎覺得這樣可以引來善意回應。至於布雷瑞頓小姐，她的外貌完全配得上帕克先生的讚揚。夏洛特覺得，她眞是自己見過最可愛、最有趣的一個年輕女子了。

她的身形修長，五官端正，肌膚細嫩，還有一雙柔和的藍眼，看似端莊溫婉，談吐中卻自然透出天生的高雅氣質。夏洛特只覺得，她就是剛才在惠特比太太書架上看見的，所有小說中最美麗也最迷人的完美女主角。會這樣想，也許部分原因是她剛去過流動圖書館，但她真的沒辦法把完美女主角的形象和克拉拉．布雷瑞頓小姐分開。她和德納姆夫人一起生活的情況更是加強了這樣的印象！她似乎有意讓自己處於被苛待的位置，這樣的貧困和依賴感，加上這般美貌與內涵，彷彿除了如此安排之外別無選擇。

這些感覺並不是夏洛特自己的浪漫情緒產生的結果。不，她其實是個頭腦非常清醒的年輕小姐，讀過很多可以滿足她想像樂趣的小說，但完全沒有受到奇奇怪怪的影響。儘管最初的五分鐘，她很自得其樂地想像迷人的克拉拉應該會遭受的種種虐待，尤其是德納姆夫人的野蠻行爲。但在隨後的觀察中，她卻心悅誠服地承認，她們顯然相處得十分融洽。除了德納姆夫人總是按老式習慣喊她克拉拉小姐外，她看不出有什麼不對的地方；而克拉拉的禮節和關心也是拿捏有度，絲毫不令人反感。看起來，她們一方表現出保護的善意，另一方則報以感激和真心的尊重。

談話內容完全轉向沙地屯，他們說起目前的訪客數量和迎來一個旺季的可能性。德納姆夫人顯然比她的合夥人更焦慮、更擔心損失，她希望讓這裡更快住滿，對於有些旅店居然要廉價出租，似乎也讓她憂心忡忡。可是，大家並沒有忘記戴安娜．帕克小姐說的那兩個大家庭。

來的。」

「太好了，太好了，」德納姆夫人說。「一個西印度家庭和一所學校，聽起來不錯。會帶財源

「我相信，沒有哪個地方的人比西印度人花錢更大手大腳的了。」帕克先生說。

「是，我聽說的也是這樣。他們荷包一滿，好像就以爲自己可以跟你們這些古老的鄉村世家平起平坐了。但那些揮金如土的人從來沒想過，他們這麼做是不是助長了抬高物價的惡果。我聽說你那些西印度客人很多都是這樣，如果他們來我們這兒，拉高了我們生活必需品的價格，我們倒也不應該太感謝他們，帕克先生。」

「我親愛的夫人，他們驚人的需求只會提高消費品價格，而且在我們之間的金錢流通，對我們來說絕對是利大於弊。我們的肉商、麵包師傅和商人要是不給我們帶來繁榮，也就不能致富。要是他們賺不到錢，我們也賺不到租金。我們的房子最後一定會增值，就和他們的利潤成正比。」

「喔，好吧。不過我還是不希望肉鋪的肉漲價，肉價能壓低多久我就壓多久。是啊，那位小姐笑了，我知道。我敢說她覺得我很怪，但是她自己也遲早會關心這種事。是，是，親愛的，你放心好了，你總有一天要在意肉價的，雖說你或許不會剛好和我一樣，有這麼一屋子僕人要養活。我眞的相信，僕人越少，日子過得越好。大家都知道，我不是個愛炫耀的女人，要不是爲了懷念可憐的霍利斯先生，我也不會這樣撐著沙地屯莊園的門面，這可不是爲了我自己高興而已。好了，帕克先生，還有一家是個寄宿學校，一間法國寄宿學校，是嗎？這也不壞，她們會住六個星期。這麼大一

群人，誰知道會不會有一些是得了肺癆，想喝驢奶[7]的呢，目前我是有兩頭奶驢。不過，這些小女孩們說不定會弄壞家具，我希望有個嚴厲的家庭女教師好好看著她們。」

而關於這次去威靈登的目的，德納姆夫人和帕克先生的妹妹們一樣，並沒有給可憐的帕克先生什麼讚揚。

「老天吶！親愛的帕克先生，」她叫道，「你怎麼會想到這種事呢？我很遺憾你發生了意外，但依我所見，你這是自討苦吃。去找一個醫生？為什麼啊，我們這兒要醫生幹什麼？如果身邊就有醫生，只會讓我們的僕人和窮人們老以為自己生病了。喔，求老天讓沙地屯不要有做這行的人吧，我們這樣過下去就很好。這裡有海，有高地，還有我的奶驢。我已經跟惠特比太太說了，如果有人想要一架室內木馬[8]，我們可以用公道價出租——可憐的霍利斯先生，他的室內木馬就跟新的一樣

7在羅馬時代，驢奶就被人認為是一種常見的治療方法，對健康十分有益。後來，著名的法國博物學家喬治·路易斯·勒克萊（Georges-Louis Leclerc, 1707–1788）在他的著作《自然史》中也提到驢奶的好處。據說拿破崙的妹妹寶琳·波拿巴（Pauline Bonaparte）和埃及豔后都曾經以驢奶保養皮膚。

8室內木馬（chamber-horse）是一種十八世紀的室內運動器材。樣子像一張帶扶手的木椅，皮革座位內部是三個由木板分割的金屬彈簧層。運動的人坐在座位上，下壓時彈簧會產生一定的阻力把人彈回來。這種彈跳是模仿騎馬的動作，當時的人認為這是很好的健身方式，也是治療和預防各種疾病的好方法。

——他們還想要什麼呢？我在這世上活了整整七十年，吃藥的次數不超過兩次，而且從來也沒因爲自己的緣故見過醫生。我眞的相信，如果我可憐的、親愛的哈利爵士也沒看醫生的話，現在應該還活著。那個人收了十次診療費，一步步把他送上天堂。我求求你，帕克先生，別把醫生弄到這兒來。」

茶送上來了。

「噢，我親愛的帕克太太——你眞不應該這樣的——爲什麼要這麼客氣呢？我都已經打算告辭了。不過，你都這麼盛情招待了，我想我和克拉拉小姐要是不留下來，可就太說不過去啦。」

Chapter 7

第七章

隔天早上，帕克先生的聲望爲他們帶來了一些客人，當中也包括愛德華．德納姆爵士和他的妹妹。他們先在沙地屯莊園待了一會兒，接著驅車前來向帕克一家致意。夏洛特完成了寫信任務，就和帕克太太在客廳坐下，正好見到所有人。這當中，只有德納姆兄妹特別引人注意，夏洛特很高興自己被引見給他們，這樣一來，她就認識德納姆家所有人了。她發現，至少在這對兄妹中，那「比較好的一半」（對單身男女而言，有時人們會認爲，男的才是比較好的那一半）頗値得注意。德納姆小姐是個標致的年輕女子，但態度冰冷而矜持，讓人覺得她一方面爲自己的重要地位自傲，一方面又對自己的貧困不滿。他們沒有氣派的交通工具，只能坐簡單的二輪馬車旅行，這件事一直讓她很心煩，車夫駕著這麼一部車到處走的樣子更是時時如在眼前。而愛德華爵士不管風度和舉止都比她要好得多——當然他很帥，但更値得一提的是，他的談吐十分得體，而且希望引起他人注意，爲大家帶來歡樂。他一進屋子就非常搶眼，說起話來滔滔不絕（大部分時候是和夏洛特聊天，因爲他正好坐在她旁邊），夏洛特很快就發現他不但面容俊俏，聲音溫柔悅耳，而且很會說話。她很喜歡他，儘管她向來頭腦清醒，也不免認爲他確實討人喜歡，而且毫不懷疑他對自己也有同樣看法。因爲當他妹妹表現出想起身告辭的意思時，他顯然完全不理會，依舊堅守在自己的座位上高談闊論。我不爲女主角的虛榮心道歉，如果這世上眞有正値花季的年輕女子一點戀愛幻想都沒有，對他人獻殷勤也毫無所覺，那我是絕對不認識她們，也不想認識她們的。

最後，透過客廳可以一覽外頭那條大路和草地上每一條小徑的低矮落地窗，夏洛特和愛德華爵士不可避免地看見德納姆夫人和布雷瑞頓小姐經過，愛德華爵士臉上立刻出現一抹細微變化——她們往前走時，他的眼光急切地追隨她們，接著迅速向他妹妹提出建議：不但要告辭，還要一起走到排屋那兒——這一切讓夏洛特的幻想急轉直下，瞬間治好她發了半小時的高燒，回到有判斷能力的狀態。在愛德華爵士離開後，她想著，他那討人喜歡的表現到底有幾分是眞實的，「也許他就只是神態和談吐不錯而已。另外，他的爵士頭銜對他來說，也讓他變得沒那麼討人厭。」

她很快又跟他們那群人碰面。帕克夫婦送走早上第一批訪客後，第一件事就是要出門走走。所有人都喜歡排屋那兒，每個散步的人都一定從排屋開始。那兒的砂石路邊擺著兩條綠色長椅，他們發現德納姆家族一行人就坐在其中一條長椅上；不過，儘管大家都坐在一起，卻又界線分明——兩位高傲的女士坐在長椅一頭，愛德華爵士和布雷瑞頓小姐坐在另一頭。夏洛特一眼就看出愛德華爵士滿懷愛意，他愛上了克拉拉，這點毫無疑問。克拉拉的反應就不那麼明顯了，但夏洛特覺得情況不是很樂觀。因爲儘管克拉拉個別和愛德華爵士坐在一起（說不定是因爲躲不開），但她臉上的神情，卻顯得非常平靜而嚴肅。

坐在長椅另一端的年輕女士顯然正在贖罪，這點毫無疑問。德納姆小姐臉上的表情現在完全不一樣，還坐在帕克太太家客廳的時候，她的臉色冷峻莊重，要別人再三引導才勉為其難一開金口。這會兒，她卻靠在德納姆夫人手肘邊，時而專心地微笑聆聽，時而熱切地交談，這對比實在太明顯了——讓人不禁覺得好笑，甚至可悲，簡直像諷刺劇或道德劇可能上演的場景。夏洛特已經把德納姆小姐的個性看透了，但愛德華爵士還需要多花點時間觀察。令她吃驚的是，當他們這群人與他們合流，打算一起去散步時，他卻立刻離開克拉拉，把注意力完全轉到她自己身上。

他緊靠在她身邊，似乎刻意要把她和其他人隔得越遠越好，同時只對她一個人說話。他以一種極具品味和感情的語調開始談論大海與海岸，激情地用遍毫無新意的詞句形容它們的壯麗，描繪它們在敏感的心靈中激發的那股難以形容的情感。暴風雨中的海怒濤澎湃，寧靜時的海波平如鏡，盤旋的海鷗、茂盛的海蓬子[9]，深淵深不見底，興衰瞬息百變，幻象恐怖駭人，水手在誘人的陽光下出海，卻被突來的巨浪吞沒。他興致勃勃地述說這一切——也許這並不是什麼新鮮話題，但從英俊的愛德華爵士口中說出來，倒顯得格外有趣，讓她不禁覺得他是個情感豐沛的人——直到他說出一

---

9 海蓬子（samphire），一種濱海植物，又稱聖彼得草、海珊瑚、海蘆筍。顏色翠綠，沒有葉子，帶有鹹味。

大堆引用的名言和令人困惑的句子，夏洛特才開始有些吃驚。

「您還記得，」愛德華爵士說，「史考特[10]描寫大海的美麗詩句嗎？噢！多麼生動的描述啊！每當我走到這裡，腦海裡就自動浮出那些詩句。要是有人能讀那些詩卻不被感動，一定有著刺客的冷酷神經！上帝保佑，可別讓那樣一個人在手無寸鐵的時候碰上我。」

「您指哪一段？」夏洛特說，「這會兒我一點都想不起史考特的詩有哪一首是描寫大海的。」

「您真的不記得？不過現在我也記不得開頭是什麼了，但您絕對不可能忘記他對女人的描寫——『噢！女人啊，在我們悠閒的時刻——』美極了！真是太美了！要是他寫了這首詩後就此封筆，就會永垂不朽了。還有那首寫父母慈愛的詩，簡直無與倫比，無人能出其右——『有些感情是給予凡人的，塵世的色彩少於天堂』什麼的。不過，既然我們聊到了詩，海伍德小姐，您對伯恩斯[11]寫給他心愛的瑪麗的詩有什麼看法？那詩裡的哀傷真是令人心碎！如果世上真有個多情善感的男人，那就是伯恩斯了。蒙哥馬利[12]擁有詩的所有熱情，華茲華斯[13]擁有詩的真正靈魂，坎貝爾[14]在他〈希望之樂〉這首詩裡則觸及了人類情感的極致——『宛如天使降臨，千載難逢』。您能構思出比這更克制、更溫柔、更充滿深沉崇高感的句子嗎？但是伯恩斯——我得說，我看得出他的傑出所在，海伍德小姐。如果說史考特有什麼不足，那就是他缺乏激情。他的詩溫柔、優雅、描寫生動，就是太平淡了。要是一個男人不能公平看待女性特質，我是瞧不起他的，雖然有時候，似乎確實有種瞬間迸發的感情讓他靈光一閃，就像我們剛才談到的那幾句——『噢！女人啊，在我們悠閒的時刻——』伯恩斯卻是始終懷抱熱情，他的靈魂是一座祭壇，可愛的女人端坐其上，受人焚香膜拜，他的精神呼吸著不朽的馨香，由她而來的馨香。」

「我曾經帶著非常喜悅的心情讀過伯恩斯的幾首詩，」夏洛特一有機會就趕緊插話，「但我實在不夠詩意，沒辦法把一個人的詩和他的品行完全分開來看。可憐的伯恩斯是出了名的行爲不端，這大大影響了我讀他詩作的樂趣。我很難相信他身爲一個情人所表達的感情是眞實的，他描寫的那個男人對愛情是否忠誠，我一點信心也沒有。他只是突然心有所感，寫了下來，然後就拋到九霄雲外去了。」

「噢！不，不，」愛德華爵士激動地大喊，「他完全是一片熱情和眞心！他的天賦和他的易感

---

10 華特．史考特爵士（Sir Walter Scott, 1st Baronet, 1771-1832），十八世紀末蘇格蘭著名歷史小說家及詩人。

11 羅伯特．伯恩斯（Robert Burns, 1759-1796），著名蘇格蘭詩人。所作詩歌受到民歌影響，通俗流暢，便於吟唱，在民間廣爲流傳，被認爲是蘇格蘭的民族詩人。

12 詹姆斯．蒙哥馬利（James Montgomery, 1771-1854年），英國編輯、詩人，曾因政治文章兩度入獄。

13 威廉．華茲華斯（William Wordsworth, 1770-1850），英國浪漫主義詩人，與雪萊、拜倫齊名，是湖畔詩人的代表。

14 湯瑪斯．坎貝爾（Thomas Campbell, 1777-1844），蘇格蘭詩人。他是波蘭之友文學協會的創辦人之一，也是提議成立倫敦大學的知名人士之一。

可能讓他做出些越軌的事，但誰又是完美的呢？期望從一個高格調天才的靈魂中找出平凡心靈的卑躬屈膝，這樣的批評太極端了，是一種僞哲學。從一個人胸中的激情激盪出的才華光輝，和生活中某些乏味的行爲準則可能是無法相容的。最可愛的海伍德小姐，即使是你也不能——」他露出極爲感傷的神情說：「任何女人都沒有辦法公正地判斷，一個男人在無限熱情的驅使之下，會不由自主地說些什麼、寫出什麼或做出什麼來。」

這話說得眞好，不過要是夏洛特能完全聽懂他在說什麼，就會知道這話並不怎麼合乎道德。而且她對於他出色的恭維方式也不怎麼領情，於是她嚴肅地回答：「我對這些眞的一竅不通。今天天氣可眞好，這風，我想一定是南風。」

「幸福啊，幸福的風兒啊，原來是你吸引了海伍德小姐的思緒！」

她開始覺得他愚蠢透頂，至於他選擇和她一起散步的原因，她也已經明白了。他這麼做是爲了激怒布里瑞頓小姐，從他不時向旁邊焦慮地掃過一、兩眼，她就看得出來，但是爲什麼他要扯這麼一大篇廢話，這就非常令人費解了，除非他就只有這一點能耐。他似乎很多愁善感，感情豐富，沉迷於各種最新最時髦的生僻詞句，但她推測他腦子不太聰明，所以談了那麼多都只是死記硬背。也許他的個性未來會顯露得更多一些也說不定，但是當有人提議去圖書館時，她覺得和愛德華爵士在一起這一個上午已經受夠了，於是她非常高興地接受了德納姆夫人的邀請，留在排屋陪她。

其他人都走了，愛德華爵士露出一副騎士般的絕望表情，戀戀不捨地逼自己離開，她們兩人倒是非常愉快——德納姆夫人就像一位眞正偉大的夫人，她不斷地說了又說，內容都是和自己相關的事，夏洛特專心地聽，想到自己前後兩個聊天對象的反差，覺得有意思極了。當然，德納姆夫人的話裡完全沒有一絲含糊的感傷情緒，也沒有任何難以理解的用詞。她自然地挽起夏洛特的手臂，讓人覺得只要能獲得她的一點關注都是無上光榮；或許是意識到自己身分的重要，也或許是天生就喜歡說話，健談的夫人立刻用一種志得意滿的口氣，擺出精明睿智的表情說：「艾絲特小姐希望我能邀請她和她哥哥到沙地屯莊園和我一起住一星期，就跟去年夏天一樣——可是我是不會這麼做的。她千方百計想說服我，一下誇這個，一下誇那個，不過我完全知道她在想什麼，我看得透透的。我可不會那麼容易上當的，親愛的。」

除了簡單地問一句：「您說的是愛德華爵士和德納姆小姐嗎？」夏洛特實在想不出什麼更無害的回應了。

「是的，親愛的。就是我那兩個小親戚，有時候我會這樣叫他們，因爲我跟他們很親。去年夏天，大約就是現在這個時候，我讓他們來陪我住個一星期，從星期一到星期一。他們好高興、好感激，因爲他們都是很不錯的年輕人，親愛的。我不希望讓你覺得我是因爲可憐的哈利爵士，才對他們特別關照。不，不是的，他們本身就值得人關照，相信我，不然我也不會老是叫他們來陪我了。我可不是盲目幫助別人的女人，在我動動手指做什麼之前，向來都很留心，先想清楚我要做什麼，是在和誰打交道。我想我這輩子還沒上過別人的當，對一個結過兩次婚的女人來說，能說這麼一句話可是相當不簡單。這話我也只跟你私下講，可憐的、親愛的哈利爵士一開始還以爲能弄到更多東西呢，但是，（輕輕地嘆了口氣），他走了，我們不該在死了的人身上挑毛病。我和他一起生活的時候是最幸福的，沒人比得上，他是個非常值得尊敬的人，完全就是個古老世家的紳士。他過世以後，我把他的金錶給了愛德華爵士。」

說這話時她朝身邊的夏洛特看一眼，意思是這應該會讓聽的人留下深刻印象，但是眼看夏洛特臉上並沒有出現又喜又驚的表情，她很快又補充說明：「他沒在遺囑裡說要把它送給他姪兒，親愛的。這不是遺贈，遺囑裡沒有寫。他只是跟我提過，而且只提過一次，說他希望錶可以給他姪子；不過要是我選擇不給，這話也沒什麼約束力。」

「您眞的好仁慈！好慷慨啊！」夏洛特不得不裝出一副佩服不已的感動樣。

「是啊，親愛的，這還不是我對他做的唯一一件好事。對愛德華爵士來說，我一直是個非常大方的朋友。而那個可憐的年輕人，這對他的需求來說還是遠遠不夠。因爲，親愛的，雖然我只是個遺孀，而他是繼承人，但我們之間的關係，和一般情況下雙方的關係是不一樣的。我連一先令都沒從德納姆莊園拿到過，愛德華爵士沒錢可以給我。相信我，他的地位並不高，全是我在幫他。」

「他確實是個很不錯的青年，談吐尤其優雅。」

夏洛特這麼說，主要是在沒話找話講，但她立刻就發現德納姆夫人用精明的眼神看了她一眼，明擺著一臉猜疑，答道：「是啊，是啊，他是長得很好看。但願某位大財主千金也是這樣想，因爲愛德華爵士一定是爲了錢才結婚的。我和他經常討論這件事，像他這樣英俊的年輕小伙子總是得到處擺笑臉，跟女孩子獻殷勤，但他很清楚自己必須爲了錢結婚。大體來說，愛德華爵士還是個相當穩重的年輕人，心裡是很有盤算的。」

「愛德華・德納姆爵士，」夏洛特說，「有這樣的個人條件，只要他願意，幾乎可以確定能娶到一位身家豐厚的女子。」

這冠冕堂皇的意見似乎完全打消了德納姆夫人的猜疑。

「是啊，親愛的，這話說得有理，」德納姆夫人喊出來，「要是我們能弄到個年輕女繼承人到沙地屯來就好了！但是女繼承人少得可怕！從沙地屯成爲一個公共地點以來，我們還沒接待過一個女繼承人，甚至連女共同繼承人都沒有。家庭一個接一個來，但是據我所知，這裡面有財產、地產或資金的人不到百分之一。他們也許有收入，但是沒有財產。這些人可能是牧師，可能是城裡的律師，可能是拿半薪的軍官，或者也可能是只靠一份遺產生活的寡婦。這樣的人對誰有好處嗎？——除了租下我們的空房子以外。這話我只和你私下講，我覺得這些人都是不知道自己應該待在家裡就好的大傻瓜。現在，如果我們能夠弄來一位被送到這裡養病的年輕女繼承人，要是她被命令要喝驢奶，我可以提供給她，然後，等她身體一好，就讓她愛上愛德華爵士！」

「眞能那樣的話，就太幸運了。」

「艾絲特小姐也得嫁個有錢人，她必須找個有錢的丈夫。啊，沒錢的年輕小姐眞是太可憐了！

不過呢，」她略停了停，「要是艾絲特小姐想說服我請他們來住沙地屯莊園，就會發現自己打錯了算盤。你知道，去年夏天以後，事情發生了變化。現在我有克拉拉小姐作伴，這讓情況變得大爲不同。」

她說這些話的時候格外嚴肅，夏洛特立刻看出，接下來她打算要說眞正深入的東西了，於是也準備好要聽一段更詳細的重要談話。但是，德納姆夫人接下來說的卻是：「我可不希望我的房子像旅館一樣住滿了人。我不願意讓我的兩個女僕整個上午都在打掃臥室灰塵，她們每天都要整理克拉拉小姐和我的房間，要是讓她們再多做工作，可就要吵著加工資了。」

夏洛特沒想到反對理由是這樣，有點措手不及。她發現自己連裝出同情的樣子都做不到，也就沒應聲。德納姆夫人又興高采烈地迅速補充：「再說，親愛的，難道我要讓自己家裡塞滿人，去損害沙地屯嗎？要是人們想住海邊，爲什麼不去租房子呢？這裡有一大堆空房子啊——這邊的排屋就有三間——這會兒我眼前就有至少三張招租廣告，分別是三號、四號和八號。八號那間在轉角，對他們來說可能太大了，但是另外兩間都是又漂亮又舒適的小房子，正適合一位年輕的紳士和他的妹妹。所以，我親愛的，下次艾絲特小姐又開始說什麼德納姆莊園太潮濕，海水浴對她多有好處之類的話，我就會建議他們來這兒租棟房子待兩星期。你不覺得這樣很公平嗎？你知道的，慈善從自家做起。」

夏洛特覺得又好笑又好氣——不過氣憤的感覺要更多一些，而且越來越多。她不動聲色，客氣地保持沉默。她沒辦法再忍耐下去了，她已經不想再聽，卻意識到德納姆夫人還在用同樣的口氣喋喋不休，於是她任由自己的思緒飄走，不自覺地沉思：

「她完全是個徹頭徹尾的小氣鬼，眞沒想到會有這麼糟糕的事。帕克先生把她說得太和善了，他的判斷顯然不可信，他的善良本性誤導了他，他的心地太好，看不清楚事情。我必須自己判斷。他們之間的關係讓他產生了偏見，他說服她一起進行這筆投機生意，因爲站在同一條戰線上，他也就幻想她在其他方面感覺也和他一致。但是她眞的太卑鄙、太小氣了，我看不出她有什麼優點。可憐的布雷瑞頓小姐！而且她把身邊的每個人也都變得卑鄙了。可憐的愛德華爵士和他的妹妹——我不知道他們的天性之中到底有多少可敬之處——但是當他們對她卑躬屈膝的時候，便不得不因此而變得卑鄙。而我表面附和她，做出專心聆聽她說話的樣子，我也跟著卑鄙了。有錢人卑劣起來的時候，就是這麼回事。」

Chapter 8 第八章

兩位女士繼續一起散步，不久後去圖書館那群人出來了，一群人再度會合。小惠特比先生跟在他們身後，腋下夾著五本書，奔向愛德華爵士的馬車。愛德華爵士走向夏洛特，說：「您也許在想我們平常都在做些什麼。我妹妹想挑幾本書，於是徵求我的意見。我們空閒時間很多，所以讀了不少書。我可不是什麼小說都看的人，公共流動圖書館裡盡是些垃圾，我是不屑一顧的。您絕對不可能聽見我鼓吹那些隨口亂噴的幼稚東西，它們要不是只會瑣碎地說一些無法調和、自相矛盾的原則，要不就是平淡無奇的日常故事，從那當中得不到一點有用的推論。就算把它們放進文學的蒸餾瓶裡也是徒勞，沒辦法提煉出對科學有助益的東西。我想您懂得我在說什麼的，是吧？」

「我不太確定我是不是眞的懂。不過，要是您能描述一下您能認可的那種小說，我敢說一定能給我更清晰的概念。」

「樂意之至，美麗的提問者。我能認可的小說，要以宏偉壯麗的文字表現人性，像是透過描寫具有強烈情感的崇高人物展現這一點，或者從情感一開始的初露端倪，到最後理性大半喪失的極端能量高潮，以揭示強烈激情的變化過程——我們從當中看到女性的魅力引燃了火花，在男性的靈魂中燒起烈焰——即使冒著越軌的風險，他也要衝破嚴格的傳統義務界線，不顧一切，勇往直前，付出所有，只爲得到她。這就是我會細細閱讀的作品，讀的時候令我滿懷喜悅，而且我希望我可以說，令我有所增進。它們爲崇高的觀念、開闊的視野、無限的熱情和不屈不撓的決心描繪了一幅精采絕倫的肖像。即使當男主人翁，也就是故事裡強大而無所不在的英雄各種明目張膽的圖謀未能得逞時，我們依然對他充滿寬宏大量的情感，我們的心靈就像被魔法麻痺了。如果有人堅稱，我們覺得他這一生的輝煌，尚未有任何對立角色那種平靜和病態的美德吸引人，那這個人肯定是假道學。我們對後者的認可不過是種施捨，這些小說擴展了心靈的原始能力；而對於最成熟的男主角，既不抨擊他的感受，也不忽視他的個性，這樣的小說才是我們應該熟讀的。」

「要是我理解得沒有錯，」夏洛特說，「我們對小說的喜好完全不同。」

說到這兒，他們不得不告辭分開，因爲德納姆小姐已經受夠他們，再也待不下去了。

事實上，愛德華爵士的生活環境太侷限於一個地方，又讀了太多傷感小說，他的想像很早就被理查森[15]——以及顯然追隨他腳步的作者們——所寫的那些充滿激情、引人反感的內容吸引住了。那些小說描寫的，盡是些男人不顧一切反對與人情義理，對女性窮追不捨的情節，這樣的小說占據了他接觸文學的大部分時間，也形成了他的性格。由於天生頭腦不夠理智，讓他產生一種扭曲的判斷。故事中那個無賴既然那麼優雅有氣魄，既聰明又堅持不懈，那麼他所有荒謬和殘暴的行徑對他而言也就不算什麼了。對愛德華爵士來說，這樣的行爲是天才、激情和情感的表現，每每令他興味盎然，熱血沸騰。所以他總是比小說作者設想的更渴望看見故事成功，而在它失敗時，他也總是更痛切地爲之哀悼。

雖說他的許多思想都源自於這類閱讀，但要說他完全沒讀過別的，或者他的語彙不是建立在對現代文學更廣泛了解的基礎上，這也不公平。當代所有散文、書信、遊記和評論他都讀了，只是他的運氣同樣不夠好，他從道德的規訓中只得到虛僞的教條，從傾覆的歷史中只找到邪惡的動機，而從我們大多數人認可的作家風格中，他也只累積了艱澀的字詞和複雜難懂的句子。

愛德華爵士一生最大的目標就是要誘惑女性。他知道自己有這樣的個人優勢，也認爲自己有這樣的才能，所以他把這當成他的責任。他覺得自己生來就是個危險的男人，完全就是個浪子。他認爲，光是「愛德華爵士」這個名字，本身都有某種程度的魅力。他在美女身邊大獻殷勤，對每個漂亮女孩甜言蜜語，但這只不過是他必須扮演的角色中，比較次要的部分。海伍德小姐，或者其他任何一個自認爲是美人的年輕女子，哪怕只有一面之緣，他都有權利（按照他自己對社會的看法）對

15塞繆爾·理查森（Samuel Richardson，1689-1761）英國作家及印刷商。理查森生平只出版了三部小說，分別是《帕米拉》、《克拉麗莎》和《查爾斯·格蘭迪森爵士的歷史》，三部小說都是相當成功的作品。

她們大加恭維，熱烈讚揚，好藉此接近她們。但他唯一認真計畫的對象只有克拉拉一個，他真正想勾引的人只有克拉拉。

他已經打定主意要誘惑她。不管從哪方面看，她的情況都讓他必須這麼做。她是他爭奪德納姆夫人歡心的對手，她年輕、可愛，又倚賴別人援助。他很早就看出這件事的必要性，已經花費很長時間小心謹慎地努力，想在她心裡留下印象，破壞她的原則。克拉拉看穿了他的心思，一點也不想上鉤，但是她耐著性子忍受他，她的個人魅力卻引得愛德華爵士的依戀越發強烈，就算他遭受更大程度的挫折，也絲毫不受影響。他把自己武裝起來，準備抵抗最強烈的鄙視或厭惡。如果愛情打動不了她，他就必須把她拐走。他清楚自己要做什麼，關於這個問題，他已經思索了很多。如果他不得不這麼做，自然是希望創造出一些新東西來，以求超越前人。他急切地想查明蒂姆巴克圖一帶，是否有獨棟房子可以接待克拉拉，但是那個花費，唉呀！那種精緻的生活風格可不怎麼適合他的錢包。謹慎考量後，他寧願採取最不顯眼而非大肆張揚的毀滅方式，讓他心愛的對象名譽掃地。

Chapter 9

第九章

夏洛特剛到沙地屯不久，某一天，她正從沙灘往上走向排屋，就高興地看見一部驛馬拉的紳士馬車停在旅館門口。馬車才剛到，從卸下來的行李數量看，可以期待來的是個體面家庭，而且決定在這裡長住一段時間。

帕克夫婦已經先回家了，有了這樣的好消息，夏洛特欣喜地想去通知他們倆。她盡可能輕快地往特拉法加宅邸走去，儘管在此之前，她已經和直吹海岸的強風對抗了兩小時。但她還沒走到小草坪，就看見一位女士腳步輕捷地走在她身後不遠處。她確定自己不認識這個人，便打定主意，如果可能的話，一定要趕在她之前進屋去。可是那個陌生人的腳步實在太快，她沒能成功。夏洛特站在台階上拉了門鈴，然而門還沒開，那人已經穿過草坪——當僕人出現的時候，她們兩人剛好準備要一起進屋子。

那位女士的從容自在，她的那句「你好嗎，摩根？」以及摩根見到她之後的表情，都讓她有片刻的驚訝；但過了一會兒，剛從客廳看見妹妹光臨的帕克先生便親自到大廳來迎接，並且把夏洛特介紹給戴安娜·帕克小姐認識。能見到帕克小姐，大家都很吃驚，但更多的是喜悅，最溫馨的莫過於帕克夫婦的熱烈歡迎。她是怎麼來的？和誰一起來？他們發現她居然能撐過這趟旅程，這眞是太令人高興了！她會住在他們家，這是理所當然的。

戴安娜·帕克小姐約莫三十四歲，中等身高，身材很苗條。與其說有病容，不如說看上去很嬌弱；她有一張討人喜歡的臉和活潑有神的眼睛，舉止和她哥哥一樣從容直率，雖然口氣要更果斷些，沒那麼溫和。她立刻說起自己的情況，感謝他們同住的邀請，不過呢，「這是不可能的，因爲我們三姊弟都來了，所以打算租個公寓住，待上一段時間。」

「什麼！三個人都來了？蘇珊和亞瑟！蘇珊也能來！這可眞是好上加好啊！」

「是啊，我們確實都來了。只能這樣了，沒有別的辦法，等一下我再跟你們仔細講這件事。不過親愛的瑪麗啊，把孩子們叫來吧，我很想看看他們。」

「蘇珊這一路上是怎麼撐過來的？還有亞瑟呢？怎麼沒見到他們跟你一起過來？」

「蘇珊這一路上好極了。不管是在我們動身前一夜，還是昨晚在奇切斯特，她整晚沒合過眼，因爲她不像我常常這樣，我可是擔心死了。但是她狀態眞的不錯——一直撐到我們看見了可憐的沙地屯老宅，她的歇斯底里才發作，但發作得也不怎麼厲害——等到我們抵達你們這兒的旅館，發作都差不多結束了。所以伍德考克先生一個人幫了點忙，我們就非常順利地把她接下車了。我離開她的時候，她正在指揮人處理行李，還幫老山姆解開捆衣箱的繩子呢。因爲身體狀況太差，所以她不能跟我一起過來，爲此她深感遺憾，要我傳達她最深的愛意。至於可憐的亞瑟，他倒不是不想來，但是風太大了，我覺得他冒這個險實在不安全，因爲我很確定他的腰痛還沒好，所以我幫他穿上大衣，讓他去排屋那邊處理我們住宿的事。海伍德小姐一定看見我們的車停在旅館前面，我一看到海伍德小姐走在我前面的草地上，就知道是她。親愛的湯姆，看到你恢復得這麼好我眞高興，讓我摸摸你的腳踝——沒問題，一切正常，都好全了。你的肌腱活動受到了一點點影響，不過幾乎感覺不到。好了，現在我就解釋一下我來這裡的原因。我在信裡跟你提過，我希望幫你弄兩個相當大的家庭來，就是那家西印度人，和那間女子學校。」

聽到這裡，帕克先生把自己的椅子往妹妹那兒拉得更近了點，充滿感情地握住她的手，應道：「沒錯，沒錯，你眞熱心，眞善良啊！」

「那家西印度人，」她接著說，「我覺得他們是兩家裡頭更值得期待的一家，可以說是好到不能再好，現在已經知道那是格里菲斯太太和她的家人。我是透過別人才認識他們的，你一定聽我提過卡柏小姐，她是我的密友芬妮·諾伊絲的密友。卡柏小姐現在和達靈太太關係非常親密，達靈太太又經常和格里菲斯太太通信。你看，我們之間就是這麼一條短短的人際鍊，環環相扣。格里菲斯太太爲家裡的年輕人著想，打算去海邊，她已經鎖定了薩塞克斯海岸，但還沒有決定要去哪裡。她想找個僻靜點的地方，於是寫信徵求她朋友達靈太太的意見。格里菲斯太太的信寄到的時候，卡柏小姐剛好和達靈太太在一起，達靈太太便問了她的看法。卡柏小姐當天就寫信給芬妮·諾伊絲，跟她提了這件事。芬妮對我們的事最熱心，立刻拿起筆告訴我這件事，只是沒提到名字——這是最近才知道的。我要做的事只有一件，就是給芬妮寫回信，然後讓同一班郵車送回去，我在信裡努力向她推薦沙地屯。芬妮一度很擔心你們沒有夠大的房子可以接待這樣一個家庭。不過我這故事似乎要講得沒完沒了了，總之你看，事情就這麼安排下去了。沒過多久，我就很高興地聽說，達靈太太也透過同一條簡單的人際鍊推薦了沙地屯，那家西印度人也很想去那兒。這就是我給你寫信當時的情況，可是兩天前——對，就是前天——我又收到芬妮．諾伊絲的信，她說卡柏小姐寫信給她，說她從達靈太太的信中得知，格里菲斯太太在寫給達靈太太的信中表示，自己對於去沙地屯這件事越來越不確定。我這樣說夠清楚嗎？如果不夠清楚我還可以再講清楚一點。」

「噢，很清楚了，清楚得很。再來呢？」

「她遲疑的原因是因爲她在這個地方沒有熟人，也沒辦法確定一到那裡就有舒適的住所。她對這一切特別小心謹慎，多半是爲了蘭姆家某位小姐，一位由她照管的年輕淑女——可能是她的姪女——而不是爲了她自己或者她女兒。蘭姆小姐家財萬貫，比所有人都有錢，但是身體非常弱。從這一點就可以看出格里菲斯太太一定會是什麼樣的人了：無助、懶散，要是我們那麼有錢又生活在炎熱的地方，也很容易變成那樣的。但是我們每個人生來精力就是有強有弱。那該怎麼做呢？我猶豫了一會兒，考慮到假如要給他們訂一棟房子，究竟是要寫信給你還是給惠特比太太好。不過這兩個方向我都不滿意，我自己可以做的時候，我就討厭去麻煩別人；我的良心告訴我，需要我的時候到了。這無助又病弱的一家，我也許可以爲他們盡棉薄之力。我探了探蘇珊口風，她的想法竟然跟我不謀而合，亞瑟也沒反對。我們立刻安排了計畫，昨天早上六點鐘出發，今天早上同一個時間離開奇切斯特，然後我們就到這裡來了。」

「太棒了！太棒了！」帕克先生喊道：「戴安娜，你對朋友這麼熱心，爲全世界做善事，簡直是舉世無雙。我認識的人裡頭，沒有一個比得上你！瑪麗，親愛的，你看她是不是眞的很了不起？那，現在，你打算替他們租什麼樣的房子呢？他們家有多少人？」

「我什麼都不知道，」他妹妹回答，「根本不曉得，一點細節都沒聽說過。但是我非常肯定，就算是沙地屯最大的房子也不會太大的，他們更可能要再訂一棟。不過不管怎樣，我只訂一棟，訂一星期。海伍德小姐，我嚇著您了吧？您對我還不太了解，我從您的表情就看得出來，您還不習慣這麼速戰速決的做事方式。」

「莫名其妙的多管閒事——根本精力過剩到瘋了！」閃過夏洛特腦子的其實是這些話，但要想出得體的回答也不難。

「我敢說，我看起來一定是一臉驚訝，」她說，「因爲這些事都非常耗心力，而我知道您和您妹妹都是體弱多病的人。」

「我們確實都是老病號了。我相信在英國，再也找不到另外三個人這麼悲哀地配得上這個稱呼了。但是，我親愛的海伍德小姐，我們來到這個世界，就是爲了要盡可能發揮最大的作用，既然老天賦予我們一定程度的精神力量，就不能拿身體虛弱當藉口，或者以此爲自己開脫。這世上的人約略可以分成兩部分，一部分是意志薄弱的人，另一部分是意志堅強的人；一部分是行動力強大的人，另一部分是缺乏行動力的人。絕不放棄任何一個讓自己發揮作用的機會，這是有能力的人不可推卸的責任。幸好我妹妹和我的毛病還不到隨時可能威脅生命的程度，只要我們全心投入對他人有益的事，我相信我們的身體狀況反而會改善，因爲精神在克盡職責時更爲輕鬆爽快。我這一路上一直惦念這件事，感覺身體好極了。」

孩子們進來了，終於結束這一小段她對自己個性的自賣自誇。帕克小姐一個個和他們打過招呼、摸摸抱抱完，便準備告辭了。

「不能跟我們一塊兒吃飯嗎？真的不能吃過飯再走嗎？」他們喊道，但她堅定地拒絕了，他們接著又問：「那我們什麼時候會再見到你？我們可以幫你什麼忙嗎？」帕克先生也熱心地表示要協助格里菲斯太太找房子。

「我一吃過飯就去找你，」他說，「我們可以一起去找。」

但這個提議立刻被拒絕了。

「不，我親愛的湯姆，我的事你可別插手，世界上沒這種道理。你的腳踝需要休息，我看你腳的姿勢就知道，你已經走太多路了。找房子的事我現在就去辦，我們的晚飯要到六點鐘才點餐，希望到那時候我已經辦妥了，現在也才四點半。至於今天你能不能再見到我，這我說不準。其他人整晚都會在旅館裡，隨時歡迎你來，但我一回去就會知道亞瑟房子的事情辦得怎麼樣，說不定吃過晚飯就會再去處理相關的事，因爲我們希望明天早餐之後，就能在出租公寓或別的地方安頓下來。我對可憐的亞瑟找房子的能力實在沒多大信心，但他似乎很喜歡這個任務。」

「我覺得你做太多事了。」帕克先生說，「你會累垮的，吃過晚飯後，你實在不應該再跑來跑去了。」

「是啊，實在不應該，」他妻子喊道，「因爲晚餐對你們來說只是個名目而已，吃了跟沒吃差不多，你們的胃口大小我很清楚。」

「我跟你們保證，最近我胃口好多了。我一直在喝自己熬的苦藥，效果很好。蘇珊向來不吃晚餐，這我承認，這會兒我也是什麼都不想吃。一趟旅行之後，我差不多有一星期都不吃晚餐，但是對亞瑟來說，他唯一的問題就是太愛吃了，我們不得不常常盯著他。」

「可是你還沒跟我提到另外那個要來沙地屯的家庭呢，」帕克先生一面說，一面陪她走到門口。「就是那個坎伯威爾女子學院，我們還有機會接待她們嗎？」

「噢，確定。相當確定會來。我一下子把她們給忘了，不過三天前，我收到我朋友查爾斯·杜普伊太太的一封信，她跟我保證坎伯威爾一定會來。坎伯威爾不但肯定來，而且很快就到。那個好女人——我不知道她叫什麼名字——不像格里菲斯太太那麼有錢、那麼獨立，可以自己到處旅行，自己做選擇。我跟你說我是怎麼跟她拉上關係的，查爾斯·杜普伊太太和一位女士住隔壁，這位女士最近有個親戚在克拉珀姆定居下來，事實上，這位親戚剛好就在這間女子學院任教，給其中一些女孩上修辭學和純文學。我從西德尼的一個朋友那兒給這人弄到一隻野兔，然後他就推薦了沙地屯。總之我完全沒出面，查爾斯·杜普伊太太就把事情都安排好了。」

Chapter 10

第十章

不到一星期之前，戴安娜．帕克小姐還覺得，以她目前的狀況，海風可能會要了她的命；而現在她人到了沙地屯，卻打算在這裡住上一段時間，似乎一點都不記得自己曾寫過這樣的信或有過這樣的感覺。對於這種異乎尋常的健康狀況，夏洛特不禁開始懷疑，這當中其實含有相當多的幻想成分。這麼不按牌理出牌的生病和康復，與其說是眞實的折磨和解脫，還不如說是精力旺盛的人沒事找事做而產生的一種娛樂。毫無疑問，帕克一家人都充滿想像力，感受敏銳，當這位大哥以規劃海水浴場作爲他過剩感受力的發洩出口時，也許這兩姊妹的抒發方式，就是忍不住要發明各種稀奇古怪的病症。

她們活躍的精力顯然並沒有得到充分利用，還能有部分精力消耗在發揮一己之力的熱忱上。看起來，她們如果不爲了幫助別人忙得不可開交，自己肯定就要病入膏肓了。她們先天體質確實比較嬌弱，又不幸地用了各式各樣的藥物，尤其是江湖郎中的藥，讓她們在不同時期出現了各種疾病的早期跡象。除此之外的痛苦則來自幻想，來自於對與衆不同和令人驚嘆的行爲產生的熱愛。她們有一顆仁慈的心，充滿善良可親的感情，但每次提到自己的善行，她們都要特意強調自己不眠不休的精神，以及比誰都勞苦功高的得意。她們所做的一切，以及她們所忍受的種種，都帶有一股虛榮的氣味。

那天晚上，帕克夫婦大半時間都待在旅館裡，但是夏洛特只瞧見戴安娜小姐兩、三眼，那時她正匆匆穿過草坪，為那名從沒見過面也沒雇用過她的女士找房子。直到隔天，她才認識了其他幾個人，那時他們已經搬進出租的屋子，一切都進行得很順利，於是便邀請他們的兄弟姊妹和她一起去喝茶。

他們住在排屋其中一棟，夏洛特發現那天晚上他們被安排在一間整潔的小客廳裡，如果他們想看海，從那裡就能看見美麗的海景。雖然這天是個非常晴朗的英國夏日，但屋裡不但一扇窗都沒有開，甚至連沙發、桌子和其他設備，幾乎都集中在房間另一頭，緊靠著熊熊的爐火。夏洛特想起蘇珊·帕克小姐一天之內拔掉三顆牙的事，走向她時心中懷著一股異常敬重的同情，不管是她這個人或是她的舉止，都和她的姊姊沒什麼不同，雖然因為疾病和藥物，她比她姊姊要更瘦一點，也更憔悴，神態倒是比她姊姊要放鬆，聲音也更低沉些。然而她整晚都和戴安娜一樣說個不停，她坐在那兒，手裡拿著嗅鹽[16]，不時從擺在壁爐架上的幾個小藥水瓶中取下一瓶，吃個兩、三滴，然後做出擠眉弄眼的扭曲表情，但除此之外，夏洛特看不出來她有什麼生病的跡象。她覺得以蘇珊小姐的好身體，也不用什麼治療，只要大膽地把爐火滅了，打開窗戶，把那些滴劑和嗅鹽全部扔掉就行了。

她對亞瑟·帕克先生很好奇，很想見見他；她原以爲他是個非常瘦小、相貌清秀的年輕人，在一個身體不算健壯的家庭中，他應該是最矮的那一個。然而令她驚訝的是，她發現他不但和他哥哥差不多高，而且塊頭更大，身材寬厚健壯，除了一張迷糊呆笨的臉之外，沒有哪一點像個病人。

戴安娜顯然是這一家的統領，也是各種事務的主要推手和行動者。她一整個早上都沒有坐下來過，不是忙格里菲斯太太的事，就是忙他們自己的事，但直到這時依然是三個人裡頭最活躍的。蘇珊只在他們最後要搬出旅館時監督別人搬行李，自己也提起兩隻相當重的箱子；亞瑟則是發現海風太冷，所以他做的唯一一件事，就是以他最敏捷的身手從一棟房子走到另一棟房子，一屁股坐在火爐邊，同時拚命吹噓烤火的好處，直到他終於把爐火燒旺了爲止。戴安娜忙的都是些家庭瑣事，沒辦法計算到底做了多少，但據她自己說，她整整七小時沒坐下過，也承認自己有點累了。雖然筋疲力盡，但事情實在辦得太成功，所以也不覺得眞有那麼累。戴安娜不但克服了各種困難，到處奔走商談，終於爲格里菲斯太太以一星期八幾尼的價格租到一棟很合適的房子，還跟廚師、女僕、洗衣婦和浴場女工簽好一大堆合約。格里菲斯太太到達以後，只需要招招手把人叫到身邊挑選一下，別

16嗅鹽（smelling salts），一種吸入式藥品，散發出非常強烈刺激性的氨氣，藉由這種氣體刺激呼吸器官，用以減輕昏迷或頭痛，或者用來提神。

的什麼都不用做。戴安娜這項事業的最後一件任務，就是寫信給格里菲斯太太本人，用幾行措辭客氣的話把情況報告一下。由於時間緊迫，不允許她採用到目前爲止一直用的那種迂迴曲折的傳話方式，現在她正沉浸在無比的喜悅當中，因爲她乾淨俐落地完成了一項意想不到的任務，打通了結識新朋友的第一道戰壕。

帕克夫婦和夏洛特從家裡出發的時候，看見兩部驛馬車穿過高地駛向旅館，這是個令人愉快的景象，也頗引人猜測。兩位帕克小姐和亞瑟也看見了，他們從窗戶看得見有人到了旅館，但看不清楚有多少人。這群旅客雇了兩部輕便型出租馬車，會是坎伯威爾女子學校嗎？不，不。如果還有第三部四輪馬車，也許還有可能，但大家一致認爲，兩部輕便型出租馬車是裝不下一所女子學院的。帕克先生很有信心，認爲來的一定是另外一個新家庭。

爲了看見海景和旅館那邊的動靜，挪了一陣位置後，終於大家都就座了。夏洛特旁邊是亞瑟，他心滿意足地坐在爐火邊，但又客氣地讓夏洛特來坐他這個好位置，她態度明確地拒絕以後，他又滿意地坐下來。夏洛特把椅子往後拉一點，充分利用亞瑟的長處，拿他的身體充當屏風，他每一吋超出她預期的背和肩膀都令她感激不盡。亞瑟的眼皮跟他的身材一樣沉重，但絕對不是不願意說話——當另外四個人聚在一起忙著聊天時，身邊有個漂亮的年輕小姐在，要他像他哥哥那樣按照一般禮節稍微關注一下，對他而言顯然不算是種懲罰。而他哥哥因爲一直覺得弟弟缺乏某個行動的動機，某個能激發他熱情的有力對象，於是這時也滿懷欣喜地觀察著他。

花季少女的影響力果然不可小覷，居然讓他開始為生火道歉：「我們其實是不應該在家裡生火的，」他說，「但是海邊的空氣總是比較潮濕。我什麼都不怕，就怕濕氣。」

「那我可真幸運，」夏洛特說，「我從來都感覺不到空氣是乾是濕，它總是讓我神清氣爽，活力充沛。」

「我也喜歡這空氣，就跟其他人一樣。」亞瑟回答。「我也很喜歡站在打開的窗前，只要那時沒有風。但不幸的是，濕氣可不喜歡我，它讓我得了風濕。我想您沒有風濕吧？」

「完全沒有。」

「那您真是太幸運了。不過，說不定您是神經質的人？」

「不，我想不是。我一點也不覺得。」

「我就很神經質。說實話，我覺得神經質是我所有毛病裡最嚴重的一個。我兩個姊姊認為我是膽汁分泌過剩，不過我很懷疑。」

「我相信，只要您有懷疑的地方，都有質疑的權利。」

「如果我真的膽汁分泌過剩，」他繼續說，「您知道，那麼喝酒就會讓我不適，但酒總是讓我很舒服。我酒喝得越多——當然還是有節制啦——感覺就越好。晚上是我狀態最好的時候，要是您今天在晚飯前看見我，一定會覺得我是個可憐的病人。」

夏洛特覺得這話也有幾分可信，但她不動聲色，說：「就我所知，對於神經方面的疾病，我想最有效的就是新鮮空氣和運動——每天都做，有規律的運動——我建議您要再多做一點，我是猜想您平常應該有運動的習慣。」

「噢，我本身是很喜歡運動的，」他回答，「如果天氣不錯的話，我待在這兒的時候也打算多散點步。我每天早上吃飯前都會出門，在排屋那兒轉幾圈，您會經常在特拉法加宅邸看見我。」

「不過，您不會把散步到特拉法加宅邸稱做運動吧？」

「算不算運動不是只看距離，而是那座山太陡了！大中午的走上那座山可是讓我汗流浹背啊！等我抵達那兒，您會看見我整個人就像洗了個澡一樣！我很容易出汗，沒有比這更明顯的神經質跡象了。」

他們現在的話題已經深入到物理學了，因此當夏洛特看見僕人送茶具進來時，感覺眞是如蒙大赦。情況馬上大不相同，那位小伙子對女性的關注瞬間消失得無影無蹤。托盤上放著各式各樣的茶壺和用具等，數量跟房間裡的人一樣多，帕克小姐喝的是某種草藥茶，戴安娜小姐喝的是另一種，亞瑟從托盤上端走自己那壺可可之後，便整個人轉向爐火，自得其樂地坐在那兒煮起可可，還從麵包架上拿下切好的麵包片烤起來。在他的美食烹調好之前，夏洛特完全沒聽到他說話，只隱約聽見一些不成句的咕噥，他似乎在稱讚自己，還說了什麼烤得眞成功之類的話。

然而，當他的辛勞工作結束後，他又把椅子挪回原位，態度還是和原先一樣殷勤，更誠摯地邀請她嚐嚐可可和烤麵包，證明他並不是只爲了他自己。但是已經有人招呼她喝過茶了，這讓他大吃一驚，他剛才實在太全神貫注，完全沒有察覺這件事。

「我還以為我趕得及呢，」他說，「但是煮可可實在太花時間了。」

「我真的非常感謝您的好意，」夏洛特回答。「不過我還是比較喜歡喝茶。」

「那我就自己享用了。」他說，「每天晚上一大壺非常淡的可可，對我來說再適合不過了。」

令她驚訝的是，當他倒出他所謂非常淡的可可時，從壺裡流出來的卻是一股細細的、色澤深濃的液體。就在這時候，他的兩個姊姊不約而同地喊：「噢，亞瑟，你的可可一天比一天喝得更濃了！」亞瑟有點不自在地回答：「今晚確實是濃了點。」——這讓她相信，亞瑟絕對不像他兩個姊姊希望的那樣，或者像他自己認為適當程度的那樣，苛待自己的肚子。他顯然很高興能把話題轉到烤麵包上，這樣就不必再聽他的姊姊們嘮叨了。

「我希望您能嚐嚐這片烤麵包。」他說，「我覺得自己烤麵包的技術相當不錯。我烤麵包從不烤焦，一開始絕對不會讓麵包太靠近火。但是您看看啊，這麵包沒有哪個角落不是漂亮的棕色，我希望您會喜歡烤麵包。」

「如果抹點適量的奶油，那我很喜歡。」夏洛特說，「但抹別的就不喜歡了。」

「我也是，」他非常高興地說，「我們在這一點上的看法很像。烤麵包相當不健康，我覺得它對胃很不好，要是不用一點奶油去軟化它，可是會傷胃壁的——我相信確實如此。我很樂意直接給您抹一些，然後我也會給自己這份抹一些。烤麵包對胃壁真的非常不好，但有些人就是不信。它會

刺激胃壁，就像有塊肉豆蔻研磨板在胃裡頭刮一樣。」

然而，他不經過一番努力是拿不到奶油的。他的兩個姊姊指責他奶油吃得太多，宣稱再也不會相信他，他則堅持他吃的奶油份量只夠保護自己的胃壁，再說，他現在也只是要拿海伍德小姐的份而已。這樣的藉口讓人無從拒絕，他拿到了奶油，以一種精確的判斷力爲她抹開，至少他自己覺得很滿意。但是當他抹完她的麵包，準備抹自己那一份的時候，他一面偷瞄兩個姊姊，一面又刮下一塊和他已經抹上的那塊差不多大小的奶油。他抓準時機，把麵包加上一大塊奶油塞進嘴裡，夏洛特看了簡直忍俊不禁。肯定的是，亞瑟·帕克先生享受疾病的方式和他兩個姊姊截然不同——完全不是那麼精神性的，而是各種世俗雜事都能吸引他。夏洛特不禁懷疑他採取這樣的生活方式主要是爲了放任他懶散的個性，而且可以斷定，他根本一點病也沒有，只是對溫暖的房間和美食有病態性的需求而已。

然而，她很快就發現他從某段聊天內容中抓住一個細節。「什麼！」他說，「您居然會冒險在一個晚上喝兩杯濃綠茶？您的神經一定非常強健！我眞羨慕您啊。我要是現在喝下這樣一杯綠茶，只要一杯，您猜猜看會對我產生什麼影響？」

「大概會讓您整夜睡不著吧。」夏洛特回答，她想推翻他打算讓她吃驚的企圖，所以刻意把自己的猜測誇大了一點。

「噢，要是只有這樣就好了！」他叫道。「才不是。它對我的作用就跟毒藥一樣，在我吞下它五分鐘之內，就會讓我身體的右半邊整個痲痺。這聽起來簡直令人難以置信，但這種情況在我身上實在發生過太多次了，讓我不得不相信。我身體的右半邊會有好幾個小時完全動不了！」

「聽起來確實怪得難以置信，」夏洛特淡淡地回答，「但是我敢說，哪天要是有人以科學方法研究過右半身和綠茶的關連，完全弄懂兩者間所有交互作用的可能性之後，就會證明這是世界上最簡單的事。」

喝完茶不久，有人從旅館那兒給戴安娜．帕克小姐送來一封信。

「是查爾斯．杜普伊太太的信，」她說，「還是特地差人送來的。」

她才讀了幾行，便大聲驚叫起來，「啊呀，這眞是太不可思議了！眞是非比尋常！這兩個家庭居然同姓，兩位格里菲斯太太！這是一封推薦信，向我介紹那位來自坎伯威爾的女士，她碰巧也姓格里菲斯。」

然而，再看幾行後，她的臉頓時漲紅了，她不安地接著說：「這眞是有史以來最奇怪的事！那兒也有位蘭姆小姐！一位年輕的西印度富豪千金。但這不可能是同一家，絕對不可能是同一家。」

她大聲念著信，想讓自己安心一點。這封信只是向戴安娜．帕克小姐介紹了一下寄信人，也就是來自坎伯威爾的格里菲斯太太，以及她照管的三位年輕小姐。格里菲斯太太在沙地屯人生地不熟，急著想得到足夠體面的引見；查爾斯．杜普伊太太身爲兩人之間的朋友，便應她的要求寫了這封信。而且她也知道，對親愛的戴安娜來說，給她一個能展現自己能力的任務再好不過了。「格里菲斯太太最關心的是她照顧的一位年輕小姐的住處和舒適，她叫做蘭姆小姐，是一位年輕的西印度富豪千金，身體很嬌弱。」

這實在太奇怪、太不尋常、太離奇了！但大家一致認爲，這不可能就是他們當初認爲的那兩個家庭，從他們各自的傳聞看來，這是完全不同的兩群人，這點十分確定。絕對是兩家人，沒有其他可能。大家一次又一次熱烈地重複說著「不可能的」、「絕對不可能」，這種姓氏和環境偶然出現的相似，不管一開始有多讓人吃驚，其實也沒那麼難以置信，於是事情也就這麼解決了。

戴安娜小姐當下又得到一個打消自己疑慮的好機會，她要再度披上披肩，四處奔忙。雖然她已經很累了，但她必須立刻趕到旅館，釐清眞相之餘，貢獻一己之力。

Chapter 11

第十一章

只是事情並不如他們所想。任憑帕克全家人自己再怎麼說，也沒辦法把一場災難說出個快樂結局來。來自薩里郡的那一家人，和來自坎伯威爾的那一家人，本來就是同一家；有錢的西印度人家庭，和年輕的女子學校一行人，就是坐著那兩部簡便馬車進入沙地屯的。那位在朋友達靈太太的關照下，曾經猶豫過要不要來，覺得撐不過這趟旅行的格里菲斯太太，就是同一時期（在另一個人的陳述中）完全決定好計畫，毫無畏懼也不怕困難的格里菲斯太太。

這兩家人的傳聞中所呈現出來的種種不一致，平心而論，也許都應該歸咎於參與其中的各路人馬的虛榮心、無知或失誤。他們實在太相信戴安娜．帕克小姐的警惕和謹慎了，她的密友們一定也和她一樣愛管閒事，和這件事情相關的信件、掐頭去尾的片段和各種消息實在太多，讓一切都走了樣。戴安娜小姐第一次不得不承認自己的錯誤時，可能感到有些尷尬。她從漢普郡大老遠過來卻白跑一趟，讓哥哥失望，還租了一棟昂貴的房子整整一星期，這些應該是她當下的第一個反應。而比什麼都糟糕的是，她一定覺得自己並不像她原本相信的那樣眼光犀利，永不犯錯。

然而，這件事似乎並沒有讓她困擾太久。有那麼多人要分擔這些恥辱和責備，當她把每個人應得的部分分給達靈太太、卡柏小姐、芬妮．諾伊絲、查爾斯．杜普伊太太和查爾斯．杜普伊太太的鄰居之後，她自己要承擔的責備可能只剩下一點點了。總之，到了隔天，大家就看見她整個上午都陪著格里菲斯太太到處跑來跑去看房子，還是一如既往地精神抖擻。

格里菲斯太太是個舉止端莊、非常有教養的女人，她以接待許多豪門千金和年輕小姐為生，她們有些需要專門教師指導以完成學業，有些則需要一個地方做為她們社交亮相的起點。她照管的人不只這次來沙地屯的三個，但其他人剛好都不在。在這三個人當中，或者說其實在所有人當中，蘭姆小姐的重要和寶貴程度遠遠超過其他人，因為她付的錢和她的財富成正比。她大約十七歲，是個黑白混血兒，冷淡而纖弱，有一個自己的貼身女僕，住的是出租公寓中最好的房間，格里菲斯太太的每一個計畫都把她放在第一位。

另外兩位是博福特姊妹，就是全英國至少三個家庭裡就有一家看得到的那種年輕小姐。她們擁有還過得去的外貌、引人注意的身段、挺拔俐落的姿態和自信的表情，她們相當多才多藝，卻又極度淺薄無知。她們的時間若不是花在可以引人讚美的種種追求上，就是花在各種努力和巧妙的權宜之計上，好讓自己穿出一身遠超過自家所能負擔的服裝風格。每次時尚潮流改變，她們都是走在最前端的第一批人。而這一切的目的，就是要俘虜一個比她們有錢得多的男人。

格里菲斯太太為了蘭姆小姐，寧願選擇一個像沙地屯這樣僻靜的小地方；至於兩位博福特小姐，自然是認爲哪兒都比僻靜的小地方好。但在春天的時候，她們爲了一場爲時三天的出遊，已經不可避免地花錢各添上六套新衣服，在經濟狀況稍微緩和之前，也只能勉強安於沙地屯這樣的地方。於是她們一個租了一架豎琴，另一個買了一些畫紙，加上已經擁有的華麗服飾，她們打算在這兒過得非常節儉、非常優雅、非常脫俗。博福特小姐希望所有走進她琴音範圍的人都能爲之讚嘆，讓她聲名遠播；蕾蒂夏小姐則希望在她畫素描的時候，所有靠過來看的人都能感到好奇和欣喜。對她們兩人來說，成爲這個地方最時尚的女孩就是一種安慰。格里菲斯太太特別把她們介紹給戴安娜·帕克小姐，讓她們立刻結識特拉法加莊園一家和德納姆一家。兩位博福特小姐很快就對「來到沙地屯之後的社交圈」感到滿意，這種每個人都得「在某個圈子裡活動」的風氣之所以盛行不墜，一言以蔽之，也許必須歸因在許多人的輕浮以及錯誤的人生選擇上。

德納姆夫人之所以拜訪格里菲斯太太，除了關心帕克夫婦以外，還有別的目的。蘭姆小姐這位年輕女士既體弱多病又有錢，正是她一直在找的那種人，她是爲了愛德華爵士和她的奶驢才去結識她的。從男爵那邊會有什麼答案還有待證實，但在她的動物這邊，她沒多久就發現自己算計的一切利益都落了空。格里菲斯太太不容許蘭姆小姐出現任何一點衰弱的症狀，或者任何驢奶可以緩解的病痛。蘭姆小姐「一直由一位經驗豐富的醫生照料」，他的處方就是她們的金科玉律。格里菲斯太太除了喜歡給蘭姆小姐吃些補藥外（因爲她的一位表親在藥品公司入了股），那些嚴格的醫囑，她是從來沒有違背過的。

戴安娜·帕克小姐有幸將她的新朋友安置在排屋轉角的那棟房子裡。這棟房子前面就是沙地屯最受遊客歡迎的一家豪華酒吧，這裡可以隨時掌握動向；而從房子另一頭望去，不管旅館發生什麼事，也都能看得一清二楚。這麼考慮起來，可以說是再沒有別的地方更適合博福特姊妹隱居了。所以，早在她們弄到樂器和畫紙陪襯自己前，她們就常常出現在樓上的矮窗旁邊，一下拉上百葉窗，一下又打開百葉窗，一下在陽台上擺個花盆，一下又拿起望遠鏡漫無目的地亂看，倒也吸引了不少仰視的目光，讓許多人一再凝望。

在這麼小的地方，一點點新鮮事物就能引起轟動。在布萊頓什麼也算不上的博福特小姐們，到了這兒卻不可能不受注目。即使是不願意多費一絲力氣的亞瑟·帕克先生，也常常在離開排屋去哥哥家的路上，特地走到這棟轉角的房子來，只爲了能承蒙博福特姊妹看上一眼，即使這得讓他多走大約八分之一英里，外加兩級上山的台階。

Chapter 12
第十二章

夏洛特在沙地屯已經待了十天，還沒看過沙地屯宅邸是什麼樣子，每次她打算拜訪德納姆夫人，總會因爲提前在別的地方遇見她而功虧一簣。不過現在他們決定要把這件事辦成，打算早一點出發，這樣既不疏忽了向德納姆夫人問安，又能顧及夏洛特的樂趣。

「親愛的，如果你想找個合適的話題當開頭，」沒打算一起去的帕克先生說，「我想你最好提一下馬林斯家可憐的處境，問問夫人對於替他們辦一次募捐看法如何。我實在不喜歡在這種地方辦慈善募捐——像是對所有來這兒的人收稅一樣——不過他們的日子實在過得太慘，我昨天幾乎都答應要爲那個可憐的女人做點什麼了。我想我們必須辦一場募捐，而且越快越好，要開始募款，把德納姆夫人的名字列在名單首位是非常必要的。你不會不想跟她談這件事吧，瑪麗？」

「你要我做什麼我就做什麼，」他的妻子回答，「但是這件事你自己來會做得更好，我不知道我該說什麼。」

「我親愛的瑪麗啊，」他喊道，「你不可能眞的不知道該怎麼做，沒有比這更簡單的事了。你只要說明一下這家人目前的困境，說他們誠心誠意地來找我求助，所以我想辦一場小小的募捐來救濟他們，希望能得到她的同意。」

「這是世界上最簡單的事了！」正好來拜訪他們的戴安娜．帕克小姐也叫道，「把這些事情全部說完做完，也用不上你們兩個談這件事的時間。瑪麗，你去跟她談募捐的時候，我想拜託你跟德納姆夫人說一件非常不幸的事，人家跟我提這件事的時候，說得眞是太感人了。在伍斯特郡有個窮女人，我有幾個朋友對她非常關心，我已經答應盡我所能替她募一點東西。只要你能跟德納姆夫人提這件事就好了！只要你說中了她的心，她會給錢的。我覺得她就是那種一旦被人勸得掏出了錢包，捐十幾尼就跟捐五幾尼一樣輕易的人。然後呢，如果你發現她當下正處在一種捐錢行善的心情裡，還可以順帶提一下支持另一個慈善機構的事，我跟另外幾個人對這件事挺掛心的——就是在特倫河畔的伯頓建一座慈善倉庫。然後還有在約克郡最後一次巡迴審判被絞死的那個可憐人的家人，雖然我們確實把他們送出去的錢都籌到了，但如果你能從她那兒替他們弄到一幾尼，那也不錯。」

「親愛的戴安娜！」帕克太太驚叫，「要我跟德納姆夫人說這些，簡直比叫我飛還難啊。」

「哪裡難？我是很希望能陪你一起去啦，不過我五分鐘內就要趕到格里菲斯太太那兒。蘭姆小姐第一次下水，我得去鼓勵她一下。可憐的孩子，她簡直嚇壞了，所以我答應她，只要她願意，我就來幫她打氣，陪她進更衣室。這些事一結束，我就得趕快回家，因為蘇珊一點鐘要做水蛭治療，那要花上三小時呢。所以我眞的一點空閒時間都沒有，除了這些以外，我偷偷跟你講，其實這時候我應該要躺在自己床上的，因爲我簡直快站不住了。等水蛭治療一結束，我敢說我們就會各自回房去，今天都不會再出來了。」

「聽到你說這些我眞的很難過。但如果是這樣的話，我希望亞瑟可以和我們一起去。」

「如果亞瑟把我的話聽進去了，他也會去睡覺的，因爲如果放他一個人待著，他一定會吃喝過量。可是你看看，瑪麗，要我和你一起去見德納姆夫人有多不可能啊。」

「我又考慮了一下，瑪麗，」她先生說，「還是不要麻煩你去說馬林斯家的事了。我再找個機會自己去見德納姆夫人，我也知道叫你去說服一個根本沒有意願的人有多不適合。」

既然他收回了自己的請求，他妹妹也就不能再對她提出的那些請託多說什麼了。這正是他的目的，因爲他感覺到那些請託太不適宜，肯定會連累到他自己那個合理的請求。帕克太太鬆一口氣，便高高興興地帶著朋友和她的小女兒一起出發，往沙地屯宅邸去了。

這是個非常悶熱、霧濛濛的早晨，當她們到達山頂時，有好一陣子她們連迎面駛來的是哪一種馬車都看不清。它一下像是部輕便二輪馬車，一下又像是四輪敞篷馬車，拉車的一下像是單匹馬，一下又像是四匹馬。正當她們決定那應該是一部縱列雙馬雙輪馬車時，小瑪麗那對年幼的眼睛認出駕車的人，急切地喊著：「是西德尼叔叔！媽媽，眞的是他！」果然沒錯。

西德尼・帕克先生帶著僕人，駕駛一部非常整潔的馬車，沒多久就到了她們對面，大家都停下來，站了幾分鐘。帕克家彼此相處的氛圍向來很愉快，西德尼和他嫂嫂見了面，感覺非常友好，帕克太太一心認爲他理所當然是要去特拉法加宅邸，他卻否認了。他說他「剛從伊斯特本回來，可能的話，打算在沙地屯住兩、三天」，但他一定會住旅館，有一、兩個朋友會在那兒和他會合。

除了這些以外，就是些再平常不過的詢問和閒談，他體貼地關心了小瑪麗的近況，帕克太太向他介紹海伍德小姐時，他極爲禮貌地欠身致意，又說了幾句得體的話。雙方就這麼告辭了，約定好幾小時後再見。西德尼·帕克約莫二十七、八歲，長得一表人才，神態從容大方，整個人散發時尚而活躍的氣質。這次巧遇讓她們愉快地討論了一陣子，帕克太太可以感受到自己先生知道這件事情時的快樂，想到西德尼的到來會爲這地方帶來的光彩，更是讓她欣喜若狂。

通往沙地屯宅邸的路寬闊美麗、綠樹成蔭，兩旁都是田野，走了四分之一英里，穿過盡頭的第二道門，就是一片庭園，雖然占地並不大，卻密植了上好的樹木，處處青翠蓊鬱，把庭園妝點得既美麗又高尚。這類入口大門多半位在庭園或圍場的某個角落，離邊界非常近，使得一道外圍籬笆一開始幾乎要壓到路上來。幸好在後來，這裡一個角，那裡一個彎，才漸漸讓籬笆和道路拉到適當一點的距離。這道籬笆圍出了一座貨眞價實的園林，一群群茂密的榆樹和一叢叢老荊棘幾乎都沿著這條線生長，遍布整座園林。

這片園林幾乎可以確定是經過刻意規劃的，因爲當中還留有幾片空地。她們穿過其中一片空地，才剛進入庭園，夏洛特的目光便越過柵欄，瞥見另一邊的田野上有個白色物體，像是個女人的身影。她立刻想到布雷瑞頓小姐，她走到柵欄邊，這下是眞的看見了，儘管有霧，但她還是看見布雷瑞頓小姐就在前面不遠處，坐在一片河岸底下。那片河岸從柵欄外往下傾斜，似乎有條窄窄的小路沿著河岸邊延伸過去。布雷瑞頓小姐坐在那裡，顯得十分安詳自若——而愛德華．德納姆爵士就坐在她身邊。

他們靠得那麼近，好像正在親密地柔聲交談，夏洛特立刻明白自己什麼也不能做，只能靜靜地往後退。他們在這兒自然是爲了要躲開旁人，這讓她不禁對克拉拉產生出一點反感，但想到她的處境，又覺得不能用太嚴苛的眼光去評斷她。

她很慶幸帕克太太什麼也沒看出來。因爲夏洛特比她高得多，布雷瑞頓小姐的白絲帶才落入自己這雙銳眼的視野裡。看到這種促膝談心的情景，夏洛特不禁想，懷藏祕密的情人們要找到一個適合的幽會地點一定極爲困難。也許他們以爲在這裡可以完全避人耳目：他們前面是一片開闊的田野，背後是一段陡峭的河岸，和從來沒人跨越過的柵欄，而且還有一片濃霧幫忙呢！然而他們還是被她看見了，眞是太不走運了。

這棟宅邸又大又氣派，兩個僕人走出來把她們迎進屋裡，一切都顯得氣氛合宜，井井有條。德納姆夫人對自己的豪宅十分看重，也非常享受自己這種有秩序性和重要性的生活方式。她們被領進平常使用的客廳，那客廳比例均衡，家具陳設得當，雖然家具並不新，外觀也不華麗，但本身質感極佳，也保存得非常好。因爲德納姆夫人不在這兒，於是夏洛特有了可以到處看看的時間。帕克太太告訴她，壁爐上掛著的那幅一眼就能注意到的莊重紳士全身像，就是亨利．德納姆爵士的畫像；

而在客廳另一頭的一堆小型畫像中，有一幅毫不起眼的，就是霍利斯先生的畫像。可憐的霍利斯先生！這很難不讓人覺得霍利斯先生被虐待了：他在自己的宅邸裡，不得不屈尊站在後面，眼睜睜看著火爐邊最好的位置讓亨利．德納姆爵士牢牢地霸占住。

——未完

華森一家
The Watsons

Chapter 1

第一章

十月十三日舞會（聚會）當天

薩里郡D鎮的第一次冬季聚會即將在十月十三日星期二舉行，大家都認爲這會是一場非常好的聚會。郡裡的家庭列成長長的名單，衆人信心滿滿，相信這些家庭肯定會參加，還樂觀地希望奧斯本一家也會來。

愛德華茲家自然按照慣例邀請了華森家的人。愛德華茲家是有錢人，他們住在鎮上，有自己的四輪大馬車；華森家則住在大約三英里外的一個村裡，家境貧寒，連一部帶頂蓋的馬車都沒有。從這裡開始舉辦舞會以來，冬天一到，愛德華茲家每個月都會邀請華森家到家裡換裝打扮、吃飯、過夜，多年下來，已經成了慣例。

而這一次，因爲華森先生的兩個孩子都在家，而且因爲他病了，妻子也已經不在，所以總要留下一個孩子陪他。這麼一來，就只有一個孩子能接受他的朋友們的好意了。愛瑪．華森小姐從小由一位姑姑撫養，最近才回到自己家裡，即將在這附近經歷她的第一次社交亮相。她的姊姊距離初次登上社交舞台已經十年了，對於舞會的熱中依然興致不減，雖然這次她自己不能參加，但値得讚許的是，在這個重要早晨，她依然高高興興地駕駛那部老舊的單馬輕便馬車，把妹妹和她所有的華麗服飾送到D鎭去。

當她們的車走在髒兮兮的小路上，濺著泥水一路前行時，華森小姐這樣教導並提醒她毫無經驗的妹妹：

「我敢說這會是一場很棒的舞會，舞會上有那麼多軍官，你不怕找不到舞伴。你會發現愛德華茲太太的女僕很願意幫你的忙，如果有不知道該怎麼做的，我建議你不妨去問問瑪麗．愛德華茲的意見，因爲她的品味相當不錯。如果愛德華茲先生打牌沒輸錢，你想待多晚都可以；但如果他輸了錢，可能就會催你們趕快回家了——不過，你肯定能喝到一碗讓你溫暖舒服的湯。我希望你打扮得漂漂亮亮的，如果有人認爲你是舞會上最美的女孩之一，我也不會驚訝，新人總是很吃香。說不定連湯姆．馬斯格雷夫都會注意到你——不過我勸你千萬不要讓他以爲自己有機會。每個剛在社交圈露臉的女孩他都很關心，但他是個調情高手，對這種事情從來沒有認眞過。」

「我想我以前聽你提過他，」愛瑪說，「他是誰？」

「一個很有錢的年輕人，相當獨立，而且非常討人喜歡，不管他走到哪裡都是衆星拱月。這附近大部分的女孩都愛上他了，不然就是曾經愛過他。我相信我是這當中唯一一個沒有爲他心碎，並且能全身而退的人。不過，六年前他來到這裡時，第一個注意的女孩就是我，那時候他對我大獻殷勤。有人說從那以後，儘管他總是對這個或那個女孩表現出另眼相看的樣子，但他再也沒像當年那樣喜歡過任何一個人。」

「爲什麼只有你那麼狠心呢？」愛瑪笑著說。

「這是有原因的，」華森小姐變了臉色，答道：「愛瑪，那些人待我並不友善。我希望你的運氣比我好。」

「親愛的姐姐，如果我說話欠考慮，讓你難過了，請你原諒我。」

「我們剛認識湯姆·馬斯格雷夫的時候，」華森小姐繼續說著，好像沒有聽見她的話，「我深愛著一個叫普維斯的年輕人，他和羅伯特交情特別好，經常和我們在一起。每個人都覺得這會是一樁好姻緣。」

說到這裡，她嘆了一口氣，愛瑪體貼地保持沉默。她姊姊停了停，又接著說：

「你想必會問，爲什麼這件事最後沒有成？爲什麼他娶了另一個女人，而我依然形單影隻？你該問的不是我，而是她——你應該去問潘妮洛普。是的，愛瑪，潘妮洛普就是罪魁禍首。她覺得爲了得到一個好丈夫，不管做什麼事都不過分。我那麼信任她，她卻因爲自己想把他弄到手，在我們當中挑撥離間，結果他再也不來找我了，沒多久就和別人結了婚。潘妮洛普對自己做過的事輕描淡寫，但我覺得這種沒有道義的行爲實在太惡劣了。這件事徹底毀了我的幸福，我再也不會像愛普維斯那樣愛任何人。我認爲湯姆·馬斯格雷夫根本不配和他相提並論。」

「我敢說這會是一場很棒的舞會。」

「你說的關於潘妮洛普的事，眞的嚇到我了。」愛瑪說，「一個當妹妹的人怎麼可以做出這種事？和自己的姊姊競爭，背信棄義！我該爲自己認識她這件事擔心一下了。不過我希望事實不是這樣，她外表看起來不像是這樣的人。」

「你不了解潘妮洛普。爲了能嫁出去，她什麼都做得出來。這句話她只差自己親口告訴你了。千萬別把祕密告訴她，聽我的警告，不要相信她。她也有好的一面，可是一旦有利可圖，她就會背棄信仰，沒有道德也沒有是非。我衷心希望她婚姻美滿，我眞的要說，比起我自己，我更寧願她嫁得好。」

「比你嫁得好！是啊，我想也是。像你這樣傷透了心的人，對婚姻大概已經沒有什麼憧憬了吧。」

「確實是不怎麼期待了——但你也知道，我們是必須結婚的。就我自己來說，單身也可以過得很好：只要可以青春永駐，身邊有幾個好朋友，偶爾來場愉快的舞會，對我來說就足夠了。但是爸爸不能養我們一輩子，等到我們變老、變窮、被人嘲笑，那就很糟糕了。我確實失去了普維斯，但和初戀情人結婚的人非常少，我不會因爲一個男人不是普維斯就拒絕他，但這不表示我可以完全原諒潘妮洛普。」

愛瑪默默地點點頭，表示同意。

「不過，潘妮洛普也沒有就此遂了心願，」華森小姐接著說道，「她對湯姆．馬斯格雷夫非常失望。這個人後來把注意力從我這兒轉到她身上，她很喜歡他，但他從來就沒打算跟她認真，等到他玩夠了，就開始不把她當回事，跑去追求瑪格麗特了，可憐的潘妮洛普眞是慘透了。從那之後，她一直想在奇切斯特找個對象——不過她不肯告訴我們是跟誰。但我相信是一個叫哈定的有錢老醫生，是她去探望的那位朋友的叔叔，她爲這個人用盡心思，花了大把時間卻一無所獲。那天她要走的時候，還說這應該是最後一次了。我想你本來不知道她在奇切斯特有什麼特別的事要辦吧，也沒猜想過是什麼原因，讓她在你離家這麼多年回來的時候，非得離開史坦頓不可。」

「不，我眞的一點也沒懷疑過。那時我以爲她剛好和蕭太太有約，還覺得挺遺憾的。我本來希望我的所有姊妹們都在家，可以馬上跟每個人都熟悉一下，交個朋友。」

「我懷疑醫生是氣喘發作了，所以她才急著趕去。蕭家完全支持她——至少我相信是這樣。她什麼也沒跟我說，她說她自有主張，說『人多反而誤事』，這話確實也沒錯。」

「聽到她這麼焦慮，我很難過，」愛瑪說，「但我還是不喜歡她做事的方式和對事情的看法。我會怕她的，她的個性一定太陽剛、太放肆，這麼不計一切要結婚，只爲了身分地位就猛追男人，這種事實在太讓我震驚了，我無法理解。貧窮是可怕的不幸，但是對一個受過教育、有鑑賞力的女人來說，它不應該也不可能成爲最可怕的不幸。我寧願去學校教書（我想不出比這更糟的事了），也不願意嫁給一個我不喜歡的男人。」

「只要不用去學校教書，我什麼事都願意做。」她姊姊說，「我在學校裡待過，而你沒有，愛瑪，我知道她們過的是什麼樣的生活。我跟你一樣，也不想嫁一個讓人討厭的男人；不過，非常讓人討厭的男人我想也沒那麼多。只要一個男人有幽默感，收入夠豐厚，我大概就能喜歡上他吧。我覺得姑姑把你養得太高貴了。」

「這我眞的不知道。想必你是從我的表現看出來，我是怎麼被養大的。我不能自行判斷，也沒辦法把姑姑的教養方式拿來跟別人比，因爲我不認識其他人。」

「可是我從很多地方都可以看出你太過高貴。從你回家之後我就注意到了，我擔心這會影響你的幸福。潘妮洛普一定會拚命嘲笑你的。」

「這會對我將來的幸福不利，我很確定。如果我的想法是錯的，就一定要改；如果這些想法超出我的身分地位，我就得設法把它們隱藏起來。不過我很懷疑嘲笑眞的能——潘妮洛普腦子很靈活嗎？」

「是，她這人勇氣十足，而且口無遮攔。」

「我想瑪格麗特要更溫柔一點吧？」

「是的，特別是和同伴在一起的時候。要是旁邊有外人在，她總是一副溫柔和善的樣子；但只有我們在的時候，她就有點煩躁任性了。可憐的人啊！她還以爲湯姆．馬斯格雷夫對她的愛比以前的任何人都認眞呢，所以總是希望他直接求婚。這是她今年第二次去羅伯特和珍那兒待一個月了，還以爲離開一下可以刺激他。但是我很確定她錯了，他現在不會再像去年三月那樣，追她追到克羅伊登去了。他絕對不會結婚的，除非他能娶到一個豪門千金——也許是奧斯本小姐，或者類似的人。」

「聽到你對湯姆．馬斯格雷夫的描述，我都有點不想去認識這個人了。」

「你會怕他，這我不意外。」

「不，其實，我是討厭他，看不起他。」

「討厭和看不起馬斯格雷夫！不，你絕對做不到。我敢說，如果他注意到你，你是不可能不喜歡他的。我希望他能跟你跳舞——我敢說他會，除非奧斯本家帶一大群人來，那樣他就不會跟別人說話了。」

「他的舉止似乎很迷人啊！」愛瑪說。「那好，我們就來看看，湯姆．馬斯格雷夫先生和我是怎麼樣難以抵擋地找到彼此。我想我一進舞會大廳應該就能認出他來，他一定連臉都散發著魅力吧。」

「我可以告訴你，你在舞會大廳裡是找不到他的。你會提早去，這樣愛德華茲太太才能在火爐邊占個好位置，而他是從來不會早到的。如果奧斯本家的人來了，他就會在走廊裡等，然後跟他們一起進去。愛瑪，我真想去看看你。如果今天爸爸情況不錯，我一把他的茶點準備好，就把自己裹得嚴嚴實實，讓詹姆斯駕車送我過去，這樣舞會開始的時候，我應該就會跟你在一起了。」

「什麼！你打算大半夜的坐這部輕便馬車過來？」

「當然。看吧，我就說你性子太高貴，這就是個現成的例子。」

愛瑪停了一會兒沒有回應。最後，她說——

「伊莉莎白，我希望你別把我參加這次舞會的事情看得那麼重。我眞希望去的是你而不是我，你在舞會裡會比我快樂。我在這裡是個陌生人，除了愛德華茲夫婦以外，我誰也不認識，所以我是不是能樂在其中還很難說。但是你身邊都是熟悉的朋友，肯定能玩得非常開心。現在要換人還來得及，說不定也不必對愛德華茲夫婦道什麼歉，他們一定更高興有你一起去，而不是我。我很樂意回去陪爸爸，而且把這匹安靜的老傢伙趕回家我也一點都不害怕。你的衣服，我保證會想辦法送去給你的。」

「我最親愛的愛瑪！」伊莉莎白激動地叫出來，「你以為我會做這種事嗎？絕對不行！但是我永遠不會忘記你提出這件事的心意。你眞是個性情溫柔的女孩！我從來沒碰過這種事！你怎麼能為了讓我參加，而眞的放棄這場舞會呢！相信我，愛瑪，我沒有那麼自私，不會的。雖然我比你大九歲，但我絕不會不讓你在衆人面前露臉。你這麼漂亮，如果不像我們一樣有公平的機會，找到有錢的如意郎君，那就太殘忍了。不，愛瑪，今年冬天不管是誰要待在家裡，那個人都不會是你。如果有誰在我十九歲那年阻止我參加舞會，我是絕對不會原諒那個人的。」

愛瑪表達了自己的感激。馬車默默地小跑幾分鐘，伊莉莎白先開了口：

「你會注意瑪麗·愛德華茲和誰跳舞對吧？」

「如果可以的話，我會記住她的舞伴。不過你也知道，那些人對我來說都是生面孔。」

「你只要看她是不是和杭特上尉跳舞超過一次就行了——我就擔心這個，並不是說她的父母喜歡軍官，而是，你知道，如果她本人喜歡，可憐的山姆就沒希望了。我答應會寫信告訴他，她跟誰跳了舞。」

「山姆喜歡愛德華茲小姐？」

「你不知道嗎？」

「我怎麼會知道？我人在施洛普郡，怎麼曉得薩里郡發生了什麼事呢？過去十四年，我們本來就不太聯繫，這種微妙的情況就更不可能知道了。」

「眞奇怪，我寫信居然從來沒提過這件事。你回來以後，我又一直忙著照顧可憐的爸爸，忙著大掃除，什麼都沒空告訴你。不過說眞的，我還以爲你什麼都知道呢。這兩年來他一直深愛著她，但他總是沒辦法抽空參加我們的舞會，這讓他很失望。可是柯蒂斯先生不肯讓他常放假，尤其吉爾福德現在正是疾病流行期。」

「你覺得愛德華茲小姐會喜歡他嗎？」

「恐怕不會。你知道她是獨生女，將來至少會有一萬鎊財產。」

「但她還是有可能喜歡我們的兄弟吧。」

「噢，不會的！愛德華茲家的眼光很高，她爸媽絕對不會同意的。你知道，山姆只是個外科醫生。有時候我也覺得她其實是喜歡他的，但是瑪麗・愛德華茲實在太拘謹、太矜持了，有時候我也不知道她會怎麼做。」

「除非山姆很確定她的心意，不然我覺得鼓勵他把心思放在她身上似乎太可憐了。」

「年輕人心裡總會有個什麼人的。」伊莉莎白說，「憑什麼他就不能像羅伯特那麼幸運，娶到一個好太太，還附帶六千鎊財產？」

「我們不能指望每個人都幸運，」愛瑪回答，「家裡只要有一個人幸運，那就是全家人的幸運了。」

「我的幸運總有一天會來的，我確定。」伊莉莎白想起普維斯，又嘆了口氣。「我真夠倒楣。至於你，我也不敢說會怎麼樣，因爲姑姑就結了第二次婚，眞是太愚蠢了。嗯，我敢說你會玩得很開心。下個拐彎就是收費公路了，你可以看到樹籬上的教堂塔樓，白鹿旅店就在那附近。我很期待知道你對湯姆・馬斯格雷夫有什麼看法。」

說完這些，華森小姐就沒再說話了。她們穿過收費關卡，進入小鎮顚簸的街巷，馬車發出的混亂嘈雜聲讓兩人根本沒有進一步談下去的心情。那匹老母馬沉重地小跑，不需要韁繩指揮就能在正確的地方轉彎，牠只犯了一次錯，就是尙未走到愛德華茲家的大門前，才到女帽店就打算停下來。

愛德華茲先生住的是這條街上最好的一棟房子，如果銀行家湯姆林森先生會自我陶醉地把他在小鎮邊緣新建的房子稱爲鄉間最好的房子——就是那棟有片灌木叢、占地廣闊的——那麼愛德華茲先生家，就是鎮上最好的房子了。

愛德華茲先生的房子比附近大多數房子都要高，大門兩邊各有四扇窗戶，用欄杆和鍊條防護，有一段石階通向門口。

馬車停下步來，伊莉莎白說：「我們到了，平安抵達。按照市場的時鐘，我們只花了三十五分鐘，我覺得相當快了，雖然對潘妮洛普來說算不了什麼。很棒的小鎮，是吧？你看，愛德華茲家不僅房子氣派，他們的生活也是相當時髦呢。我還可以告訴你，等等來開門的會是一個身穿制服、頭髮上還撲粉的人。」

愛瑪只在某天早上見過愛德華茲夫婦一次，地點在史坦頓，所以對她來說，他們其實都還很陌生。雖然她心裡對晚上期待中的歡樂並非無動於衷，但想到在這之前要經歷的一切，還是感到有點不安。剛才和伊莉莎白的談話，也讓她對自己的家庭產生一些非常不愉快的感覺，很容易因為什麼別的原因心裡不舒服。她越發感覺到，急著跟一個這麼生疏的人親密起來，這種事有多尷尬。

不管是愛德華茲太太或愛德華茲小姐態度如何，都沒能立即扭轉這些想法。這位母親雖然很友好，卻帶有一股矜持的味道，還有一大堆各式各樣的禮儀規矩；女兒是個二十二歲的小姐，看上去端莊文雅，頭髮做成捲子髮型，因為被媽媽帶大，似乎自然而然地染上她母親的某種氣質。伊莉莎白不得不趕著離開後，愛瑪很快就見識到她們能矜持到什麼地步。在這一家的主人現身前，她們只對舞會上可能出現的精彩場面搭上幾句話，彷彿毫無興趣似的，整整半小時中，絕大部分的時間都是沉默。愛德華茲先生就比家中的女士們要隨和得多，也更健談；他剛從街上回來，一副準備要講些趣聞給大家聽的樣子。他熱情地歡迎了愛瑪，然後轉向他的女兒，說：

「欸，瑪麗，我給你帶了個好消息：奧斯本家今晚肯定會來參加舞會。有人從白鹿旅店訂了能拉兩部四輪馬車的馬，九點鐘要到奧斯本城堡。」

「我很高興，」愛德華茲太太說，「他們的到來會讓我們的聚會大爲增光。要是大家知道奧斯本家參加了第一場舞會，就會有很多人想參加第二場。其實說起來，他們家也是名大於實，因爲事實上，他們並沒有爲這晚增添什麼樂趣。來得那麼晚，又走得那麼早；不過，大人物嘛，總是有他們的魅力。」

愛德華茲先生又繼續談話，把他早上閒逛時聽到的每一條小新聞都講一遍，他們聊得更起勁，一直聊到愛德華茲太太更衣的時候到了，年輕小姐們也被委婉地提醒不要耽誤時間，談話才停下來。愛瑪被領進一個非常舒適的房間，從愛德華茲太太的嚴肅禮儀中解脫，舞會的第一件樂事隨即展開。兩位小姐幾乎一起進行梳妝打扮，自然也變得更熟了些。愛瑪發現愛德華茲小姐很有見識，爲人謙虛不做作，也非常樂於助人；當她們回到客廳，愛德華茲太太已經梳妝完畢端坐在那兒，她穿著一件仿緞晚禮服（這樣的禮服她有兩套，就靠這兩套禮服度過整個冬天），頭戴一頂剛從女帽店買來的新帽子，顯得很體面。

她們走進客廳時，心情比離開那會兒輕鬆得多，笑容也自然多了。她們的服裝現在要接受檢查，愛德華茲太太承認自己太老派，什麼時髦奢華的風格都不能苟同，就算是大衆普遍接受的款式也不行。儘管得意地看著女兒美麗的樣子，也只給了相當保留的讚美；愛德華茲先生對瑪麗也一樣滿意，卻沒有稱讚自己的女兒，反而對愛瑪說了幾句善意的恭維話。經過這些討論後，大家說起話來又更親密了些。愛德華茲小姐輕輕地問愛瑪，是不是常有人說她和她最小的哥哥長得很像。愛瑪覺得她問這個問題的時候，看得出臉上泛起淡淡的紅暈，但愛德華茲先生接過這個話題的態度似乎更加可疑。

「瑪麗，我覺得，你這麼說可不算是在恭維愛瑪小姐。」他急急地說，「山姆．華森先生是個好青年，我敢說，他也是個很聰明的外科醫生。但是他那張臉，風吹日曬得太過了，說人長得像他實在不是什麼讓人高興的話。」

瑪麗有點困惑地道了歉。

「她沒考慮到，長得非常相像和不同程度的美是完全矛盾的。你們也許神情有點相似，但臉色甚至五官都截然不同。」

「我不知道我哥哥長得好不好看，」愛瑪說，「因爲他七歲之後我就沒見過他了。不過我爸爸說我們很像。」

「華森先生！」愛德華茲先生大聲說。「呃，聽你這麼說眞是讓我吃驚。你們根本一點相像的地方也沒有啊。你哥哥的眼睛是灰色，你是棕色，而且他還有一張長臉和一張大嘴。親愛的，你也覺得他們一點都不像吧?」

「完全不像。我一看見愛瑪・華森小姐,就立刻聯想到她大姊,有時候會看見一點潘妮洛普小姐的神情,偶爾還能看出一絲羅伯特先生的影子,不過我實在看不出來,她和山繆爾先生有哪裡像。」

「我看得出她像華森小姐,」愛德華茲先生回答,「她倆確實很像,但是她和其他兄弟姊妹有哪裡像我就看不出來了。我覺得除了華森小姐之外,她和她家裡其他人都沒什麼相像的地方。不過我敢肯定,她和山姆是完全不像的。」

這件事算是有了結論,於是他們便吃飯去了。

「愛瑪小姐,你父親是我相識最久的其中一個朋友,」大家圍坐在火爐邊享用甜點,愛德華茲先生一邊為她倒酒,一邊說:「我們得為他的健康乾一杯。我說真的,他病成這樣,我非常掛心。在我認識的人裡,沒有人像他這麼愛和大伙兒一起打牌的了,打得比他好的更是寥寥無幾。現在他連這種樂趣都被剝奪,真是太讓人遺憾了。現在我們成立了一個小型的私人惠斯特紙牌-俱樂部,每星期在白鹿旅店聚會三次,要是他健健康康的,不知道會有多喜歡這個俱樂部呢!」

「我敢說他一定會喜歡的,先生。而且我衷心希望,有一天他能有體力和大家一起打牌。」

「要是你們不老是弄到那麼晚的話,」愛德華茲太太說,「你們的俱樂部會更適合病人參加。」

這已經是個陳年牢騷了。

「那麼晚？親愛的，你在說什麼啊！」她先生強作幽默地大聲說，「我們向來半夜前就到家了。要是給奧斯本城堡那兒聽見，你說這時間叫作晚，他們會笑的。半夜他們才剛從晚餐桌上站起來呢。」

「你不要離題，」那位女士平靜地反駁。「奧斯本家管不到我們。你們還不如天天聚會，然後早兩小時散場。」

這個話題到現在已經說過不知道幾次，但是愛德華茲夫婦都很明智，從來不會弄到眞的擦槍走火。這會兒愛德華茲先生又轉到另一個話題，他在一個小鎭的閒散氣氛裡生活太久，已經成了一個喜歡說長道短的人。他很好奇地想知道，和這位年輕客人一直住一起的姑姑婚姻狀況如何，於是他開口說：

「我想，愛瑪小姐，我還淸楚地記得你姑姑，那是大約三十年前的事了。我很確定，在我結婚前一年，還跟她在巴斯的一棟老房子裡跳過舞。那個時候她眞漂亮啊，不過我想，從那之後，她也跟其他人一樣，多少有點老了。希望她的第二次選擇能給她帶來幸福。」

「希望如此。我相信一定會的，先生。」愛瑪有點不安地回答。

---

1 惠斯特牌（whist）是一種四人牌戲，是橋牌的前身。

「我想透納先生過世還沒多久吧？」

「大概有兩年了，先生。」

「我忘記她現在姓什麼了。」

「姓歐布萊恩。」

「嫁了個愛爾蘭人哪！啊，我想起來了，她去愛爾蘭定居了。愛瑪小姐，我很納悶為什麼你不願意跟她到那個國家去。可憐的女士，她把你視如己出撫養長大，這對她一定是個很大的打擊。」

「我沒有忘恩負義，先生。」愛瑪有點激動，「並不是我只想待在一個沒有她的地方。是因為他們不願意，歐布萊恩上尉不希望我和他們在一起。」

「上尉！」愛德華茲太太重複一遍。「那麼這位先生是在軍隊裡囉？」

「是的，夫人。」

「是啊，誰也比不上你們那些軍官，擁有讓女士們神魂顛倒的本事，不管年輕小姐或老太太都逃不掉。親愛的，帽徽的魅力是無人能擋的。」

「我倒希望有人擋得了，」愛德華茲太太神情嚴肅，迅速瞥了女兒一眼。愛瑪剛從心神不寧中回過神來，就看見愛德華茲小姐臉又紅了。她想起伊莉莎白提到的杭特上尉，思緒在這個人和自己哥哥之間來回擺盪，也不知道誰的影響力更大一點。

「上了年紀的女士做第二次選擇時應當要謹慎。」愛德華茲先生評論。

「謹慎啊——謹慎不應該只侷限在上了年紀的女士或者第二次選擇上，」他的妻子補充：「對年輕小姐和她們的第一次擇偶也是同樣必要。」

「更確切地說，親愛的，」他回應道：「因爲年輕小姐受這件事影響的時間更久。要是一位老太太做了蠢事，照常理來說，就算受罪也沒多少年。」

愛瑪抬手抹抹眼。愛德華茲太太一看，就把話題轉到對大家來說較無關緊要的事情上去了。因爲除了等待出發之外沒有別的事可做，這個下午對兩位小姐來說格外漫長。雖然愛德華茲小姐對自己的媽媽老是把出發時間訂得太早有點心煩意亂，卻還是殷切地盼望那個時刻到來。

到了七點鐘，茶具送進來了，讓大家的心情稍微放鬆一點。幸運的是，愛德華茲夫婦在準備熬夜前總會喝上特別多的茶，還得加一塊鬆餅，幾乎把這個喝茶儀式延長到那個期盼已久的時刻。

時間快到八點，有人聽見湯姆林森家馬車經過的聲音——對愛德華茲太太來說，這是個固定信號，告訴她可以把自家馬車叫到門前來了。沒幾分鐘，一伙人就從安靜溫暖的舒適客廳，被送到某家旅店忙亂吵鬧的入口通道上。通道寬闊、風有點大，愛德華茲太太小心地護著自己的禮服，但更擔心她照管的兩個年輕小姐有沒有保護好肩膀和喉嚨。她帶頭走上寬闊的樓梯，還沒聽見舞會的聲音，跟在她身後的兩人卻先聽見一縷小提琴的樂音。愛德華茲小姐心情急切，開口便問是不是來了很多人，不出她所料，侍者告訴她：「湯姆林森先生一家在裡面。」

他們走過一條短短的走廊，準備前往燈火輝煌的大廳。一個穿著晨褸和靴子的年輕人和他們搭話，他正站在一間臥室門口，顯然是刻意要等他們經過。

「啊！愛德華茲夫人，您好。您好啊，愛德華茲小姐。」他朗聲說道，態度很輕鬆。「我明白了，您還是一如往常，打定主意把時間拿捏得分秒不差。蠟燭剛剛才點上呢。」

「您知道的，馬斯格雷夫先生，我喜歡坐在火爐邊的好位置上。」愛德華茲太太回答。

「我準備去換衣服了，」他說。「我還在等我那個笨同伴。我們會有一場非常棒的舞會。奧斯本家肯定會來，你放心好了，因爲我今天早上還跟奧斯本勳爵在一起呢。」

一行人繼續向前走。愛德華茲太太的仿緞禮服拖在舞廳乾淨的地板上，一路拖到大廳最深處的壁爐邊，那裡只有一伙人正式就座，同時還有三、四個軍官在一起閒逛，進進出出旁邊的棋牌室。接著這幾群近鄰拘謹地打了招呼，大家一正式歸位，愛瑪便以一種適合這般嚴肅場面的低聲耳語對愛德華茲小姐說：

「所以，我們在走廊遇到的那位紳士就是馬斯格雷夫先生了。就我所知，大家都覺得他很討人喜歡，對嗎？」

「他很有錢，對嗎？」

愛德華茲小姐有點猶豫地回答：「是的，很多人都非常喜歡他。但我們不是很熟。」

「我想他一年大概可以拿到八、九百鎊吧。他很年輕的時候就得到了這筆錢，我父母認爲這筆錢讓他變得很不穩重，所以並不很喜歡他。」

「您還是一如往常，打定主意把時間拿捏得分秒不差。
蠟燭才剛剛點上呢。」

大廳的冰冷空蕩很快消失無蹤，大廳一端的一小群女士也不再故作矜持。先是傳來幾輛馬車振奮人心的聲音，接連走進幾位肥胖的年長女伴，和一批又一批衣著入時的年輕女孩。當中偶爾出現一位落單的陌生紳士，有的深情地站在某個美麗女孩旁邊，有的則一臉欣喜地逃進棋牌室。

軍人越來越多了，當中有一位就朝向愛德華茲小姐走來，那神態彷彿正明確地對她的同伴說：「我就是杭特上尉。」這時愛瑪忍不住看了她一眼，她看上去很苦惱，但絕對不是不高興。聽說他們已經約好一起跳前兩支舞，讓她覺得，自己的哥哥山姆大概沒有希望了。

而於此同時，愛瑪也不是沒人注意或沒人欣賞的。一張新面孔，尤其又是一張這麼美的面孔，是不會被忽視的。她的名字在一群又一群的人之間傳開。樂隊奏起一首受歡迎的旋律，就像個呼喚年輕人履行職責的信號，眾人聚集在大廳中心，她才發現自己和杭特上尉介紹的一位軍官弟兄成了舞伴。

愛瑪．華森不到中等身高，身材勻稱豐滿，充滿健康活力。她的膚色很深，但肌膚潔淨無瑕，細緻而有光澤，再配上靈動的眼神、甜美的笑容和開朗的表情，讓她的美貌格外引人注目，和她認識之後，更覺得她的美因爲她的表情而多添了幾分。她對自己的舞伴沒有任何不滿，對她來說，這是個愉快的開場。她的感覺和別人反覆告訴她的那些話完全吻合，那就是——舞會眞的太棒了。

前兩支舞還沒完全結束，中斷了好一陣子的馬車聲又回來了，這聲音引起眾人的注意，「奧斯本家的人來了！奧斯本家的人來了！」的聲音在整個大廳裡此起彼落。屋外的人異常忙亂，屋內的人好奇張望，幾分鐘後，殷勤的旅店老闆大開一扇從來沒有關上過的門迎接，一群貴客終於大駕光臨。這一行人包括奧斯本夫人、她的兒子奧斯本勳爵、她的女兒奧斯本小姐、她女兒的朋友卡爾小姐，以及霍華德先生。他以前是奧斯本勳爵的家庭教師，現在是城堡所在教區的牧師。另外還有布萊克夫人，是他守寡的姊姊，現在和他住在一起，一個可愛的十歲男孩則是他姊姊的兒子。最後則是湯姆·馬斯格雷夫先生，在過去的半小時中，他大概一直把自己關在房間裡，焦急萬分地聽著外頭的音樂聲。他們往大廳深處前進，半途遇見一個問候的熟人，於是便停下腳步，位置幾乎正好在愛瑪身後。她聽見奧斯本夫人說，他們之所以刻意早來，是爲了讓布萊克夫人的小兒子高興，因爲他特別喜歡跳舞。他們經過時，愛瑪仔細觀察了每一個人，但尤其注意也特別感興趣的是湯姆·馬斯格雷夫，他確實是個有教養也很英俊的年輕人。而在所有女性中，奧斯本夫人絕對是最美的——雖然她已經年近五十，容貌卻依然出色，一舉一動都展現出她尊貴的地位。

奧斯本勳爵是個非常優秀的年輕人，卻帶著一種冷淡、漫不經心甚至手足無措的味道，讓他在舞廳裡顯得有些格格不入。事實上，他之所以會來，只是把這件事當成是討好自治鎮鎮民的權宜之計。他不喜歡待在女人堆裡，也從不跳舞。霍華德先生看上去和藹可親，年紀大約三十出頭。

兩支舞結束後，愛瑪發現，自己不知道怎麼了，竟坐在奧斯本那群人中間。小男孩站在他母親面前，想知道什麼時候開始跳舞，她立刻被那個小男孩美麗的面容和精力充沛的動作吸引了。

「要是你知道查爾斯的舞伴是誰，就一點也不驚訝爲什麼他會這麼急了。」布萊克夫人是個

三十五、六歲，看起來很活潑討喜的嬌小女性，她對身邊的女士說：「奧斯本小姐人眞好，答應要跟他跳前兩支舞呢。」

「沒錯！我們這星期約好的，」那男孩大聲說：「我們要把每一對跳舞的人都比下去。」

而在愛瑪的另一側，奧斯本小姐、卡爾小姐和一群年輕人正站在那兒熱烈討論。不一會兒，她看見這群人裡頭最時髦的一個軍官走到樂隊旁邊點舞曲，同時奧斯本小姐從她面前經過，走到那位滿心期待的小舞伴面前，匆忙地說：「查爾斯，很抱歉我要失約了，我要和貝瑞斯福上校跳這兩支舞。我知道你會原諒我的，我喝過茶之後一定跟你跳。」沒等那個小男孩回答，她又轉身回到卡爾小姐那兒去，下一分鐘，貝瑞斯福上校便領著她，開始跳起舞來。如果說這個小男孩快樂時的表情讓愛瑪很感興趣，那麼在這突然的情勢轉變下，他的表情就更讓她覺得有意思了。他站在那裡，彷彿成了失望這兩個字的化身，兩頰通紅、嘴唇顫抖，眼睛低低地望著地板。他媽媽克制自己受辱的感覺，試圖用奧斯本小姐的第二次承諾來安慰他。但是，儘管查爾斯努力鼓起男孩子的勇氣，勉強說了句：「噢，我一點都不在乎！」從他激動依舊的表情看來，他顯然還是非常在意。

愛瑪什麼也沒想，也沒多考慮，只憑感覺就行動了。她極其自然親切地伸出手，對小男孩說：「先生，如果你願意的話，我很樂意和你跳舞。」男孩瞬間恢復最初的快樂，高興地望向媽媽。然後他走上前，誠懇而簡單地說了句：「謝謝你，小姐。」便準備好要和這位新朋友跳舞了。布萊克夫人的感激之情更是溢於言表，臉上充滿意想不到的快樂和最熱烈的感謝，她轉向鄰座，對於這位小姐紆尊降貴地給了她兒子這麼重大的恩惠，布萊克夫人一再地表示謝意。愛瑪真誠地向她保證，她自己從中得到的樂趣絕對不下於她所付出的。布萊克夫人把手套遞給查爾斯，囑咐他要一直戴著。他們加入了正在迅速成形的跳舞行列，幾乎和所有人一樣滿足。這樣的一對舞伴必然會被人驚訝地注意到。當奧斯本小姐和卡爾小姐經過他們身邊時，便在舞步的間隙中，上上下下把她仔細打量了一番。「說眞的，查爾斯，你眞走運，」奧斯本小姐轉身對他說，「你找到了一個比我更好的舞伴。」快樂的查爾斯回答：「沒錯。」

正在和卡爾小姐跳舞的湯姆·馬斯格雷夫好奇地向愛瑪瞧了好幾眼。沒過多久，奧斯本勳爵也來了，他假裝和查爾斯說話，實際上卻是站在那兒觀察他的舞伴。愛瑪雖然覺得這樣被人觀察很痛苦，但她對自己做的事情並不後悔，因爲這讓那個男孩和他的媽媽都很高興。布萊克夫人不斷找機會，用最禮貌的態度和她說話。至於她的小舞伴，她發現，雖然他主要是愛跳舞，但當她問了什麼問題或說了什麼話讓他有話題可說的時候，他也是很願意開口的。一番慣例的詢問過去，她知道他有兩個哥哥一個姐姐，他們和媽媽、舅舅一起住在威克斯特德，他舅舅教他拉丁文，他非常喜歡騎馬，奧斯本勳爵給了他一匹馬，而且他還跟奧斯本勳爵的獵犬一起出去過一次。

這幾支舞跳完，愛瑪發現他們喝茶的時間到了。愛德華茲小姐提醒她要跟緊一點，說話的口氣讓她相信，當愛德華茲太太走進茶室的時候，把她們兩個緊緊帶在身邊是非常重要的事，愛瑪也因此一直機警留意著給自己找一個合適位置。當衆人休息解乏的時候，有點喧鬧擁擠也是大家的某種

愛瑪雖然覺得這樣被人觀察很痛苦，但她對自己做的事情
並不後悔，因爲這讓那個男孩和他的媽媽都很高興。

樂趣。茶室是棋牌室裡的一個小房間，棋牌室的走道被幾張桌子塞成窄窄的一條，愛德華茲太太一行人穿過這條走道時也卡住了一會兒，位置正好就在奧斯本夫人的卡西諾紙牌桌附近。霍華德先生也是這桌的一員，便和自己的外甥說起話來。愛瑪察覺自己成了他和奧斯本夫人的注意對象，便及時把眼光移開，裝作沒聽見她的小舞伴正興高采烈、音量非常大地偷偷說：「噢，舅舅！看看我的舞伴，她好漂亮喔！」但是因爲他們馬上又往前移動了，查爾斯沒能聽見他舅舅贊同的意見就得匆匆離開。茶室裡已經擺好兩張長桌，他們一走進茶室，就看見奧斯本勳爵獨自一人坐在其中一張桌子的盡頭，彷彿想盡可能退到離舞會最遠的地方去，好盡情地沉思、盡情地張著嘴巴發呆。查爾斯立刻指著他對愛瑪說：「那是奧斯本勳爵，我們可以去坐他旁邊。」

「不，不，」愛瑪笑著說：「你得和我的朋友們坐在一起。」

查爾斯現在自在多了，可以大膽地自己提幾個問題：「現在幾點了？」

「十一點。」

「十一點！我一點也不睏耶。媽媽說我應該在十點以前睡覺。你覺得奧斯本小姐喝完茶後會遵守諾言嗎？」

「噢，會的！我想她會。」雖然嘴裡這麼說，但她覺得奧斯本小姐之前已經毀了約，現在並沒有更好的理由讓她不做第二次（給她第二次機會？）。

「你什麼時候會來奧斯本城堡？」

「可能永遠不會吧，我跟這家人不認識。」

「不過你說不定可以去威克斯特德看媽媽，她可以帶你去城堡。那邊有一隻好大好奇怪的狐狸標本，還有一隻獾；每個人都以爲它們是活的呢，可惜你沒能看看它們。」

茶一喝完，又有一群人急著要第一個走出茶室，彷彿以此爲樂。這時正好有一、兩群打牌的人剛剛散伙，他們的移動方向偏偏和前者完全相反。霍華德先生就在這群人裡頭，他姊姊扶著他的手臂。兩人剛走到愛瑪身邊，布萊克夫人就友善地碰碰她，引起她的注意，對她說：「我親愛的華森小姐，您對查爾斯的好，我們全家都欠你一份情。請允許我介紹一下我弟弟，霍華德先生。」愛瑪行了個屈膝禮，那位紳士鞠了個躬，匆忙地邀請她跳接下來的兩支舞，獲得了她匆忙的應允，於是他們立刻被推往反方向。這讓愛瑪非常高興，霍華德先生有一種寧靜、愉快、具紳士風度的氣質，很適合她。幾分鐘後，這次邀舞的好處越發顯現出來。那時她坐在棋牌室裡，被一扇門稍微遮住，她聽見奧斯本勳爵在說話，那時他正懶洋洋地坐在她附近的一張空桌邊，他把湯姆．馬斯格雷夫叫到面前，對他說：「你爲什麼不跟那個漂亮的愛瑪．華森跳舞呢？我要你去跟她跳舞，然後我會過去，站在你旁邊。」

「我現在正要去呢，勳爵大人。我會先請人介紹我，然後直接和她跳舞。」

「好，那就去吧。如果你發現她不太願意多說話，可以過一會兒之後再把我介紹給她。」

「好的，勳爵大人。如果她跟她幾個姊姊一樣，那麼她就只想讓別人聽她說話。我馬上過去，應該會在茶室找到她，那個古板的愛德華茲老太太喝茶老是喝不完。」

他走開了，奧斯本勳爵跟在他後面。愛瑪急忙從自己坐著的角落起身，直接往反方向走，她走得太匆忙，連奧斯本太太還在後面都忘了。

「我們根本找不到你，」愛德華茲太太不到五分鐘就和瑪麗一起追上她。「如果你比較喜歡這個房間，我們也沒理由不讓你待在這裡，不過我們還是三個人在一起比較好。」

愛瑪倒是不必費神道歉，因爲這時候湯姆．馬斯格雷夫也過來了，他大聲請求愛德華茲太太給他個面子，把他介紹給愛瑪．華森小姐。這位好心的夫人別無選擇，只得照做，但從她冰冷的態度可以證明，她這麼做其實並不情願。馬斯格雷夫立刻要求和她跳舞，雖然愛瑪很高興成爲勳爵或平民眼中的漂亮女孩，但她對湯姆．馬斯格雷夫本人實在沒有好感，所以她相當得意地宣布她已經有舞伴了。他顯然十分驚訝，也有點慌亂，也許她上一位舞伴的與衆不同讓他以爲誰來跟她邀舞都不會被拒絕。

「我的小友查爾斯．布萊克，」他叫道，「可不能以爲他可以整晚霸著你不放啊。我們不能容忍這種事，這是違反舞會規矩的，我相信我們這位好朋友，愛德華茲太太也絕對不會贊成！她是個非常講究禮儀的人，不會允許她出現這種危險的特例——」

「我不是要和布萊克少爺跳舞，先生！」

這位紳士有點挫敗，只希望自己下次運氣好一點，但他似乎還不願意離開，雖然他的朋友奧斯本勳爵還在門口等結果。正當愛瑪覺得這景象有點好笑時，他又開始禮貌地問候起她的家人。

「今晚怎麼沒能見到您幾位姊姊賞光出席呢？我們的舞會向來很蒙她們垂青，今晚沒能見到她們，眞是讓我們不知如何是好。」

「我家現在只有我大姊一個人在，她不能留下我父親不管。」

「只有華森小姐一個人在家！眞讓我吃驚！好像就是前天吧，我還在鎮上看到她們三個人呢。不過最近我恐怕成了一個很糟糕的鄰居，不管我走到哪裡，都聽到有人嚴厲地抱怨我，說我疏忽了人家。我承認我待在史坦頓的時間太久了，但現在我要努力彌補之前的錯誤。」

愛瑪冷靜有禮的答話方式一定給了他不小打擊，因爲這和以前他從她姊姊們那兒得到的熱情鼓勵完全不同。說不定這反而給了他一種新奇的感覺，讓他懷疑起自己的影響力，希望她能多關注自己一點。舞會又開始了，卡爾小姐急不可待地喊著，要大家都站起來。湯姆．馬斯格雷夫看見霍華德先生走上前握起愛瑪的手，好奇心終於平息下來。

「這對我來說倒也不壞。」當奧斯本勳爵的朋友把這個消息帶回去給他，他這麼說道。在跳這兩支舞的時候，他就一直待在霍華德旁邊。

他那張臉在旁邊頻頻出現，是整段共舞過程中唯一令人不快的地方，也是愛瑪唯一能對霍華德先生表示不滿的地方。就他本人來說，她覺得他的內在和外表一樣討人喜歡，雖然談的都是一些很平常的話題，但他有一種理智而不做作的表達方式，讓所有話題都很値得一聽。她唯一遺憾的是，他沒能把他學生的舉止教得和他一樣無懈可擊。這兩支舞似乎特別短，她和她的舞伴都有同感。終於，奧斯本一家和他們的隨行人等都準備離開了。

「我們總算要走了，」勳爵大人對湯姆說。「你還想在這個天堂似的地方待多久——待到天亮嗎？」

「不，大人，我發誓：我受夠了。我跟您保證，等我榮幸地將奧斯本夫人送上馬車後，我決不會再出現在這裡。我會退到屋子裡最遠的角落去，能退多遠退多遠。我要在那裡點一桶生蠔，好好放鬆一下。」

「希望你早點到城堡來，好讓我知道她白天是什麼樣子。」

愛瑪和布萊克夫人道別的時候已經像是老朋友了，查爾斯握著她的手，至少跟她說了十幾次「再見」。奧斯本小姐和卡爾小姐經過她時，只是稍微擺個屈膝禮的樣子，微微頓一下就走了，奧斯本夫人也只是高傲地看了她一眼。等到所有人都出去，勳爵竟然特地折回來，一面對她說「失禮了」，一面在她身後的窗台上尋找一副明明就捏在他手裡的手套。既然湯姆·馬斯格雷夫沒有再出現，我們可以認爲他的計畫大概已順利完成，然後想像一下，他在陰鬱的孤獨中和一桶生蠔相伴的樣子；或者他正高高興興地在酒吧裡幫忙女店主，爲樓上那些快樂跳舞的人調製新鮮的尼格斯酒。愛瑪不禁想念起那些對她另眼相看的人來，雖然從某些方面來說，被這樣注目並不是件愉快的事；接下來兩支舞，也就是舞會結束前最後兩支舞，和其他的舞相比，顯得十分平淡。愛德華茲先生今晚打牌手氣很好，他們是棋牌室最後一批離開的人。

「我宣布，我們又回來了。」愛瑪悲傷地說。她走進餐廳，餐桌已經擺好，穿著整潔的上等女僕正在點蠟燭。「我親愛的愛德華茲小姐，舞會結束得眞快啊！眞希望一切都能再來一次。」

她非常享受這一晚，一再表達她的喜悅之情。愛德華茲先生也和她一樣熱情地稱讚這次聚會過程圓滿、場面華麗、氣氛熱烈，儘管他一直釘在同一個房間裡的同一張桌子邊，整個晚上只換過一次座位，似乎不可能留意到這些事。不過他五局中贏了四局，一切都很順利。喝完暖胃湯之後，大家聊起舞會的種種，他女兒才感受到父親這種高興的心情對她的好處。

「瑪麗，你怎麼沒跟湯姆林森家的人跳舞呢？」她媽媽說。

「他們來問我的時候，我都正好有約。」

「我還以爲你要跟詹姆斯先生跳最後兩支舞呢。湯姆林森夫人跟我說他去邀你了，在那之前兩分鐘我還聽見你說沒人邀你。」

「我是這麼說沒錯，不過我弄錯了。我誤會了，不知道自己已經跟人約好了，我以爲我們待了這麼久，爲的是那之後的兩支舞。但是杭特上尉跟我保證，就是這兩支舞沒錯。」

「所以瑪麗，你最後兩支舞是和杭特上尉跳的，對嗎？」她父親說。「那你一開始的兩支舞又是跟誰跳的？」

「杭特上尉。」她低聲重複一次。

「嗯！倒也算是有始有終。你還跟誰跳過舞？」

「諾頓先生和史泰爾先生。」

「這兩個人是誰？」

「諾頓先生是杭特上尉的表弟。」

「那史泰爾先生呢？」

「是他的好朋友。」

「他們都是同一個軍團的，」愛德華茲太太補充。「那些穿紅制服的人整個晚上都圍在瑪麗身邊。老實說，要是能看到她跟我們的老鄰居跳幾支舞，我會更高興一點。」

「是啊，沒錯，可不能怠慢了我們的老鄰居。不過，要是那些當兵的在舞廳裡動作總是比別人快，年輕小姐們又能怎麼辦呢？」

「愛德華茲先生，我覺得他們沒必要自己事先約好那麼多支舞。」

「是，或許是沒這個必要，不過呢，親愛的，我記得當年我們也做過同樣的事情。」

愛德華茲太太沒再多說什麼，瑪麗終於鬆一口氣。接著大家又興致勃勃地聊了好一陣，愛瑪上床的時候依然滿心陶醉，腦子裡繞著的都是奧斯本、布萊克和霍華德這幾家人。

愛瑪上床的時候依然滿心陶醉，腦子裡繞著的都是奧斯本、布萊克和霍華德這幾家人。

Chapter 2

第二章

十月十四日，舞會隔天

第二天早上來了非常多訪客。舞會結束的隔天早上來拜訪愛德華茲太太是這兒的一個不成文規矩，而這種敦親睦鄰的風氣又因為對愛瑪的好奇而更加熱烈，每個人都想再看一次昨晚得到奧斯本勳爵垂青的女孩。那麼多對眼睛審視她，認可的程度各有不同。有些人找不出她有什麼缺點，也有人看不出她美在哪裡；有些人認為她的棕色皮膚毀掉她優雅的氣質，還有一些人不同意她「還沒有十年前的伊莉莎白·華森一半漂亮」的說法。愛瑪和一批又一批客人聊著舞會的精彩之處，一上午的時間很快就過去。愛瑪驚訝地發現這時已經兩點鐘了，卻沒有聽見自家馬車的聲音。發現這件事後，她兩度走到窗前望著街道，正想和客人告個罪離開，搖鈴找人問問情況，便聽見一部馬車駛到門前的細碎聲響，讓她放了心。她又走到窗前，看見的卻不是自家那部雖不起眼卻很方便的家用馬車，而是一部整潔的兩輪馬車。不一會兒，就聽見僕人通報馬斯格雷夫先生來了。愛德華茲太太一聽見通報聲，便擺出一副嚴肅的表情，然而他卻一點也沒被她冷淡的神情嚇倒。他向在場的每一位女士致意，一點也沒有不自在的樣子，接著他繼續對愛瑪說話，同時遞給她一張便箋，說道自己很榮幸從她姊姊那兒把這張便箋帶過來，但有些附帶的口頭消息，他覺得還是自己親口轉達爲好。

沒等愛德華茲太太告訴她不必拘禮，愛瑪就迫不及待地開始讀那張便箋，上頭只有寥寥幾行字。伊莉莎白說，她們的父親因爲覺得身體格外舒服，突然決定那天要去參加聖母訪親日[2]禮拜，因爲他要去的地方離D鎮很遠，所以她得等到隔天早上才能回家了。除非愛德華茲家派車送她，這幾乎是不可能的，如果她能搭上便車，或者不介意路遠，走回去也可以。她才剛看完全文，就聽見湯姆・馬斯格雷夫自顧自地進一步說下去。

「這張便箋是我十分鐘前才從華森小姐的纖纖玉手中接過來的，」他說：「我在史坦頓村碰到她，大概是我運氣好，我正好調轉馬頭，那時她正在找人辦這件事。我有幸說服她，說她再也找不到比我更樂意、速度更快的信差了。請記住，我可沒說我完全沒有私心喔。給我的獎賞就是讓我用自己的車把您送到史坦頓去，雖然沒有白紙黑字寫下來，但我還是帶來了你姊姊同意的口信。」

愛瑪很苦惱，她不喜歡這個提議——她一點也不希望和這個提議的人混熟。但是，她一方面擔心冒犯愛德華茲夫婦，一方面又確實想回家，她有點不知所措，不知該怎麼徹底拒絕才好。愛德華茲太太一直沒出聲，不知道是沒弄懂目前的狀況，還是想等著看這位年輕小姐的意向如何。愛瑪先謝過了他，但表示自己並不願意給他添這麼多麻煩。「這裡麻煩的意思自然是光榮、愉快和喜悅了——有什麼我或我的馬能效勞的嗎？」

愛瑪仍然猶豫不決：「我想我得先向您告罪，我必須拒絕您的幫助，因爲我很怕這種馬車。這一點距離，我可以走路回去的。」愛德華茲太太終於不再保持沉默，她問了一下具體情況，接著便說：「愛瑪小姐，如果您能陪我們到明天，那是我們的榮幸；但要是您不方便，我們的馬車可以隨時爲您服務，瑪麗有機會見到您的姊姊，也會很高興的。」

這正是愛瑪所盼望的，她滿懷感激地接受了這個建議。她也承認，就是因爲伊莉莎白一個人在家裡，所以她很想回家吃晚飯，但她們的訪客對這個計畫表示強烈反對。

「那我可受不了，眞的。不能這樣剝奪我護送您回家的快樂啊！我向您保證，我的馬一點都不可怕，您可以自己駕馭看看。您的姊姊們都知道牠們有多溫馴，即使在賽馬場上，她們也敢放心大膽地坐我的車。相信我，」他放低聲音加上一句：「您很安全——只有我才有危險。」

說到這個份上，愛瑪也不打算再跟他周旋下去了。

「再說，舞會第二天還要用愛德華茲太太的馬車，我跟你保證，這是非常不合常規的事——聽都沒聽說過的。那位老車夫的臉色一定跟他的馬一樣黑——對吧，愛德華茲小姐？」

2聖母訪親日，又譯聖母往見日（The Visitation of the Blessed Mary），基督教的傳統節日之一，紀念聖母馬利亞拜訪伊利莎白。

完全沒有人理他。女士們堅定地一言不發，這位紳士這才發現自己不得不屈服了。

「昨晚我們那場舞會眞棒呀！」一陣短暫的停頓後，他大聲說。「我和奧斯本一家走了之後，你們又撐了多久？」

「我們又跳了兩支舞。」

「待到那麼晚，我想一定累壞了。我猜那時候你們舞池裡大概沒什麼人了吧。」

「不，場裡還是滿滿的，只是少了奧斯本一家。人多得都找不到空位了，每個人都精神奕奕，一直跳到最後呢。」愛瑪說，雖然這麼說其實有點違背良心。

「眞的？早知道是這樣，說不定我還可以再回來見你一次，因爲我其實很喜歡跳舞。奧斯本小姐是個迷人的女孩，是吧？」

「我並不覺得她漂亮。」愛瑪回答，因爲剛剛那段話主要是對她說的。

「也許她不能算是特別漂亮，但是她的舉止態度很討人喜歡。芬妮·卡爾是個很有意思的小東西，你想像不到還有誰比她更天眞、更嗆辣的了。華森小姐，您覺得奧斯本勳爵怎麼樣？」

「就算他不是勳爵，也稱得上是個英俊男子，說不定還會更有教養一點，更願意在適當場合表現出自娛娛人的風度。」

「說眞的，你對我的朋友太嚴苛了！我跟你保證，奧斯本勳爵是個非常好的人。」

「我不懷疑他的人品，不過我不喜歡他那股什麼都漠不關心的樣子。」

「要不是因爲不能失信，」湯姆一臉神氣地回答，「說不定我還能替可憐的奧斯本多爭取一點好感。」

愛瑪並沒有鼓勵他講，他也只得繼續守著他朋友的祕密。結束這次拜訪，因爲愛德華茲太太已經吩咐了馬車，愛瑪也迫不及待地準備好了。愛德華茲小姐陪她一起回家；不過因爲在史坦頓已經是晚飯時間，所以愛德華茲小姐只在她們家待了幾分鐘。

*

「好了，我親愛的愛瑪，」屋裡一剩下她們兩人，華森小姐就說：「你一定得把那天接下來所有的事都講給我聽，不許停下來，不然我不會滿意的。不過，還是先讓南妮把晚飯端上來吧，可憐的小東西！你可吃不到像昨天那樣的料理了，因爲我們只剩下一點煎牛肉。瑪麗．愛德華茲穿那件新皮衣看起來眞漂亮！現在，告訴我，你有多喜歡她們，還有我該跟山姆說什麼。我已經開始寫信了，傑克．史托克明天會過來拿信，因爲他叔叔後天要去的地方離吉爾福德不到一英里。」

南妮把晚飯端了進來。

「我們自己來就好，」伊莉莎白接著說：「那我們就趕緊說下去吧。所以，你沒跟湯姆．馬斯格雷夫一起回來？」

「沒有，你說了他那麼多壞話，我既不想欠他人情，也不願意跟他接近。要是用了他的車，這是免不了的，就算只是做個表面功夫我也不喜歡。」

「你做得很對，雖然我眞訝異你有這樣的克制力，這種事我覺得連我自己都做不到。他看起來那麼想去接你，弄得我連個不字都說不出口，雖然把你們兩個安排在一起有違我的心意，因爲我很清楚他的詭計，但是我又眞的很想見你，這是個把你弄回家的好方法。再說，要求太高也不行，誰想得到愛德華茲家居然會讓你搭他們的馬車回來呢，他們的馬前一天在外頭跑到那麼晚。但是，我該跟山姆說什麼呢？」

「如果你聽我的，就不會鼓勵他在愛德華茲小姐身上多費心思了。人家的父親堅決反對他，母親對他也毫無好感，而且，我懷疑瑪麗根本對他不感興趣。她和杭特上尉跳了兩次舞，我覺得，就她的個性和所處環境，整體來說，她已經給了他最大程度的鼓勵。她提到過山姆一次，口氣確實是有點慌，不過這可能只是因爲意識到山姆喜歡她，也許她早就知道了。」

「噢，天哪！沒錯，她從我們這些人這兒聽到的也夠多了。可憐的山姆！他跟其他人一樣不走運。愛瑪，無論如何，我就是忍不住要同情在愛情中受苦的人。好了，現在開始吧，把發生的一切都告訴我。」

愛瑪聽話地開始講，伊莉莎白聽著她說，幾乎沒插過嘴，直到聽見妹妹的舞伴是霍華德先生，才驚叫：「和霍華德先生共舞！我的天哪！我一定是聽錯了！唉呀，他可是一位相當了不起的大人物啊。你不覺得他很高高在上嗎？」

「比起湯姆．馬斯格雷夫，他的態度反而讓我從容自信得多。」

「好吧，那繼續講。要是我跟奧斯本家的人牽上了關係，可是會把魂都嚇掉了呢。」

愛瑪終於把當晚的情況講完了。

「所以你眞的一次都沒跟湯姆·馬斯格雷夫跳舞，不過你一定喜歡上他了吧——你一定完全被他迷住了。」

「我**不**喜歡他，伊莉莎白。我承認他的長相和風度不錯，在某種程度上，他的舉止——確切地說，是他的談吐——也確實很討人喜歡，但是我看不出他還有什麼值得佩服的地方。相反的，他看起來很虛榮，很自負，渴望出人頭地到了一種荒謬的地步，而且他爲了這個目的所採取的手段，有些實在太卑劣了。他身上有種滑稽感，我覺得這很有趣，但除此之外，跟他在一起我完全沒有愉快的感覺。」

「我最親愛的愛瑪啊！這世上再也找不到另一個像你這樣的人了。幸好瑪格麗特不在這兒。你沒有冒犯我，雖然我簡直沒辦法相信你，不過你這麼說，瑪格麗特可是不會原諒你的。」

「我眞希望瑪格麗特可以親耳聽見他說他根本沒注意到她出遠門的事，他說他好像兩天前才看到她。」

「是啊，他就是這樣，不過這就是她幻想會瘋狂地愛上她的那個人。愛瑪，我並不喜歡他，這你很清楚，但是你一定覺得他很討人喜歡。你敢把手放在心口上，說你完全沒這麼想嗎？」

「我可以，眞的，我還可以用雙手，而且把手張得大大的。」

「我倒想認識一下那個你覺得很合得來的人。」

「他姓霍華德。」

「霍華德！唉呀，說到這個人，我只想得起他跟奧斯本夫人一起打牌，一臉驕傲的樣子。不過我得承認，你對湯姆．馬斯格雷夫居然能說的和做的一致，我還眞是鬆了口氣。我心裡確實懷疑你會太喜歡他，之前你話說得那麼滿，我眞擔心你這樣吹牛會翻船。我只希望現在這種情況能持續下去，而且他別把太多注意力放在你身上。如果一個男人一心要討女人歡心，要抵抗男人各式各樣的奉承花招，對女人來說可不是件容易的事。」

她們安靜而友好的一頓便餐結束時，華森小姐忍不住說，這頓飯吃得太愜意了。

「我眞高興，」她說，「日子能這麼平靜愉快地過下去。沒人知道我有多討厭吵架。現在，雖然我們只有煎牛肉可以吃，但這一切看起來多好啊！我眞希望每個人都像你一樣容易滿足，但可憐的瑪格麗特脾氣實在壞透了，而潘妮洛普也承認，她寧願繼續吵下去，也不願意什麼事都沒有。」

華森先生晚上回到家，經過一天的勞累，身體情況依然不錯，他因此非常得意，很高興地在自家壁爐邊談論今天出門的事。愛瑪並不認爲自己會對聖母往見日的活動感興趣，但她一聽到是霍華德先生擔任布道演說，而且內容非常精彩，也不由自主地豎起耳朵。

「印象中我從來沒聽過比這更好的布道，」華森先生繼續說，「或者表達技巧更好的布道了。他讀經讀得非常好，舉止又得體，眞是令人印象深刻，又沒有任何戲劇性的怪樣或激動的口氣。我承認，很多布道講壇上的舉動我都不喜歡，我不喜歡那些矯揉造作的神態和刻意的抑揚頓挫，這都是你們最受歡迎、最受敬仰的牧師通常會做的事。樸實的布道方式說不定更能激起群眾的虔誠，也更能展現品味。霍華德先生讀起經來，就像個學者，像個紳士。」

「您晚飯吃了什麼啊，父親？」他的大女兒說。

他把晚餐的菜都說了一遍，又告訴大家自己吃了什麼。

「總的來說，」他補充道，「我今天過得很舒服。我的老朋友看見我出現在他們面前，都驚訝得不得了。我得說，每個人都非常關心我，似乎都很體諒我這個病人。他們會讓我坐在火爐旁邊，而且因爲山鶉腐爛熟成得很透[3]，理查茲醫生就把它們送到桌子的另一頭去，『免得讓華森先生不舒服』，我覺得他人眞好啊。但是最讓我高興的還是霍華德先生的關心，因爲要到我們吃飯的那個房間，得走上一段相當陡的階梯，這實在不怎麼適合我痛風的那條腿。霍華德先生從階梯底到階梯頂一直走在我身邊，還要我挽著他的手臂。這樣的舉動居然發生在這麼年輕的人身上，眞是令我印象深刻。不過我很確定我沒有讓他這樣對待的理由，因爲我以前從來沒見過他。順便說一句，他還問候我的一個女兒，但是我不知道他指的是哪一個。我想你們自己應該清楚。」

3 雉雞類野味在烹調之前，必須經過吊掛熟成的步驟，讓野味接近腐爛程度，使得肉質變軟、風味濃郁。某些野味熟成時間相當長，例如山鷸會從鳥喙吊起熟成，直到鳥身腐爛掉落，約需四十天。

「他讀經讀得非常好，舉止又得體，真是令人印象深刻。」

Chapter 3

第三章

舞會後第三天

舞會之後第三天，下午兩點五十五分，南妮正捧著托盤和餐刀盒匆忙往客廳走，突然聽見前門傳來一串輕快的叩門聲，像是馬鞭尖端敲出來的聲音。雖然華森小姐吩咐過不要讓任何人進來，但不到半分鐘她又折回來了，神情尷尬驚惶地撐著客廳的門，好迎接奧斯本勳爵和湯姆・馬斯格雷夫。年輕小姐們的驚訝可想而知，這個時間向來不是歡迎訪客上門的時候，偏偏來的又是這樣的客人——至少，是像奧斯本勳爵這樣，既是貴族，又很陌生的來客——這就更讓人爲難了。

他自己也顯得有些不好意思，因爲他那位態度自在、能言善道的朋友介紹他的時候，他只低聲說了幾句很榮幸來探望華森先生之類的話。雖然愛瑪很難不把這次拜訪的目的歸在自己身上，但她一點也不喜歡。她覺得這樣一位僅止於認識的人，和她們不得不過的寒酸生活完全不搭；她在她姑姑家見慣了許多優雅的生活方式，所以心裡完全明白，她現在家裡的一切必然會讓有錢人嘲笑。對於這種痛苦的感受，伊莉莎白卻是知之甚少。她的頭腦簡單，或者說理性方面更強大一點，讓她免於感受到這種屈辱；雖然她在一種籠統的自卑感之下有點畏縮，卻並不特別感到羞愧。南妮這時已經告訴兩位先生，華森先生的身體狀況還沒好到可以下樓。他們極爲擔心地坐下來，奧斯本勳爵坐在愛瑪旁邊，生性隨和的馬斯格雷夫先生則和伊莉莎白一起坐在壁爐另一邊，因爲自己扮演的重要角色而興高采烈。他一直滔滔不絕，但與此同時，奧斯本勳爵說完希望愛瑪在舞會上沒受風寒之類的話之後，便好一陣子找不出話講，只能偶爾瞥一眼他漂亮的鄰座，滿足一下自己的眼睛。然而愛瑪並沒有費心招待他的打算。勳爵苦思許久，才終於擠出一句「今天天氣眞好」，接著又問：「今天早上散步了嗎？」

「沒有，勳爵大人。我們覺得外頭太髒了。」

「你應該穿半筒靴。」他又停了一陣子才開口：「沒有什麼比半筒靴更能襯出漂亮的腳踝了，淡黃色的南京靴配上黑色靴套看起來很不錯。你不喜歡半筒靴嗎？」

「喜歡是喜歡，不過除非它做得夠結實，否則是不適合在鄉間散步的。但要是做得結實，就失去半筒靴的美感了。」

「天氣惡劣的時候，女士們應該騎馬。你騎馬嗎？」

「不騎，勳爵大人。」

「我很好奇爲什麼不是每位女士都騎馬，女性騎馬的樣子最好看了。」

「不過，也許不是每個女性都喜歡騎馬，也不是人人都有那樣的條件。」

「如果她們知道騎馬對她們有多少好處，一定每個人都會喜歡的。而且我想，華森小姐，只要她們喜歡上了，那樣的條件很快就會有的。」

「勳爵大人是認爲我們總有自己的辦法吧。在這一點上，女士和先生們長期以來意見不同；我並不想判定誰是誰非，但我想說的是，有些情況即使是女性也無法掌控。勳爵大人，女性儉省一點確實會有不小的幫助，但要把微薄的收入變多，還是做不到的。」

奧斯本勳爵沉默了。愛瑪的態度既沒有說教意味，也不冷嘲熱諷，但在她溫和的嚴肅態度和語句之間，有種東西令勳爵陷入了沉思。等到他再度開口，說話時已經完全不是之前那種半尷尬半大膽的態度，反而變得體貼禮貌。對他來說，想討女人歡心還是件新鮮事，這是他第一次感受到一個身在愛瑪這種地位的女性可能要面對的事情。但是因爲他平時並不需要去感受，自己本身個性也不好，所以他其實什麼都沒感覺到。

「就我所知，你住在這個地方的時間還不長，」他以一種非常紳士的口氣說，「希望你會喜歡這裡。」

他得到一個親切的回答作爲獎勵，之前她始終沒用正臉對過他，這時也慷慨大方地轉過臉來了。他不習慣強迫自己說話，卻又因爲可以仔細端詳她而感到開心，便靜靜地多坐了好幾分鐘，湯姆·馬斯格雷夫則是一直和伊莉莎白聊天。這時南妮走過來，從半開的門邊探出頭，說：

「小姐，老爺想知道爲什麼還不吃晚飯？」

這兩位先生一直沒把人家準備吃飯的每一個跡象放在眼裡，不管這些跡象有多明顯，現在只得趕緊跳起來道歉。這時伊莉莎白跟在南妮後面，輕快地喊著：「叫貝蒂把雞端上去。」

「我很抱歉發生了這種事，」她愉快地轉向馬斯格雷夫，接著說：「不過你是知道的，我們一向晚飯都吃得很早。」

湯姆一時找不到話爲自己辯解，他確實清楚這件事，但這麼誠實直白，這麼不怕羞的大實話，卻讓他不知所措。奧斯本勳爵的臨別致意花了一段時間，愉快的時光越來越短，他想說的話也似乎越來越多。他建議，就算外頭髒也要鍛鍊身體，然後再度稱讚了半筒靴，還請求愛瑪允許，讓他妹妹把她鞋匠的名字告訴她。最後他說：「下星期我會帶獵犬到這片鄉間打獵。我想他們是星期三的九點鐘，從史坦頓森林出發。我提這件事是希望你們能抽空來看看，如果那天早上天氣還可以，請您務必賞光來爲我們祝福。」

客人離開之後，姊妹倆驚訝地看著對方。

「眞是不可思議的榮幸啊！」伊莉莎白終於喊出來。「誰想得到奧斯本勳爵會來史坦頓呢？他是很英俊沒錯，但是兩個人比起來，湯姆．馬斯格雷夫絕對聰明時髦得多。我眞慶幸勳爵什麼也沒跟我說，我就不用跟這樣一位大人物說話了。湯姆眞的很討人喜歡，對吧？但是你聽到了嗎？他一進門就問潘妮洛普小姐和瑪格麗特小姐在哪，簡直讓人受不了。不過，我很高興南妮還沒鋪上桌巾——不然場面會很尷尬的，只有托盤還沒什麼關係。」要說愛瑪對奧斯本勳爵來訪這件事一點得意的感覺都沒有，是不可能的，如果眞是這樣，這位年輕小姐也太古怪了。但是這份喜悅也不全然純粹：他的造訪是一種通知，也許滿足了她的虛榮，卻傷害了她的自尊。她寧願知道他想來，卻沒有貿然行動，也不想就這麼在史坦頓見到他。

除了這一點，她還有一些不盡如人意的感覺，她曾經想過，為什麼霍華德先生沒趁這次勳爵來訪的機會，也榮幸地接下這個任務陪勳爵大人一起來呢？不過她倒是願意假設他對這件事一無所知，不然就是拒絕為這件事出力，因為這件事形式上看起來有教養，其實卻相當不禮貌。華森先生聽到剛才發生的事，一點也沒有高興的樣子。他正因為病痛折磨，脾氣有點暴躁，沒什麼好情緒，只是回答：

「呵！呵！是什麼大事讓奧斯本勳爵親自到我們這兒來啊？我在這兒住了十四年，那家人連正眼都沒瞧過我。這絕對是湯姆．馬斯格雷夫那個遊手好閒的傢伙出的餿主意！我可回訪不了，就算能去我也不去。」之後當湯姆．馬斯格雷夫再次被接見時，便受託替華森先生找了個再充分不過的理由向奧斯本城堡告假，說華森先生健康狀況欠佳，所以無法回訪。

Chapter 4

第四章

又過了一星期到十天

這次拜訪之後一個星期到十天左右，到新的騷動發生前，姊妹之間的互動平靜而親愛，沒有過半天中斷。她們越來越了解對方，對彼此的敬愛也隨之加深。最先打破這份安全感的，是一封來自克羅伊登的信，信中宣布，瑪格麗特將火速返家，並在羅伯特．華森夫婦陪伴下，回家小住兩、三天，希望能見見他們的妹妹愛瑪。

住在史坦頓老家的兩姊妹開始爲這件事操心起來，而且她們之中至少有一個已經忙起來了。珍是個富家女，準備招待她得格外費心。伊莉莎白做起家事一向十分努力卻不得其法，只要她動手，幾乎都會弄成一團亂。愛瑪在這個家缺席了十四年，所有兄弟姊妹對她來說都成了陌生人，但在等待瑪格麗特回來的時間裡，她預期的除了這種生疏與尷尬，還有她聽說的一些事，使她有點害怕瑪格麗特回來。對她來說，這群人來到史坦頓的那一天，也許就是這個家安詳生活的終結之日。

羅伯特．華森在克羅伊登當律師，事業做得相當不錯。他本來是律師的祕書，後來娶了律師的獨生女，附帶一筆六千鎊的嫁妝，讓他很是志得意滿。羅伯特太太也對這六千鎊頗爲自得，現在又在克羅伊登有了一棟非常時髦的房子，常常在那兒身著華服，舉辦上流宴會。她這個人沒什麼特別之處，舉止又魯莽自大。瑪格麗特並不是沒有美麗的地方，她的身材嬌小玲瓏，五官也不難看，但她臉上總有一種尖酸而焦慮的表情，讓人很難注意到她的美。見到她久別的妹妹時，她的態度滿是慈愛，聲調也非常溫柔，就和她每次需要做表面功夫時一樣，不斷地微笑和極爲和緩的說話方式，是她決心要取悅別人時永恆不變的策略。

現在她正因爲「好高興見到我親愛的、親愛的愛瑪」，而幾乎整整一分鐘說不出話來。

「我相信我們會成爲好朋友的。」她們並肩坐下時，她一副感慨萬分的樣子說。愛瑪簡直不知道該怎麼回應這樣的話，也表現不出和她說話時同樣的態度。羅伯特・華森太太看她模樣，那種好奇中帶著優越感的憐憫眼神倒是很熟悉：見面當下，她心裡第一個想到的就是愛瑪沒能拿到她姑姑的財產。她不禁覺得，當一個克羅伊登有錢紳士的女兒，要比當一個下嫁愛爾蘭上尉的老女人的姪女要好得太多了。羅伯特身爲一個成功人士和一個兄長，是個和善隨便的人。在這個時刻，他更願意花心思和車夫爭執，痛罵驛馬車的預付車資太貴，細細地檢查一枚可疑的半克朗銀幣，也不願意去歡迎一位不再可能有財產委託他管理的妹妹。

「伊莉莎白，你們穿過村子這條路眞是爛透了，」他說，「比以前更糟。我發誓！要是我住在你們這一帶，一定會去告發這件事。現在的土地測量員是誰？」

親切的伊莉莎白溫柔地問候了在克羅伊登的小姪女，說她這次沒能一起來眞是太遺憾了。

「你人眞好，」她的媽媽回答，「我跟你說，我們走的時候要避開奧古絲塔還眞難。我只好說我們只是要去教堂，還答應很快就回來接她。但是你知道，要帶她就不能不帶她的女僕，我一向都特別注意要好好照顧她的。」

「甜蜜的小傢伙啊！」瑪格麗特叫道。「要離開她，我心都碎了。」

「那你爲什麼還這麼急著離開她？」羅伯特太太大聲說。「你這個可悲的壞丫頭，我們來的這一路上，我不是一直在跟你爭論嗎？是不是？這樣的拜訪我聽都沒聽過！你知道，不管要請你們姊妹中的哪一個來住我們家，如果能住上幾個月，我們都不知道有多高興呢！不過我眞的很抱歉，」她幽默地一笑，「這個秋天，我們沒能把克羅伊登弄得更討人喜歡一點。」

「我最親愛的珍，不要再用那些玩笑話來壓我了。你也知道是什麼理由讓我回家的，就饒了我吧，求求你了，說俏皮話我可不是你的對手。」

「好吧，我只求你不要跟你的鄰居們說那個地方的壞話。如果你不多嘴，說不定愛瑪會想跟我們一起回去，一直待到聖誕節呢。」

愛瑪非常感激。

「我跟你保證，我們克羅伊登有非常棒的社交圈。我不太參加舞會，來的人太雜，但我們的聚會可都是精挑細選。上星期我們家客廳裡才擺了七張牌桌，你喜歡鄉下嗎？覺得史坦頓怎麼樣？」

「很喜歡啊。」愛瑪想了一個最籠統的答案回應。她立刻發現她的嫂嫂看不起她，羅伯特．華森太太確實很想知道愛瑪在施洛普郡住慣了的是什麼樣的家庭，並當下斷定，這位姑姑絕對沒有六千鎊財產。

「愛瑪多麼迷人啊，」瑪格麗特對羅伯特太太低聲說，用的是她最慵懶的語調。愛瑪對這樣的行爲表現很不舒服，五分鐘後，當她聽見瑪格麗特用一種和一開始完全不同的尖利急促聲調，對伊莉莎白說話的時候，感覺就更不舒服了：「從潘到奇切斯特之後，你收到過她的信嗎？前幾天我收到一封，我覺得她大概是沒搞頭了。我想她回來的時候應該跟她走的時候一樣，頭銜還是『潘妮洛普小姐』。」

愛瑪擔心，當瑪格麗特對自己外表的新鮮感過去後，她的聲音就會恢復成平常的樣子，這個想法讓這刻意充滿感情的音調顯得更加難以忍受。這時小姐們被邀請上樓，準備吃晚飯了。

「珍，希望你覺得家裡還算舒適。」伊莉莎白一面說著，一面打開那間空臥室的門。

「我好心的伊莉莎白啊，」珍回答道，「我求求你，不要跟我客套。我一向很隨遇而安的。我只希望有個小房間，住上兩、三夜，也不用勞煩人打理。我來看你時，總希望被你們當家人一樣對待。就像現在，我眞希望你們沒爲我們準備一頓豐盛的晚餐。記得嗎？我們可是從不吃晚飯的。」

「我想，」瑪格麗特很快對愛瑪說，「你應該是跟我睡在一起吧，伊莉莎白總是很注意要自己睡一間的。」

「不，伊莉莎白把房間分了一半給我。」

「噢！」她的聲音明顯軟下來。她發現自己並沒有受到虧待，反而很下不了臺，「眞遺憾享受不到有你作伴的樂趣了，尤其我一個人的時候特別容易緊張。」

愛瑪是第一個回到客廳的女性，一進去，她就發現她哥哥一個人在客廳裡。

「看來，愛瑪，」他說，「你在家裡還眞是個陌生人。你待在這兒一定很怪吧，這就是你透納姑姑做的好事！我發誓！就是不應該讓女人管錢。我總是說，她丈夫剛過世的時候，就應該留點東西給你。」

「但是那樣就是讓我管錢了，」愛瑪回答：「我也是女人啊。」

「就算這筆錢你現在無權動用，也說不定可以保障你未來所需啊。這對你一定是個很大的打擊！不但發現自己不是八九千鎊財產的繼承人，還把你一文不名地送回來，成爲你家人的沉重負擔。我希望那個老女人因爲這件事遭到報應。」

「不要說她壞話。她對我非常好，再說，如果她眞的做了輕率的決定，她會比我還痛苦的。」

「我不是故意要讓你難過，可是你知道，大家一定都覺得她是個老傻瓜。我原本以爲透納是個公認非常明智又聰明的人。他到底爲什麼會立這樣一份遺囑呢？」

「我認爲，姑父對姑姑的愛一點也沒有影響他的理智。她一直都是他最好的妻子，最自由和開明的頭腦也最容易輕信他人。這件事很不幸，但是就我所能記得的，姑父對姑姑那種溫柔的敬重，還是讓我非常喜歡他。」

「這種說法很奇怪。他本來可以給他的遺孀一個體面的生活，而不必把他必須處理的每樣東西或其中任何一部分都交給她，任她擺布的。」

「也許姑姑做錯了，」愛瑪有點激動，「就算她錯了，但姑父的作法是無可指摘的。我是她的姪女，他讓她繼續保有撫養我的天倫之樂，也把所需的財力留給了她。」

「但不幸的是，她把撫養你的天倫之樂留給了你父親，卻沒把財力給他。這件事說起來就是這麼回事。她讓你和家人分離了這麼長一段時間，我們之間的親情也不可避免地生疏了，她在一個高貴的環境裡把你養大（我猜是這樣），現在卻又把你送回來，還一毛不給。」

「你知道，」愛瑪忍著眼淚回答，「姑父的健康狀況很糟。他病得比爸爸還嚴重，連家門都出不了。」

「我不是故意要惹你哭的，」羅伯特說，口氣和緩不少。沉默了一會兒，為了轉移話題，他接著說：「我剛從爸爸房間出來，他看起來很冷淡。等到他過世，這個家就要散了，真令人傷心啊。可惜你們誰也沒能嫁出去！你一定要跟其他姊妹一樣常來克羅伊登，看看你在那兒能不能找到機會。我相信，要是瑪格麗特有一千鎊或一千五百鎊身家，一定會有年輕人對她動心的。」

終於其他人也到客廳來了，愛瑪很高興。與其聽羅伯特說話，還不如看看她嫂嫂的華麗服飾，羅伯特實在讓她又氣又傷心。羅伯特太太像參加自家宴會一樣妝扮得明豔照人，一進來就為自己的服裝道歉。

「我不想讓你們久等，」她說，「所以隨手抓一件衣服就穿了，恐怕我現在看起來很糟糕啊。我親愛的華森先生，」她對丈夫說，「你沒給你的頭髮補粉。」

「不，我不想補。我覺得在我太太和姊妹面前，這些粉已經夠了。」

「我說眞的，出外拜訪人家，晚飯前總該換套衣服，雖然你在家裡從來不換。」

「胡說。」

「別的紳士都這麼做，就你不喜歡，眞是太奇怪了。馬歇爾先生和漢明斯先生每天晚餐前都要換衣服，一輩子都是這樣。要是我給你帶了你那件新外套來你也不穿，那我帶來有什麼用？」

「你把自己打理得漂漂亮亮的就行了，別管你老公了吧。」

爲了平息這場爭吵，也讓嫂嫂明顯的怒意緩和一下，愛瑪（雖然完全沒有調停這些無聊爭辯的興致）開始稱讚她的禮服。這招果然讓她嫂嫂立刻得意起來。

「你喜歡？」她說。「我眞高興啊。這件衣服每個人都說好，不過有時候我會覺得它的花樣太大。我明天還會再穿一件，我想你應該還是會喜歡這一件的。你看到我送給瑪格麗特那件了嗎？」

晚飯端上來了，羅伯特太太除了看著她丈夫的頭那一小段時間外，一直都快活而輕率地說個沒完。她責怪伊莉莎白在桌上擺了太多菜，而且堅決反對把烤火雞端上桌，說的話也從原本固定的唯一一句「看你弄的，這麼多菜。」變成了「我求求你，眞的，今天不要上火雞吧。我們現在有的菜已經多得把我嚇壞了。我們就不要吃火雞了吧，求求你。」

「親愛的，」伊莉莎白回答，「火雞都已經烤好了，何必留在廚房裡，不如就這麼端上來吧。再說，火雞要是切了，也希望爸爸會想吃一點，這道菜很受歡迎的。」

「你可以把火雞端進來，親愛的，不過我保證，我碰都不會碰一下。」

華森先生身體狀況不夠好，不能和大家共進晚餐，兒女們仍說服了他下樓和大家一起喝茶。

「我希望今晚我們可以打幾局牌。」伊莉莎白照顧父親在扶手椅上舒服地坐定後，對羅伯特太太說。

「別為我費心，親愛的，我求求你。你知道我牌打得不好，我覺得輕鬆聊天要好得多。我總是說，有時在正式的社交圈裡，玩牌是打破人際界線的好辦法，但在朋友之間可就不受歡迎啦。」

「我是想，要是你不討厭的話，打牌也許可以讓我爸爸開心一下。」伊莉莎白說，「他說他的腦子打不了惠斯特牌了，但是如果我們來上一局，說不定他會想坐在旁邊看我們打。」

「當然可以，我親愛的寶貝。我很樂意效勞，只要不強迫我非玩這個不可就行，僅此而已。克羅伊登現在只打投機牌[4]，不過我什麼牌都可以打。如果家裡只有你們一、兩個人，一定很難讓他

---

4 投機牌（speculation），以魚形籌碼買賣彼此紙牌的牌戲，玩法簡單，不限玩家人數。

開心。你們怎麼不讓他打克里比奇[5]呢？我和瑪格麗特要是晚上沒事，多半都會打克里比奇的。」

這時候，他們聽見遠方傳來一種像是馬車的聲音。每個人都凝神細聽，聲音變得更加眞切，而且確實越來越近。不管在一天中的哪個時刻，這聲音對史坦頓來說都是不尋常的，因爲這個村不在公路旁邊，除了教區長之外，也沒有紳士家庭住在這兒。車輪聲飛快地接近，不到兩分鐘，大家的猜測就得到解答，車子毫無疑問地在牧師寓所的花園門口停下來。

「會是誰呢？這肯定是一部驛馬車，大家唯一想得到的人就是潘妮洛普。她說不定是碰到了意外的機會，就這麼回來了。」接著是一陣令人心焦的停頓，可以聽出腳步聲沿著窗下鋪設的小路走到前門，然後進入走廊。這是男人的腳步聲，不可能是潘妮洛普，一定是山謬爾。門開了，湯姆·馬斯格雷夫一身旅人裝束出現在他們面前。他去了趟倫敦，現在正在回家路上，他偏離原本要走的路半英里，只爲了要在史坦頓停留十分鐘。他喜歡在不尋常的季節突然造訪，讓人們大吃一驚，而且，在目前這種情況下，他還有一個額外的動機，他原本以爲他會發現她們正安靜坐著消磨喝茶之後的悠閒時光，這樣他就能告訴華森家的小姐們，他還得回家吃八點鐘的晚餐。

然而進門之後，他的驚訝並不亞於他給別人的驚訝，他不像往常那樣被帶進小小的起居室，而是進了最好的客廳（每邊都比另一間大一英尺）。門一拉開，他只看見一群打扮得光鮮亮麗的人在壁爐前，按照正式主人迎接來客的規矩圍坐成一圈，一時也認不出誰是誰。華森小姐坐在那張最好的折疊桌前，面前放著最好的一套茶具。他驚奇地站在那裡，好幾秒鐘說不出話來。

「馬斯格雷夫！」瑪格麗特柔聲喊道。他回過神來，這才走上前，高興地和一群朋友相見，並爲自己和這些人的不期而遇大呼好運。他和羅伯特握了手，向女士們微笑欠身致意，每個動作都非常得體。愛瑪仔細觀察他，並沒有發現他對瑪格麗特在說話或情緒上有什麼特殊之處，證明伊莉莎白的看法是對的。儘管瑪格麗特一直羞怯地微笑，一心認爲他這次拜訪是特意爲自己而來。大伙兒沒花多少力氣，就說服他脫下大衣，和大家一起喝茶。因爲，就像他自己說的，「晚餐是八點吃還是九點吃，其實都無關緊要。」瑪格麗特極力想讓他坐在自己身邊那張椅子上，他並沒有刻意找位子，但也沒有迴避，就在她旁邊坐下。她就這麼把他從她姊妹們那兒搶過來了，但她還沒辦法馬上把他從她哥哥手裡搶過來。因爲他宣稱自己四小時前才剛離開倫敦，而羅伯特要是不弄清楚公共新聞的最新動向和當天的公衆輿論，是不會讓他的注意力轉移到女性那些不那麼國際化又不重要的要求上去的。不過，最後他總算可以自由地聆聽瑪格麗特的溫言軟語。她對他說自己好擔心，他剛結束的這趟旅程不知道有多寒冷、多黑暗、多可怕。

「說眞的，您不應該這麼晚出發的。」

「我沒辦法再早了，」他回答，「我和一個朋友在貝德福德聊天耽擱了。對我來說，時間什麼

5克里比奇牌（cribbage），以雙人爲主的牌戲，但也可以三、四人玩，除了撲克牌之外還需要一塊計分板。

的其實都無所謂。瑪格麗特小姐，您回鄉下多久了？」

「我們今天早上才到，我好心的哥哥嫂嫂帶我回來的，就今天早上。很巧吧，是不是？」

「您離開了很長一段時間，是嗎？大約兩星期吧，我想。」

「馬斯格雷夫先生，您可以說兩星期是很長的一段時間，」羅伯特太太尖酸地說，「不過我們可覺得一個月很短呢。我跟您保證，我們過了這一個月，最後要帶她回家的時候，心裡可是千萬個不願意呢。」

「一個月！你眞的離開了一個月？時間過得眞快。」

「你可以想像，」瑪格麗特用一種耳語般的聲音說，「當我再度回到史坦頓的時候，我有什麼感覺。你知道，我成了一個多麼悲傷的外鄉人，我迫不及待想見愛瑪；我害怕見面的那一刻，但同時又渴望見面。你懂得這種感覺嗎？」

「完全不懂，」他大聲地說：「我一點也不害怕見到愛瑪・華森小姐——或者她任何一位姊妹。」

幸好他加上了最後那句。

「您是在跟我說話嗎？」愛瑪聽到了自己的名字。

「不完全是，」他回答：「但是我說話時正想著您，可能就像此刻許多身在遠方的人一樣。愛瑪小姐，天氣這麼晴朗，正是打獵的好季節。」

「愛瑪很可愛，對吧？」瑪格麗特低聲說：「我發現她比我期望的更好。你見過比她更完美的美人嗎？我想就算是你，一定也會改變喜好，喜歡上棕色皮膚吧。」

他猶豫了。瑪格麗特膚色白皙，他並不特別想恭維她，但奧斯本小姐和卡爾小姐也同樣是白皙膚色，他對她們的忠誠之心戰勝了一切。

「你妹妹的膚色，」他終於開口，「可以說是深膚色當中最美的了，不過我還是喜歡白皮膚。你見過奧斯本小姐嗎？她是我心目中女性膚色真正的典範，她的膚色就相當白。」

「比我還白嗎？」

湯姆沒有回應。「老實說吧，各位女士，」他把自己全身上下打量了一番，說道：「我真感激各位，讓我這樣一身隨便地進你們客廳。我真的沒想到我在這裡有多不合適，不然的話，我就該知道自己要保持距離才對。如果奧斯本夫人看到我這樣，一定會說我跟她兒子一樣，做什麼都漫不經心。」

女士們都回了幾句客套話，羅伯特．華森也從對面的鏡子裡偷瞄自己的頭一眼，然後同樣客套地說：

「要說隨便，你不可能比我更隨便了。我們到這兒的時間實在太晚，我連給自己的頭髮補點粉的時間都沒有。」

愛瑪不禁猜想起她嫂嫂此刻的心情。

茶具撤下後，湯姆便提起備車的事，但是那張老牌桌已經擺好，華森小姐也從餐具櫃裡拿出魚形和圓形籌碼，以及一副還算乾淨的牌。在衆人極力邀約下，他答應再留一刻鐘和大家打一局。大伙兒都很高興，甚至連愛瑪也很高興他留下來，因爲她已經開始覺得，家庭聚會也許是所有聚會中最糟糕的一種了。

「你們玩什麼？」當大家圍著牌桌站成一圈時，他大聲問。

「投機吧，我想。」伊莉莎白說。「我嫂嫂推薦這個，我覺得大家都會喜歡，我想你也會喜歡的，湯姆。」

「這是現在克羅伊登唯一會玩的一種圓桌牌戲，」羅伯特太太說，「我們從沒想過要玩別的，我很高興你們也喜歡。」

「噢，我啊！」湯姆說，「不管你們決定要玩什麼，我都會喜歡的。我有一段時間很喜歡玩投機，不過現在已經好長一段時間沒玩了。奥斯本城堡都玩二十一點，最近我除了二十一點之外什麼也不玩。要是你們聽見我們在那兒玩牌的聲音，一定會大吃一驚——那間挑高的古雅客廳再次人聲鼎沸起來，奥斯本夫人說有時候她都聽不見自己說話的聲音了。奥斯本勳爵喜歡這個遊戲是出了名的，他毫不意外地成了我見過最好的莊家——他那麼機敏，那麼興致高昂，沒人能在牌桌上打瞌睡。我眞希望你能目睹他兩手牌都爆掉的樣子，那眞是世界上最值得一看的東西了！」

「唉呀！」瑪格麗特喊道，「我們爲什麼不玩二十一點呢？我想那一定比投機更好玩。我實在不那麼喜歡玩投機。」

羅伯特太太再也沒有為那個遊戲說一句支持的話。她已經完全被征服了，奧斯本城堡的流行壓倒了克羅伊登的流行。

「馬斯格雷夫先生，您經常在城堡看到牧師家的人嗎？」衆人落座時，愛瑪問道。

「噢，是啊，他們幾乎一直都在。布萊克太太是個善良又好脾氣的小女人，我跟她可是莫逆之交。霍華德是個很有紳士風度的好人！我跟你保證，我們這些人絕對不會忘記你的。愛瑪小姐，我想你的臉一定不時就會發燙吧。上星期六晚上九點或十點左右，是不是尤其熱得厲害？我來告訴你是怎麼回事——我看你也急著想知道。霍華德對奧斯本勳爵說——」

就在這個緊要時刻，他卻被其他人叫去仲裁牌局，釐清某個爭議點。他的注意力於是完全集中在這件事上，之後又整個投入牌局，再也沒回來接續之前的話題。愛瑪被好奇心折磨得很難受，卻又不敢提醒他。

事實證明，他們的牌桌上多了個非常有用的人。要是沒有他，這些人都是極近的親人，聚會很可能沒什麼意思，說不定連表面禮節都維持不住。但是有這位紳士在，就讓氣氛顯得不那麼單調，也確保了大家的禮貌。事實上，他非常有資格在圓桌牌戲中大放異彩，很少有場合能這樣展現他的長處。他興致勃勃，有說不完的話，雖說他本人並不風趣，偶爾卻能借用某位不在場朋友的妙語，把一件很平常或沒什麼特別的事說得生動活潑，這在牌桌上是很有效果的。他又在平常娛樂的手段

裡，加進奧斯本城堡的行事方式和有趣的笑話。他重述了某位女士說的俏皮話，細說了另一位女士如何打牌失算，爲了滿足他們，甚至還表演了奧斯本勳爵兩手紙牌都爆掉的樣子。

時鐘敲了九下，他還愉快地坐在那兒打牌，直到南妮端著老爺的一碗粥進來，他才愉快地對華森先生說，既然華森先生要用餐，他也該告辭回家吃自己的晚餐了。馬車已經奉命停在門前，大家再繼續留他也留不住，因爲他很清楚，如果他留下，十分鐘內就必須坐下來吃晚點，這對一個一心認爲下一頓飯應該叫晚餐的人來說，是相當不能忍受的[6]。瑪格麗特發現他決定要走，就開始對伊莉莎白擠眉弄眼，要她邀請人隔天到家裡吃飯。伊莉莎白自己也是熱情好客的個性，禁不起瑪格麗特一再暗示，便開口邀請，說要是他願意來跟羅伯特聊聊，他們一定會非常高興的。

「萬分榮幸」是他的第一個回答，過了一會兒，他又說：「意思是，如果我能及時趕到這裡的話。不過我明天要跟奧斯本勳爵一起打獵，所以肯定來不了。除非你親眼見到我，否則都別想著我會來。」然後他便離開了，同時對自己離開時留下的懸念感到很得意。

---

6 英國的晚餐，依據各人的社會階層而有不同的名稱。對中下層階級來說，午餐是 dinner，晚餐則是 tea。而對上流人士來說，三餐名稱又有南北之分，南方上流人士的三餐依序是早餐（breakfast）、午餐（lunch）、晚餐（dinner），晚餐是最豐盛的一餐，午晚餐之間則有下午茶（afternoon tea）。北方上流人士的 dinner 指的是午餐，晚餐是 tea，supper 則是晚上睡前吃的小點。

Chapter 5

第五章

隔天上午

瑪格麗特自認為情勢大好，整個人沉浸在喜悅中。隔天早上，她和愛瑪有短暫的獨處時間，便把愛瑪當成知己，說了許多心裡話，甚至還說：「親愛的愛瑪，昨晚來的那個年輕人，今晚也還會來，我對他有意的程度說不定比你意識到的更——」雖然話都說到這個地步了，愛瑪還是假裝聽不懂，只應了幾句不相干的話，便趕緊跳起來，逃離這個讓她很不舒服的話題。由於瑪格麗特根本不容許別人對馬斯格雷夫來吃晚飯這件事有絲毫懷疑，所以一切都按照他的喜好來準備，遠遠超過前晚所需的程度。她完全搶下大姊的監督工作，半個上午都待在廚房裡指點江山、斥罵傭人。

然而，在一大段平淡的烹調過程和焦躁不安的等待之後，他們不得不在沒有客人的情況下坐下來。湯姆．馬斯格雷夫始終沒有現身，瑪格麗特大失所望之下，不再掩飾自己的煩惱，也不壓抑暴躁的脾氣了。那天剩餘的其他時間和第二天一整天，直到羅伯特和珍離開之前，每個人平靜的生活都不斷遭受她煩躁的怒火和牢騷攻擊。無論哪一種攻擊，她的目標通常都是伊莉莎白。瑪格麗特對哥哥嫂嫂還有些尊重，他們在身邊的時候都還算規矩，但對伊莉莎白和女傭們總是百般挑剔。至於愛瑪，瑪格麗特似乎已經忘了她，愛瑪發現，姊姊那溫柔嗓音的存續時間比她預期的要短得多。愛瑪想盡量少跟他們待在一起，她很高興自己還可以上樓陪父親坐坐，於是她熱切地懇求父親，讓她每天晚上都來陪他。而伊莉莎白喜歡和一群人待在樓下，不管對象是誰都好。她寧願和珍聊克羅伊登，忍受瑪格麗特一次次的找碴，也不想和常常一句話都不說的父親面對面枯坐——於是，一旦讓她相信自己的妹妹這方並不覺得這是種犧牲，事情也就這麼定下來了。

對愛瑪來說，這種變化是最可以接受，也最令人愉快的。她的父親在病痛發作時，除了溫柔和安靜之外幾乎不需要別的，他是個有見識、有教養的人，在能夠交談時，也是個受人歡迎的同伴。在他房間裡，愛瑪找到一方平靜的小天地，讓她躲開不平等的社會地位和家庭不和帶來的屈辱，暫時不必忍受有錢人的刻薄、卑鄙的自大、執迷不悟的愚蠢，再附加一個難搞的脾氣。即使她暫時逃離，但想到他們的存在，想到之前和往後的一切，仍然令她痛苦不堪。不過在這一刻，至少她不再被他們的影響折磨。她很自在，可以讀書、可以思考，儘管目前處境很難讓思緒完全平靜。姑父過世後帶來的種種不幸，她無法等閒視之，也不太可能減輕。一旦她放任自己胡思亂想，對比過去和現在，停不下來的腦子和種種不愉快的想法唯有閱讀才能緩解，她滿懷感激地重新讀起了書。

因爲一個陪伴者的過世，和另一個陪伴者的輕率，她的家庭、社會地位和生活方式都發生了巨大的變化，這對她來說實在是相當大的打擊。姑父是第一個對她寄予希望和關懷的人，像親生父親一樣形塑了她的心靈；姑姑性情和藹，什麼都樂於嬌慣縱容她，在那個極盡舒適優雅的家裡，她是一切生機和活力的來源。原本可以成爲自在獨立的女繼承人，現在卻在任何人眼中都無足輕重——在無法期待會愛她的那群人心裡，她成了一個負擔，一個已經過分擁擠的家中那個多餘的人，身邊的人盡皆思想低劣，幾乎沒有享受居家舒適的機會，未來得到支持的可能性也很渺茫。她的天性樂觀，這對她而言是件好事，因爲遭遇這樣的巨變，足以讓軟弱的靈魂陷入絕望的深淵。

羅伯特和珍力勸她和他們一起回克羅伊登，她再三婉拒，他們還是不肯放棄。他們把自己的好心和地位看得太高了，壓根看不出人家完全不覺得這提議有什麼好。伊莉莎白私下勸愛瑪去，雖然這顯然違背她自己的利益。

「愛瑪，你不知道自己拒絕了什麼，」她說，「也不知道你在家裡必須要忍受什麼。我勸你，一定要接受這個邀請。克羅伊登總是有新奇熱鬧的事發生，你幾乎每天都有人陪，羅伯特和珍會對你很好的。至於我，你不在家，我的日子也不會再糟到哪兒去，但可憐的瑪格麗特那些難相處的舉動你還沒見識過，如果你待在家裡，會比你想像的更讓你煩心。」

愛瑪自然是沒被說動，只是更加敬重伊莉莎白，客人們也沒有帶她，自己走了。

——未完

在奧斯汀—雷伊[7]的《回憶錄》中，提到了珍・奧斯汀打算如何繼續寫《華森一家》的後續情節：

「作者的姊姊卡珊德拉（Cassandra）把這部作品的手稿拿給幾個姪女看，也透露了一些故事的走向。因爲珍和這位姊姊很親密，似乎常常和她暢談正在寫的作品——我相信，姊姊是她唯一會透露的對象。華森先生不久之後就死了，愛瑪依靠她心胸狹窄的兄嫂生活。她拒絕了奧斯本勳爵的求婚，這個故事有趣的部分來自於奧斯本夫人愛上了霍華德先生，而霍華德先生卻愛著愛瑪，最後他和愛瑪結婚了。」

7 詹姆斯・愛德華・奧斯汀—雷伊（James Edward Austen-Leigh, 1798-1874）是珍・奧斯汀的姪兒，爲姑姑出版了《珍・奧斯汀回憶錄》（A Memoir of Jane Austen）。

國家圖書館出版品預行編目資料

珍．奧斯汀短篇小說集【新裝插圖版】/ 珍．奧斯汀 (Jane Austen) 著 ; 劉珮芳、陳筱宛、王聖棻、魏婉琪譯 . -- 初版 . -- 臺中市 : 好讀 , 2020.06
面 ; 公分 . -- (珍．奧斯汀小說全集 ; 07)

ISBN 978-986-178-516-5(平裝)

873.57　　109002143

好讀出版

珍．奧斯汀小說全集 07

珍．奧斯汀短篇小說集【新裝插圖版】

原　　著／珍．奧斯汀 Jane Austen
翻　　譯／劉珮芳、陳筱宛、王聖棻、魏婉琪
內頁插圖／ indigo Illustration
總 編 輯／鄧茵茵
文字編輯／林泳誼
封面設計／鄭年亨
行銷企畫／劉恩綺
發 行 所 ／好讀出版有限公司
　　　　407 台中市西屯區工業 30 路 1 號
　　　　407 台中市西屯區大有街 13 號（編輯部）
TEL: 04-23157795 FAX: 04-23144188 http://howdo.morningstar.com.tw
（如對本書編輯或內容有意見，請來電或上網告訴我們）
法律顧問／陳思成律師

總 經 銷 ／知己圖書股份有限公司
106 台北市大安區辛亥路一段 30 號 9 樓
TEL: 02-23672044 / 23672047 FAX: 02-23635741
407 台中市西屯區工業 30 路 1 號
TEL: 04-23595819 FAX: 04-23595493
E-mail: service@morningstar.com.tw
網路書店：http://www.morningstar.com.tw
讀者專線：04-23595819#230
郵政劃撥：15060393（戶名：知己圖書股份有限公司）

填寫線上讀者回函
獲得更多好讀資訊

印　　刷／上好印刷股份有限公司
初　　版／西元 2020 年 6 月 15 日
定　　價／ 320 元
如有破損或裝訂錯誤，請寄回臺中市 407 工業區 30 路 1 號更換（好讀倉儲部收）

Published by How Do Publishing Co., Ltd.
2020 Printed in Taiwan

ISBN 978-986-178-516-5